小家庭

欧阳静茹 著

陕西新华出版
陕西旅游出版社

图书在版编目（ＣＩＰ）数据

小家庭 / 欧阳静茹著. — 西安 : 陕西旅游出版社,
2021.2（2024.1重印）

ISBN 978-7-5418-4037-1

Ⅰ. ①小… Ⅱ. ①欧… Ⅲ. ①长篇小说－中国－当代
Ⅳ. ①I247.5

中国版本图书馆 CIP 数据核字(2021)第 019494 号

小家庭　　　　　　　　　　　　　　　　　欧阳静茹 著

责任编辑：邓云贤　韩　双
出版发行：陕西新华出版传媒集团　陕西旅游出版社
　　　　　（西安市曲江新区登高路 1388 号　邮编：710061）
电　　话：029-85252285
经　　销：全国新华书店
印　　刷：盛大（天津）印刷有限公司
开　　本：880mm×1230mm　　　1/32
印　　张：13.75
字　　数：260 千字
版　　次：2021 年 2 月　第 1 版
印　　次：2024 年 1 月　第 2 次印刷
书　　号：ISBN 978-7-5418-4037-1
定　　价：79.80 元

目 录

假如生活欺骗了你

　　掌声雷动，颁奖大厅座无虚席，一条大红地毯直通演讲台。掌声渐停，被鲜花簇拥的胡一归，正在讲台上用充满磁性的声音，动情地讲着：那一年，我读初中一年级，写了篇作文，被老师在全校当范文广播。长得好看功课又好的女班长私底下要我的作文本，在本子上写了一行娟秀的字——写得真好，未来的大作家。这次的鼓励和赞扬为年少的我播下了梦想的种子，这颗种子生根发芽，不屈不挠地寻找阳光生长，终于成就了今日小有成绩的我。为此，我要感谢她，她是我生命中第二个重要的女子。第一个，是我的妈妈……

掌声再度响起，台下的人们统统仰脸望着他，热切的、赞叹的、敬佩的眼神，像一道道暗藏情意的光晕将他包围。胡一归全身暖烘烘的，却假装镇定，像皇帝巡视自己的臣民般扫视台下的观众。他手一挥，打算接着讲自己的故事，突然，整个礼堂陷入寂静，疑惑间，只觉得地下一阵剧烈晃动，头上的天花板和水晶灯在震动、发抖、破碎，只听轰的一声巨响，一个熟悉的声音直抵耳膜深处：假如生活欺骗了你……

　　胡一归睁开眼，借着窗外透进来的城市夜光，迷糊而陌生地扫了一眼自己住了两年多的租来的公寓。沙发那一头，是两个大书柜，塞满了厚厚薄薄的书。正对沙发的，是黑色液晶挂壁电视、黑色电视柜。电视柜上是成堆的书。门右边，靠墙立着一台中型乳白色冰箱。冰箱前面，四把棕色藤椅围着一张黑色正方形小餐桌——这就是所谓的开放式餐厅了。

　　"假如生活欺骗了你……"门外再次响起一个熟悉的声音。

　　胡一归终于知道自己刚才是在做梦，紧跟着这声音的，还有一阵隐隐约约的哭声。他犹豫了一下，跳下沙发，打开客厅的灯，取下防盗链，打开防盗门，一个个子高大、眼睛浮肿、齐肩卷发、赤着上身、因暴瘦而显得皮肉松垮的男人，正神思恍忽地看着自己……

　　"柳三望！"

　　胡一归吃了一惊，顺手拉他进屋。柳三望手臂软绵绵的，却还是甩开了他，指着隔壁说："假如生活欺骗了你……"

身材高大却不够挺拔的父亲胡启泰已经从卧室出来，奇怪地问："怎么了？"

胡一归用力将柳三望拉进屋，顺手把沙发上的毛毯给他披上，对父亲说："好像隔壁出事了。"

胡一归走到隔壁，看到大门紧闭，不由自主地凝神静听，屋里确实传出了女人的哭声，他想不起来，隔壁什么时候住进了女人，又怎么跟柳三望扯上了关系。他按了按门铃，里面没有动静，又用力拍了拍门，还是没人应，只好转身跑回家，拿手机拨打了报警电话。再到隔壁门口时，只见一个戴鸭舌帽的男人大步越过他，往楼下而去。

胡一归虽心生疑惑，却也不敢拦他，进了客厅，满屋酒气扑鼻而来，混合着一种皮肤烧焦的味道、蜡烛燃烧的味道，以及正在盛开的淡淡的百合香味。与自己的公寓完全一样的格局、摆设，以及简洁到不能再简洁的装修，让他明白，这应该是同一个房东的杰作。一个穿着吊带裙，两手交叉抱胸的娇小女人，披着一条粉红色碎花浴巾，长发湿淋淋地垂下来，低着头，坐在跟自己家客厅一模一样的深蓝色沙发上瑟瑟发抖。

"出什么事了？"胡一归着急地问。他觉得，此时的自己是在炙热荒芜的沙漠里，天和地都被烧成一片焦黑，这个喊救命的可怜女人正在等待他的拯救，就像一朵即将干枯毙命的花朵在等待雨露一样。

他想帮她，可是还未走近，女人失声大叫："滚开！"

胡一归慌忙退后一步，已经有四五个人来看热闹，一个身材瘦小，穿着红色运动裤，眼小腿短，但神情里有一股自作聪明气的男人，靠近胡一归并压低声音说："我刚才看到一个没穿衣服的男人在这里……"

跟在他后面进来的，是一个脸颊干瘪，嘴唇苍白，手长脚长，穿着性感粉色真丝睡衣，浑身上下透着精干劲儿的年轻女人，神秘地问那个瘦小男人："是不是强奸案？"

另外两个人，像是一对夫妻，在门外伸头看了看，没有进来，小声地议论着……

胡启泰板着脸，进来一把拉着儿子，要他回公寓。胡一归还想帮帮那女人，看她满脸对旁观的人的厌恶，觉得留下来也没意思，顺势跟着父亲回了自己的公寓。进门时，胡一归只觉得脚底下软绵绵一团，伴随着几声喵喵惨叫，抬脚一看，是一只白色的小奶猫，正诧异，只见另外两只同样的小白猫连滚带爬窜过来。一时间，三只小猫挤作一团，叫个不停。

胡一归小心地用手戳戳，一只小白猫抬头看了他一眼，突然咧嘴笑了！

"脏兮兮的，把它们扫出去。"胡启泰边说边到厨房拿来扫把。

"我养！"胡一归一看父亲自以为是的样子，故意用很肯定的语气说，"这个大耳朵的，叫堂吉诃德；这个眼睛小点的叫爱玛；这个，我想想，叫珍妮好了。"

"你一个大男人，以后守着几只猫过日子？"胡启泰嘴中反问着，手中已用扫把将它们往簸箕里赶。

胡一归伸出右脚将簸箕边缘踩住，他知道不应该这样，可就是控制不住自己，似乎争夺到了这几只小奶猫的保护权，就保住了自己的人身权利一样。这几天，他诸事不顺，像被人下了降头——昨天在公司，关门时，把同事的手给夹出血了，同事碍于情面什么话都没说，可是眼神含怨带恨，到下班也没消散；下午开车回来，进停车场把人家狗的腿给轧断了，狗主人一开口就要他赔十万，扯了半天皮，最后以赔五千了事；前天接个外单想赚点外快，甲方竟然和老板是朋友，今天老板还语重心长地说："小胡，虽然业余时间是你自己的，但我还是希望你的主要创意和精力放在公司，毕竟，公司不仅付你薪水，还给了你不少的干股。"胡一归听得满脸通红，手脚没处放，一个字也没敢回。

"我这辈子一个人过。"他盯着小奶猫，嘴里这样说。

胡启泰看着倔强的儿子，瞟了一眼沙发上醉眼蒙眬的柳三望，又看着脚下那一窝小白猫，用力扔掉扫把，愤懑地问："发酒疯的朋友，来路不明的小脏猫，这就是我用尽半生供你上985大学的结果吗？这就是你想要的生活？"

胡一归没接话，强压心头百般滋味，出大学六年了，自己还一无所有！有痛苦——就目前这15000元的工资，扣掉五险一金和个人所得税，不到12500的实际月工资，他不知猴年马月能活得像个人样；有无奈——父亲平庸一生，对党忠心，对工作勤奋，退休后，他的人生基本结束了，现在，他把所有希望都放在胡一归身上，似乎这样就能让他平凡的人生画上浓墨重彩的一笔似的。胡一归懂他，也深知为人子的责任，这次本来是想让他长住几个月，自己尽尽孝心，却没料到，在一起没住多久，父子俩就明着对抗了三次。

他不忍心父亲成为空巢老人，可也没办法和他好好相处；他也知道自己深爱着父亲，可是，就是没办法发自内心地喜欢父亲。

胡启泰见儿子不说话，把手中的簸箕一推："我们是天生的八字不合，属相犯冲，你给我买这两天回老家的票。"

胡一归假装没听见。

胡启泰再次下命令："买票！"

胡一归拿起手机，三两下把父亲的返程票给买了，然后截图给他。

胡启泰看了车票信息，拿起手机扭头进了卧室。

胡一归很懊恼，自己是个特别讨厌冲突和矛盾的人，为什么总是和父亲处不好？为什么总压不住脾气？

气味——是的，是父亲身上那种越来越明显的衰老气味。这气味让他不安、害怕、焦虑和抗拒，这气味让他觉得父亲已渐渐老去，可自己还没做好让他享福的准备。

诗人柳三望

柳三望一时唱歌，一时念诗，一时找水喝，一时说冷，一时说热，把胡一归给他穿的衣服脱脱穿穿，直折腾到凌晨三点多，终于筋疲力尽地在沙发上睡着了。

胡一归为照顾好友，一直未合眼，看到父亲起床锻炼，赶紧进他卧室休息一下，却怎么也睡不着，旧事如梦，历历在目。

柳三望和胡一归是出生在同一县城的初中同学，两人上初一时，分在同一个班。柳三望那时个子就很高，皮肤白净，桃花眼睛，不过他最出挑的是有一头与众不同的自然中分齐肩卷发。那头发略带黄色，给他平添一股贵族气质。他个性张扬，出手阔绰，男同学女同学都喜欢他，不过他却主动和闷骚的胡一归接近，觉得他"深藏不露，让人好奇"。两人不知不觉竟然真成了好朋友。初二上学期，分实验班和普通班，胡一归因为父亲的严格要求，意外地进了实验班。柳三望留在了普通班，原本的好朋友，就因为这一次分班而分道扬镳。两年后的中考，实验班的胡一归，以总分高出柳三望308分的成绩，进了本省最好的一中，柳三望却只进了县城最差的高中。再之后，胡一归一帆风顺考入了上海的一所985大学，柳三望却只进了一所疯狂扩招的四流大学。高中第一年，两人就彻底断了联系，直到胡一归来到深圳，在一次文友交流会上，喜爱写作的胡一归和喜欢写诗的柳三望，又重新接上了头。

共同的爱好，对文学的梦想，让他们再次成为好友。可是，踏入社会的起点不一样，发展也有所不同。胡一归虽然在大学同学里混得算差的，但在这座城市待了几年，总归还是住得起像样的中心区单身公寓，并且贷款买了辆奥迪车。可是一心钻研诗歌的柳三望，先是在南山租房，只几个月就承担不起租金，又换到罗湖，现在干脆换到地铁都不到的关外了。柳三望在那边和人合租了一套两室一厅，人家跟他住了两个月后，嫌他又脏又懒作息又不规律，宁愿损失两个月的押金也要搬走。

胡启泰按例早晨锻炼后，像往常一样买回早餐，还特意加了两个小菜，摆在饭桌上。柳三望此时已经醒了，正在屋里转圈圈，嘴里念着谁也听不清的句子。胡启泰对儿子的同学一直礼貌有加，这不是出于喜欢，而是出于长辈的世故和礼貌。他亲切地叫了柳三望两声，见毫无反应，只得走近，见他眼神呆滞，满脸傻笑，不由得心里一沉，犹豫了一下，走进卧室，忧心忡忡地对正在看手机的儿子说："我看你同学不对劲！"

"哪儿不对劲？"胡一归问。

"你看看就知道了。"胡启泰不耐烦地说。

胡一归到客厅，只见柳三望先是把碗里的小米粥用手抓到桌上，大概觉得不尽兴，又干脆把碗端起来，把小米粥全倒在饭桌上，用手指在粥上写"柳三望"三个字，嘴里得意地说："好，不要急，签好了，来，下一个……"

胡一归不由得满眼惊恐，和父亲交流了一下眼神，确认柳三望精神失常了，于是暗下决心："无论多么喜欢文学，绝不能像柳三望一样为了文学而疯掉，这是底线！"

胡启泰提醒儿子："你赶紧通知他爸妈。"

胡一归回过神来，赶紧翻找柳三望的手机，这才想起昨天他来的时候，只穿着一条短裤，其他什么都没有带，共同有联系的朋友也不多。他突然想起女友杨曦肯定记得柳三望的住址，赶紧拨电话问："你记得柳三望在哪个小区吗？"

"你说的是罗湖还是现在那个租房？"

"现在的。"

"当然记得，怎么了？"

"出了点事，他在我这儿。你赶紧在小区门口等着，我过去接你，去他家找手机。"

胡启泰匆匆喝了点粥，陪着儿子把柳三望扶进车，怕他乱折腾出危险，就同柳三望一起坐在后座。胡一归开车绕到杨曦住宅区附近。这姑娘工作不认真，三天两头换公司，平均一个月赚不到一万，但是一万多的房租，眼都不眨，全靠她有钱的爹妈在背后支持。

杨曦已经在老地方等着了，看到胡启泰，落落大方地说："叔叔好！您好年轻啊！"然后顺势坐到副驾上，心里暗暗给未来的公公打了个印象分——60分。苍白干瘦的脸，杂乱的眉毛，无神的眼睛，浑身散发出一种天然又随性的气质，像是曾经尝试着努力，但不断放弃，对自己没太高要求，但又自我感觉良好的普通老头儿。

胡启泰笑笑点点头："老啦。"他扫了杨曦一眼，这姑娘他早听说了，今天一见，心里替儿子着急起来。论身高长相，她倒是和儿子很般配，可是一看就不像会过日子的女人，红嘴唇、五颜六色的指甲、长卷发，手上身上叮叮当当戴满各种装饰品。胡启泰心里打定主意，得早点给儿子提个醒，这样的姑娘，老胡家可养不起。

四人到了柳三望的小区，值班的保安是个矮胖、红脸、和气的年轻人。他一下子认出了诗人，看车上的另外几个人干净体面，心里倒是有点意外，一边按规定要他们登记，一边邀功地说："你们是他的好朋友吧，诗人不对劲好几天了，天天晚上跑来跑去，又唱又笑的，吵得小区的人睡不着。前天晚上我值夜班，他又这样，好几个年轻人被他吵烦了，要围殴他，是我把他们劝走的，还把诗人送回了家。"

"既然不正常这么久了，你们怎么不联系他亲戚朋友呢？"胡启泰不高兴地问。

"嗨，是这样的，他每次唱诗的时候，我们都会闻到酒气，白天又好些，只是自说自话，也不骚扰别人。我们也分不清是发酒疯还是真有问题。"好脾气的保安解释道。

杨曦说："多谢帅哥，回头我们请你吃饭哈。对了，诗人是住703吧？"

"是的。"听美女说请自己吃饭，保安不好意思地笑了，连说，"不用不用。"

到了柳三望家，门锁着。

杨曦打电话请人来开锁。

胡启泰小声对儿子说："这姑娘傻吧？叫门口的保安请开锁的来，多快！"

"她就是给保安打电话。"胡一归说。

"她怎么有保安的电话？"胡启泰吃惊地问。

"刚才过保安亭的时候，她记下了。"

胡启泰惊得说不出话，半晌说了句："这么聪明的姑娘，你跟她一起不像个傻子？"

胡一归好气又好笑，没接话。

等了有半个小时，保安才带来了开锁公司的人，讲好价钱180元。门一开，一阵臭气扑面而来，差点把人呛倒。隔着门可以看到，屋里就是个垃圾场，吃完快餐的脏盒子、歪七竖八的空酒瓶、成团的脏纸、撕碎的书、脏乱的衣服、随意爬行的蟑螂……

心

结

　　杨曦没忍住，跑到安全通道的垃圾桶边吐了好一阵子。

　　胡一归忍住恶心，问保安："有钟点工吗？"

　　保安也是一脸嫌弃："这么脏，谁下得去手呀！"

　　胡一归把钱包掏出来："1000。"

　　保安眼睛一亮，声音却还是不太情愿，料定胡一归这几个人是不可能为节约小钱亲自动手去打扫的。虽然目前这1000对于这样的工作量来说绰绰有余，但能多赚一点是一点嘛，嘴里说："太脏了，加点吧。"

　　胡启泰立刻怒了："抢钱啊，打扫个屋子，要这么多钱？你这边没人做，叫别人来做。"

本来已经接过钱的保安，一听这话，十分硬气地把钱往胡一归手上一拍："找别人吧。"

胡启泰大声指责保安，不讲情理，不通人性，没有职业道德，简直是敲诈勒索。保安本来想见坡下驴，见这倔老头口不择言，正好戳到自己年纪轻轻本就不甘心做一个保安的痛处，为了尊严，扭头就要走。

杨曦赶紧把保安拉住，胡启泰看到这里，更加生气，真的打算自己进屋动手打扫，胡一归把他拉到一边，忍住火："和保安你都能吵起来？"

胡启泰气愤地问："没看出人家在讹你吗？"

胡一归反问："从来没人讹你，你有多少钱？"

胡启泰被噎得说不出话来。

胡一归看到父亲一下子像泄了气的皮球，心里又愧疚起来。很多老人上了年纪，性格越来越平和。父亲却不知道为什么，性子越来越急，管得越来越宽，看什么都不顺眼。最让自己不能忍受的，是每次跟人说话，都像是跟人吵架，简直有失体面。

杨曦从包里掏出500，加上胡一归的，递给保安："1500，快点。"

保安脸上已有了笑意，但还是装作勉为其难的样子，说："要不是看在你这位大美女的面子上，我真懒得管了。"

杨曦笑道："谢谢你给我面子，快点叫人来吧。"

保安瞥了胡启泰一眼，故意以一种胜利者的"你奈我何"的姿态从他面前走过，到走廊尽头，拿起手机打电话："姐，4栋703，赶紧过来，打扫一个两室一厅的房子，顶多80平方米，稍微有点脏，不过钱真不赖，人家给500，先付款后干活。对，我在这里，快过来。"

　　十几分钟后，一个五十多岁、大圆眼小短腿的胖女人碎步跑来，手里拿着水桶和各种清洁工具。保安上前迎接她，说了几句话，递给她几张百元钞票。女人把钱放进口袋里，眉开眼笑，口罩都没戴，就进去打扫垃圾场了。大家边闲聊边看着还在团团转碎碎念的柳三望。看阿姨打扫得能勉强进人的时候，胡一归进去翻找，找了好几圈，总算是在酒瓶堆里找到了手机。他用柳三望的指纹开了锁，联系到柳三望的爸爸，对方说立刻订机票来深圳。

　　"不知道养孩子有什么用，他爹妈这把年纪了，享不了他的福，还要为他操心。"胡启泰愤愤地说。

　　胡一归没说话，他知道父亲这话是说给自己听的，不过借题发挥而已。他们看柳三望这样子，把他扔在这里不现实，又原班人马返回自己的公寓，怕他出什么意外，便时刻守在身边。

　　记得有一次，胡一归跟柳三望对饮，无意中说，自己业余时间写了有一百多万字。柳三望佩服得五体投地，问："你都这么多小说散文上报纸杂志了，为什么不像我一样全职写作？"

　　胡一归虽然在年少时与柳三望同窗，当年的感情也不可谓不真，但坦白地说，这几年，看了太多优秀的同学及朋友，他们对自己的严格要求，对未来高标准生活的期待，与自己简直是天壤之别。而自己同柳三望，当然也不在一个层面，但又不忍心说出伤他的话，只避重就轻地说："一是全职写作收入不稳定，二是因为抄袭的问题。"

"抄袭？"柳三望不明白。

"是的。"胡一归想了想，讲了一件事——他在某家知名的网站，用笔名写了很多文章，有多篇被全网转载。有一天一个粉丝告诉他，其中自己最得意的一部长篇小说，里面的许多段落和情节被一部很火的小说抄袭了，那个作者还抄了其他很多人的作品。被抄袭了作品的作者们，尽管联合起来讨要公道，但因为各种问题，比如取证难、没名气、要付费等原因，抄袭的事便不了了之。他花费了好多时间精力，却是这结果，令他有点丧气。正好那个时候，四川的一个同学把当地某天的一份报纸拍照发过来，那报纸上刊登着自己一篇火遍网络的文章，可作者名字不是自己，同学问他是不是改了笔名，他说没有。同学建议他找报社打官司，要回自己的署名权。胡一归咨询了律师朋友，律师建议他算了，因为打这个官司，要将大把时间和精力搭进去，就算讨回了公道，也根本得不偿失。两件事凑一起，让他一时火大，就自绝后路，把密码改乱，从此再也不进那个网站，也打消了全职写作的念头。

当然，胡一归没有说出隐藏在心底最真实的两个想法：一、不写出一部真正优秀的作品来，怎么可能全职写作呢？二、才不要做个穷酸作家。

柳三望冷哼一声："我最瞧不起的就是你这鬼样子，跟你爸一个德性，怂，畏首畏尾，小里小气，怕这怕那。我柳三望不鸣则已，一鸣就要惊人！我才不在乎收入稳定不稳定，抄袭不抄袭，我要出名，出大名，像那个脑瘫诗人，这样才能活得痛快……"

胡一归看着柳三望因激动而通红的脸、灼灼的眼神，以及用力挥舞以示决心的手，心里既同情又难过。他看过柳三望的诗，怎么形容呢，缺乏才气和想象力，跟他本人的壮志雄心和远大理想毫不相符。他前面埋头苦干写了十年，毫无作为，再写下去，也只不过是体现一腔孤勇而已，但是胡一归不想戳穿这个显而易见的事实。他和柳三望两家的情况，相差巨大，就算柳三望现在开始，坐着一动不动，这辈子也不会饿死。可是他胡一归只要一个月不进账，下个月的房租和车贷就没有着落了。

只是意想不到，向来阔绰、家里也不缺钱的柳三望是个好面子的人，宁愿自己受穷也不向父母伸手。唉，真是梦想惹的祸。

柳三望的父亲个子矮小，双唇比年轻女人的还红润，鼻子高挺，虽然眼皮耷拉，但用力睁大眼的时候，却异常有神，耸起的肩头肉几乎将他的脖子半埋，滚圆的大肚子随着粗重的呼吸而上下起伏，他的两条腿似乎承受不起这个大肚子，不时地调换重心站立，整个人的气场，一看就是个起码曾经有过辉煌的成功商人。柳母则是个身材高大，大眼、塌鼻，声音爽朗，就算不笑也自带慈祥气场的女人。显然，柳三望是把父母外貌的优点完美结合了。两人坐最近的一班飞机赶到深圳，柳母来不及和人寒暄，看到儿子精神失常，瘦得皮包骨头，手中的包都来不及放下，就抱着儿子哭开了："儿啊，叫你莫出来莫出来，偏要出来，家里又不缺吃不缺喝，你说现在怎么办？回去叫我怎么给你奶奶交代啊……"

柳三望先头还是笑嘻嘻地，看到柳母哭，涣散的眼神突然收拢，变得伤心起来。他伸出手，慢慢抹去柳母的眼泪，说："假如生活欺骗了你，不要悲伤，不要难过……"

眉头紧锁的柳父看到儿子这副模样，叹了口气，转头对胡一归说："小胡，太谢谢你了。这些年，没少听三望说起你，说你是个学霸，大才子。他很崇拜你！我要赶紧带他回去治疗，叔叔托你一件事，有什么手尾，你帮忙处理一下，要什么材料，用多少钱，随时微信通知我。"

胡一归连忙说："叔叔，别这么客气，应该的。"

他原计划帮柳父母买第二天的机票，让他们在深圳住一晚，顺便带他去吃点好吃的，可是老两口一分钟也不能忍受儿子这样，要马上回家。胡一归只好开车把柳三望一家三口送到高铁站，杨曦又买了些吃的喝的。柳妈感激不尽，再三要他们有机会一定去老家做客。

返程路上，杨曦突然说："我感觉你爸不喜欢我。"

"他连我都不喜欢，怎么会喜欢你？"胡一归脱口而出。

杨曦忍不住笑了："哈哈，讲真，他一个人，以后让他在老家生活，你放心吗？"

"当然不放心！"

"以后你爸再老点，会跟你一起生活不？"

胡一归认真地开车，没有回答。

"亲爱的，我觉得你比我厉害多了。自从上了大学，我回老家都是住酒店的，顶多回去吃顿饭。跟父母住？自讨苦吃不说，三天就成了仇人。"杨曦一边打开化妆镜补唇膏一边说，"建议你以后给你爸找个好的养老院，对了，要不给他物色个老伴？最好年轻点的，照顾他，我们也放心。"

胡一归依然没有回答，他心里有点反感，杨曦显然是把老爸当累赘想甩出去。虽然自己也没有多喜欢父亲，但他不喜欢她这样赤裸裸地说出来。

唉，真是梦想惹的祸。

——《心结》

糟透的父子关系

火车站，来来往往拿着箱包的人们，行色匆匆。

从停车场方向过来的胡一归，拖着一只又大又旧的行李箱在人群中穿行。父亲在后面快步跟着，手上拎着一只大包，背上背着一个帆布包。到了自动取票机前，胡一归放下行李箱，转过身，语气略带愧疚："身份证呢？"

胡启泰连忙放下行李包，掏出身份证递过去，小心翼翼地看了一眼儿子。

胡一归按触摸屏操作，刷身份证、取票，将票和身份证叠放在一起递给父亲，看了一下时间："来得太早了，找个地方喝点东西吧。"

"我带水了，想喝你自己去喝。"

胡一归心里一股无名火蹿起来，觉得父亲总是借节省之名，做着跟自己抬杠的事。在老家的时候，有时候他和父亲一起出去办事，每次他想打车，父亲总是坚持走路，而他出于对老人的尊重以及懒得反驳的个性，迁就了他。有一次，正值酷暑，跟着父亲走在路上，晒得大汗直流，几乎要晕过去，到目的地后，父亲还教育他："你看，这么点路，既锻炼了身体，又省下了车费，一举两得了吧！"

吃不了这份苦，又不想正面冲突，后来碰到这种情况，他就直接拦住的士，先自行坐上车，然后让父亲上车。他是这样想的："反正我已经叫车了，你上不上车，我也要付钱。"父亲倔强到什么地步呢？他会任凭胡一归和司机在车上再三叫自己却充耳不闻，旁若无人地一直往前走，死都不上车，以此证明权威不可侵犯！

现在，又是这种情况。他打算自己去找个喝冷饮的地方，故意气气父亲，可一扭头看到父亲花白的头发、瘦削的脸，自己心里又突生悲伤，便伸手将他的箱子和包一手一个，拖到边上不妨碍别人的地方。

父子俩手搭栏杆并排站着，看车站广场上的人来人往，胡一归问："你腰椎间盘突出，现在好了吗？"

"听一个医生的建议，每天睡硬板床，睡了半年多，现在好多了，你一个人在外，也要注意身体。"

"我年轻，你放心。"

"你爸这辈子没出息，你要靠自己争气。"

胡一归心里千言万语，嘴里只说："你把自己照顾好。"

"我身体好得很，不要担心。这段时间，我说错了什么，做错了什么，你一笔带过，我老了，跟不上时代，你要谅解。"

胡一归听得鼻子一阵发酸，目光不由自主地跟着一个抱着婴儿的年轻母亲，嘴里说："我知道你对我失望。"

他这话没自谦，大学同室最好的同学方乔，一毕业，就娶了一个上海拆二代，家里有六套房，现在坐收房租，什么都不愁，孩子都三岁多了。另外一个同学，跟着他来深圳时，前两年三天两头一起喝酒，后来自己开了公司，全世界飞，公司估值都几个亿了。还有一个同省的大学同学，同年同月生，在北京做基金，已经在运作几个亿的资金了。

胡启泰说："说这话干什么，你又不比别人差，你看你表哥小剑，比你还大呢，还要父母给钱花，叫什么来着？啃老族？对，啃老族。"

这句安慰话，比骂人话更打脸！小剑是父亲一个远房亲戚的独生子，他家做建材生意，有的是钱，初中没读完就出来玩，整天揣着一沓沓现金，出没在各种娱乐场所。拿自己和这么一个人去比，在父亲眼中，自己都沦落到如此田地了嘛？！

胡启泰看儿子不说话，又心急又烦躁。每一次，当他想跟儿子好好沟通的时候，都是自讨没趣。儿子上初中之前，还会经常跟自己据理力争，上初中之后，就拿两大法器来对付自己：一是沉默，二是反讽。越是这样，他越来气，可是该说的话，自己也不能不说："我对你没有其他要求，是不是光宗耀祖，是不是荣华富贵，我不在乎，就是不能给我们老胡家断后。你看柳三望，完蛋了吧？他好歹还有兄弟姐妹，我就你一个。你要当什么作家我不反对，要写诗我也不反对，但你答应我一个条件，把婚结了，孩子生了。我都62了，没几年好活了。"

"你刚说身体好着呢！"胡一归忍不住顶他。

"身体好是指我这个年纪的客观条件，没几年好活，是你家也没成，孩子也没有。我这个年纪，没希望，每活一天都是煎熬。"胡启泰语速极快地说，似乎稍停一下，自己语言的力量就会大打折扣一样。

胡一归听得心烦意乱，好在手机响了，一看是公司老总的电话，像抓住了救命稻草一样。

老板问："一归，在哪儿呢？赶紧回公司。上海甲方发脾气了，说你再不交新方案，就取消合约。"

"我马上到公司。"胡一归挂断手机，说："爸，公司催我回去，我送你过安检吧。"

"不用不用，你赶紧忙你的，我自己过安检。"

胡一归不由分说，拎起包和行李箱，往安检门去，等父亲掏车票和身份证的时候，他赶紧从口袋里掏出一叠人民币，往父亲怀里一塞，快步跑开。这是他和父亲多年形成的战斗经验，每次给钱，转身就会发现老头子一分不留全塞回来，只有用这种方式，他才来不及退钱。

回到车上，胡一归心里五味杂陈，既有送走老爸的轻松感，又有自己不够孝顺的自责感，还有一种丢东西的失落感。他又默默地盘算了一下如何向杨曦求婚，手机里编了条信息：爸，一路平安，你让我早日成家的事，我会认真考虑的。

我这个年纪，没希望，每活一天都是煎熬。

——《糟透的父子关系》

从火车站到公司，也就是二十几分钟的车程，因周末的原因，路上更是顺畅。胡一归将车停在公司附近的露天停车场。离公司一百多米的人行道上，有两个装修工人抬着一面巨大的玻璃镜小心翼翼过来，镜中的人物和街景，虚幻美妙。

　　胡一归心里一动，举起手机，把镜子连同镜中物像，拍了下来，顺手用微信发给了杨曦。

　　一分钟后，杨曦打电话过来，大呼小叫："你找到失散多年的亲兄弟了吗？"

　　在杨曦的指点下，胡一归惊讶地发现，在他拍的镜像里，他背后有一个除了衣着，跟他身高、胖瘦、发型，甚至神情都极像的流浪汉。

他惊得头发全竖起来，连忙四顾寻找，哪有那人的影子？

胡一归疑惑难解地匆匆进了公司。市场部的同事们正在热议当天新闻：一个二十多岁的年轻女孩，因夜里突然发生火灾而被送进医院，连医药费也没钱交，女孩闺蜜在微信朋友圈募捐求助。

据知情人说，这女孩是带一个男人回家过夜，发生意外后，男人拍屁股跑了。

大家笑女孩的愚蠢和男人的奸猾。

胡一归看了新闻才知道同事们正议论的就是前晚看到的那个头发湿淋淋的邻居女人，听到同事们穷尽想象来编排她的故事，心里替自己一阵难过："怎么跟这样一帮人混在一起？"

他学的是信息管理，同门师兄弟姐妹，不是创业，就是出国。最不济的，也在各大公司打下了根基。只有他，不仅没混出名堂，还从一家万人外企，落脚到这家只有三十几人的民营小公司。公司虽然称为"国粹文化传媒有限公司"，实际上只要能赚钱，什么都做，广告、策划、讲座、代运营公众号……胡一归号称经理，实际上是这家公司的救火队长，身兼数职。公司的老板来自农村，一辈子勤快惯了，依父辈祖训，认为早起的鸟一定是好鸟。他看胡一归是985大学毕业，写得一手好方案，还勤勉努力，符合"好鸟"条件，喜之不尽，对胡一归另眼相看。老板不仅给了胡一归全公司除自己之外的最高工资，还单独拟了份协议，给他公司 5% 的干股——虽然拿股份两年了，但一毛钱红利也没有得到过。

胡一归虽心高气傲，但生存所迫，还是对老板俯首帖耳，只盼望自己有朝一日一鸣惊人，让他刮目相看。他甚至想象着，有一天，当老板指责他办事不力时，他突然在公司的会议厅里留下"仰天大笑出门去，我辈岂是蓬蒿人"十几个大字，然后扬长而去。

挨到甲方上线，女负责人一直居高临下，今天更是出言不逊："你这个总经理还是总监，我都搞不懂到底管什么的，手下就没一个像样的人。你就说到底能不能做好这个方案吧，都五版了吧？一版比一版垃圾！不能做就别浪费我的宝贵时间，明天之前再不能交合格方案，我们就中止合同。"

类似这种威胁和抱怨，胡一归这两年听得太多，基本可以做到毫不动气，发了几个无意义的表情过去，表示自己在洗耳恭听——此举可以适当缓解甲方的焦虑和不满。他突然想起曾经给同类公司做的一个报废方案，灵机一动，替换了几个关键词，改头换面发了过去，然后留言：您放心，今天一定加班搞定新一版，我有点事，先下啦。

胡一归关上电脑，归拢好桌上的几件办公用品，准备走的时候，手机响了，是甲方女负责人。对方问："《人间少年》是你写的？"

胡一归环顾了一下四周，仅有两个加班的同事正在埋头做事，小声地回答："是的。"

"你的笔名叫回回大师？"

"是的。"

女负责人的声音显得有点激动："完稿了吗？"

胡一归如实回答："完了。"

女负责人："现在是下午2点38分。这样，你晚上不要做别的安排，我马上订机票，一起吃晚饭，和你敲定出版合同的事，具体的预付稿费、版税、印数，我们见面详谈。"

胡一归一头雾水，对方耐心解释道："我现在在这家单位做职业经理人，但我自己投资了一家文化公司，做出版和影视。两年前看到你写的《人间少年》后，一直想做这本书，没想到踏破铁鞋无觅处，得来全不费功夫。"

胡一归放下手机，回头翻看发送的信息，才知道刚才发方案时，不小心把自己写的小说也当方案发给对方了。

"出版可以，我有个条件。"胡一归说。

"什么条件？"对方显然吃惊，没想到他居然敢提条件。

"除了错别字，不能改主题，不能删情节，不能做大改动。"

"好！我就喜欢这么硬气的作者。"对方喜不自禁地说。

大概五分钟后，女负责人用微信给他发过来上海来深圳的机票信息截图。

胡一归按捺住心里的兴奋，给老板打了个电话，说沟通顺畅。他出了公司，路上打电话给自己所知的香蜜湖食街的一家海鲜餐厅，订了位，又拐进美发店洗了个头，回家冲完凉换了身见客的衣服，看时间差不多了，喷了点男士香水，哼着歌出了门。

香蜜湖食街位于深圳福田，路边彩灯绚丽，空气中飘着饭香。以前胡一归来的时候，大多是蹭别人饭局，理不直气不壮，今天要翻身当主人，心情颇好。他停好车，一边看时间，一边盘算待会要点的菜，一边往餐厅走去。一路上，只见红男绿女无不笑意盈盈，各餐厅招牌醒目动人。胡一归进了餐厅，怡然自得地看着在一排排水箱里活蹦乱跳的海鲜，默默计划要点的菜，龙虾、白灼虾、三文鱼、鲍鱼、蛤蜊、红酒……这一餐下来，可能要自己小半月薪水了，但这钱花得高兴。女服务生把他带进订的小包房，胡一归把房间打量了一番，就好像宴请宾客的主人在打量自家的会客室一样。房间倒也算别致大方。坐定后，他把地址和桌号发给了女负责人，并善解人意地用语音说了句："领导，下飞机了吧，告诉我喜欢吃什么。"

半天没回音。

胡一归把菜薄从头到尾翻了好多遍，又刷了会儿微信，看看时间，对方早该到了。于是他打电话过去，是个男人接的，那人自称是女负责人的兼职助理，告诉胡一归负责人在去机场的路上突发脑梗，一直在抢救！

只盼望自己有朝一日一鸣惊人，让他刮目相。

——《意外的书商》

不堪回首

胡一归心头一凉，既担心女负责人的安危，又沮丧自己实在是点儿背——至今为止，他签了两次出版合同，但都没有成功出版一本书。

第一次，是他上大学时。当时某文学网站特别火爆，他写了不少短文，获得不少知识分子的赞美，甚至有文学评论家洋洋洒洒专门给他写了一万多字的评论，认为他是当今文学界的一个小标杆。一家出版社的女编辑通过网站主动找到他，跟他签了一部长篇小说的出版合同，但是没多久，那编辑辞职了，接手的人要求胡一归按他们提出的意见，做很大的修改。胡一归觉得按对方的意见修改，小说又庸俗又低智，简直是侮辱自己的才华，拖着一直不改，出版的事就黄了。

第二次，是去年，一个很出名的出版商，看上了《人间少年》，跟他签了出版合同。本来一切都顺风顺水地往前推进，突然冒出一个年少时认识的同姓老乡大哥，叫胡长金。他说来深圳搞什么国际大项目，顺便组织老乡会，看到胡一归由当初的小屁孩变成仪表堂堂的儒雅男人便另眼相看。胡长金又得知他在写作，上网查了他的信息，觉得他才华过人，前途不可限量，便突发奇想，要用自己多得用不完的钱为家乡人做贡献，把胡一归打造成一个全国知名的畅销书作家。

胡一归半信半疑之间，胡长金用行动告诉他，自己是认真的，第二天就带着他的专职司机，来深圳和胡一归面谈。他们初步谈的是：两方合作后，签约十（五＋五）年，胡一归之前所有的作品都归胡长金公司运作，自签约之日起，一年最少按对方给的主题和方向，写两部长篇小说，每年给胡一归五十万底薪，版税三七分成（胡一归三，胡长金七）。

无论怎么看，这都是件利大于弊的事。但是有两件事让他纠结，一是要将之前和出版社签的出版合同作废，二是胡长金合同里有一个条款——胡一归必须按对方指定方向写出符合要求的小说。

纠结中，胡长金表现得诚意十足，一个周五的早上，9点不到，就发来了电子合同初稿。合同中明确指出年薪50万，签完合同后应付定金 10 万……胡一归觉得这人靠谱，立刻给和自己对接的出版社编辑打了电话，十分抱歉地说自己签了一家公司，所有的作品要由这家公司来运作，所以只能把这次合同作废，并且愿意赔偿对方双倍定金。出版社那边应该也是第一次碰到这种情况，见他心意已决，只好同意中止合作。

之后，胡一归按例给父亲打电话问好，顺便问他记不记得胡长金？父亲用不屑的语气说："老家谁不知道他，大忽悠……"

后面的话，胡一归不敢听下去了，他强迫自己要给人足够信任，于是把自己这些年发表在杂志、报纸上的近百篇短篇小说和杂文，以及另外两部完稿的长篇小说，列了个表交给对方，然后两人就在微信上一条条一款款地理了合同。胡长金说得最多的就是"从现在开始，你就安心写作吧！我想好了，首签五年，一年我投入 50 万，就是五年后一分收入回不来，也不过是 250 万，这点钱对我来说不算什么"。

胡一归心里一热，惭愧自己刚才还在怀疑他。两人友好相商后，就这么愉快地定了。胡长金马上发来了第二份修改后的电子合同，胡一归用红色标出自己觉得需要商量决定的条款。然后，等对方给自己寄合同。

周六没信息。

周日没消息。

胡一归想了想，还是主动问："合同还有什么问题，可以再细商一下。"

两个多小时后，胡长金回了一个字"忙"。

周一没动静。

周二，胡一归再次主动给胡长金发了信息，说大家都是老乡，前面热火朝天地确定合同，现在几天了，一点消息都没有，有什么问题，大家摊开来说，又害怕话说重了得罪对方。胡一归一边红着脸，一边特意加了一句拍马屁的话：你是做大事的人，不要为这种小事纠结。

三个小时后，胡长金非常客气地表达了如下意思：不好意思，现在的操作和之前设想的不一样，合作时机不成熟，只能等以后有机会再合作，希望生意不成仁义在。

胡一归一口老血差点喷到手机上，深深体会到父亲说他是个大忽悠的话。

这一次是看起来最靠谱的，可是，又遭遇这般意外！已经坐在包房了，就这样撤，也实在没面子，按包房的最低消费要求，他随便点了几个菜，胡乱吃了，灰溜溜地走出了酒楼。

可
怜
的
烧
伤
女
孩

　　一到家，杨曦打来电话："你缺钱吗，多少？我给你。"

　　胡一归不知道对方指什么，也不想猜，沉默了几秒，客气地答："杨曦，我们那么熟，你还不相信我？"

　　"熟"是胡一归这些年得以和杨曦保持恋人关系，又能得到相对自由的一个特别有效的字。"熟"字含有三层意思：第一层，虽然我胡一归和你杨曦是恋人，但你管得太多，我们就退回到"熟人"位置；第二层，你居然不懂我，亏我把你当自己人；第三层，你又不是我老婆，凭什么管这么多？

　　杨曦一听这话，果断挂了手机。

胡一归看着微信头像，陷入深思。杨曦一直是最符合自己审美的姑娘，她是浙江人，一米六九的身高，要长相有长相，要身材有身材，父母是生意人，在她十八岁前，就给她在老家全款买了房买了车置了收租铺面。在一次校内聚会上，她对胡一归一见钟情，并且单刀直入进入女追男模式。这姑娘家境好，心态也好，绝不像那些倒追男孩的女孩，或者敏感自卑，或者又作又傲。她虽然自发地跟着胡一归从上海"转战"到北京，又到深圳，但从来不给他添乱，更不会小心眼。

　　有一次，胡一归说："曦，你这么优秀，我也不算太坏，可是做老公，我不实惠。"

　　杨曦嘴角一挑眉毛一扬："想多了，我喜欢你，享受和珍惜跟你在一起的每一分每一秒。你不爱我，总不能强迫你爱吧，那不是耍流氓嘛。再说了，跟你在一起又不吃亏，总比出钱找鸭子强吧。"

　　胡一归听得乍暖还寒！

　　胡一归爱杨曦吗？爱！但是他从来没把这个字说出口，因为他觉得"爱"这个字特别神圣，无比珍贵！没有信心一生一世，就不能说出口。他对爱有信心，但对现实很无力，在他看来，一个男人没立业之前，是没有资格谈情说爱的！对于自己来说，立业不是赚多少钱，也不是升到什么职位，而是能写出一本到老了都无愧于心且能立足于世的小说！当然，更大的障碍在于杨曦跟自己完全是两个世界的人。有一次，她爸给了她20万让她在香港买一对情侣表，要在老家送人办事。她真去了香港，给自己买了两个包和几件衣服，给胡一归和另外两个闺蜜一人带了个最新款的苹果手机，20万花得一文不剩，表却忘了买。

她爸骂她败家女，她回道："反正你们老杨家就我一孩子，钱都是留给我的，以后花和现在花有什么区别？再说，以后花还通货膨胀，你算算二十年前的钱现在贬值成什么了？"

她爸当场就扬言要找个女人生二胎，一个子儿也不留给她。

她妈被父女两个气得要死，找闺蜜诉苦的时候，听闺蜜说有朋友在贵州一个正在开发的旅游小城买了块地，准备建一个酒店，立刻决定参一股。从谈合资建酒店到决定参股300万，她妈就花了一个小时。然后当天晚上就飞到贵州，与闺蜜的朋友会合，第二天就签了合同。大概过了三个月，他们拿的地价就翻了倍，钱来得快，参股的人扯皮的就多了。她妈借口嫌酒店管理麻烦，直接纸质合同转让股份，快速利索地狠赚了一笔，总算是在一定程度上弥补了女儿和老公给自己的精神伤害。

对于杨曦的所作所为，胡一归会有一点别扭，但也并不认为不对，女人要更好的生活，无可厚非，况且她有这样的家庭条件。胡一归拖了这么多年，不敢向她求婚，就是因为总觉得自己不够格，两人中间还隔着什么。具体是什么，他也懒得想，因为结婚还不在他前几年的计划之内。

胡一归把部门小妹新发来的策划方案做了修改和美化后，已经凌晨两点，这几乎是他的生活常态。父亲在的时候，为了避免他担心自己身体，也怕吵到他，胡一归会提前到夜里十一点半睡。父亲不在的时候，如果公司没有需要加班处理的事，他就埋头写小说或散文。

第二天，胡一归到了公司，主动找上海甲方，那边新对接工作的人，似乎对之前的方案很满意，他倒是有点小小的失落，就像铆足了力气准备参加一个隆重的举重比赛，人家突然宣布取消比赛一样。

老板确认这份合同妥了，很高兴，派他去见一个线下电商，商量做宣传月的事。谈好事回来的路上，胡一归想起自己泡汤的出版合同，心里空荡荡的，就好像胸口里有什么器官被人突然摘掉了一样，他反复安慰自己不要有执念，不要自寻烦恼。为了转移注意力，他打算做点有意义的事，突然想起烧伤的女邻居，相比自己失去的合同，女孩显然更悲惨，心里泛起一阵怜悯，找了个自动取款机，取了五千块钱出来，驱车直奔烧伤女孩闺蜜求助时说的三甲医院。

烧伤女孩穿着肥大的病号服，趴在床上，正在看手机，当她听到护士叫"39号病床有人找"时，侧过脸，看到胡一归，冷冷地问："你来干什么？"

胡一归很讶异："什么？"

女孩别过脸去。

其他病人和家属，都用奇怪的眼光看着他们，胡一归犹豫了下，把钱轻轻塞到女孩的枕头下，说："希望能帮点忙。"

女孩没反应，胡一归看不到她表情，呆站着又无趣，疑惑又不甘地出来。杨曦突然来电话，说她妈来深圳了，要俩人去她妈住的酒店会面。

　　胡一归暗自心惊，可是也不能避而不见，到杨曦指定的万象城门口去接了她。杨曦突然说："就说你家是做生意的，能拿350万出来买房。"

　　"为什么？"胡一归脸微微发烫。

　　"别问了，这么说就对了。"

　　胡一归想到杨曦平时说她妈时那种搞笑的语气，直觉告诉自己对方是一个粗俗，十指戴满戒指，五大三粗，黑脸大手，走路虎虎生威的女人。他想着怎么对付她，能把这门亲事给定下来。他对杨曦对自己的感情还是有把握的，之前只觉得火候不到，既然现在父亲催着自己结婚，而杨曦妈来显然是谈婚事的，此时不定下婚事，更待何时！他想到这里，心里不由得一阵舒畅。胡一归到了指定的地方，却看到一个体态丰润，长相酷似杨曦，年纪也就四十出头的女人，正在优雅地搅着杯中咖啡，手腕上一只硕大的玉镯子，在酒店灯光下闪着碧绿的光。

当然，更大的障碍在于杨曦跟自己完全是两个世界的人。

——《可怜的烧伤女孩》

见完准丈母娘就分手吧

杨曦不耐烦地说:"不声不响跑来了,你烦不烦?"

杨曦妈没回答女儿,微笑着看向胡一归。

胡一归连忙叫了一声:"阿姨好。"对方的安静从容、淡雅温和让他不自觉矮了一大截。

杨曦妈笑了笑,说:"你是小胡吧。"

"是的。"

"坐吧。"

"好。"

"请问你们需要点什么?"服务生过来问。

胡一归点了一杯浓缩咖啡和杨曦爱喝的卡布奇诺。

"你和我家小曦认识有六七年了吧？"

"是的。"

"有什么打算吗？"杨曦妈用柔柔的声音慢慢地问。

胡一归额头一下子冒出汗了，郑重地说："想结婚。"

"那你准备好了吗？".

"准备什么？"胡一归有些心虚地小声问。

"嗯……小胡，是这样的，我就杨曦一个独生女儿，不指望她给我养老，但是也不希望她以后过得太辛苦。我自问算不上是一个伟大的妈妈，但肯定也不是那种老迁腐、老顽固。你们交往这些年，我从来不干涉，只希望你们能自觉地早做决定。但是，今年以来，身边好几个朋友都因为各种原因，或重病卧床，或离开人世……"杨曦妈说到这里，突然停下来，眼神依然温和，但带着一种隐隐的担忧。

胡一归不敢不看对方的眼睛，只能间或低头搅咖啡，表示自己在认真听。

"我就不得不考虑自己的未来和孩子的未来。"杨曦妈说。

胡一归看着杨曦妈温暖的眼神，竟有些感动，他打算告诉杨曦妈自己深爱杨曦，会倾尽一生对她好的。

"我家的条件算不上多好，但是杨曦从小到大，没吃过苦。你们结婚的话，我是这样想的，深圳一套两百平方米左右的房子，一辆七八十万的代步车，应该是基本的。我不知道你家情况，小曦从来不跟我说，不知道提这个要求是过分了，还是太寒酸了。"杨曦妈依然轻轻柔柔地说。

胡一归脸一阵发烫，汗流满身，接不上话。

杨曦翻了个白眼："妈，你俗不俗啊？"

"恋爱可以不讲条件，但是婚姻，还是要稍微落点地。"杨曦妈绵里藏针地对女儿说，"你别忘记了，你马上过二十七岁生日了，难道谈一辈子恋爱？"

"我乐意，你怎么着吧！"杨曦呛道。

"小胡，我今天说这个事呢，不是有意的。我是去香港办事，顺便来给小曦过生日，跟大学同学聚个餐。我同学住的那小区，我看那儿环境还挺好的，听说有一套装修不错的二手房要卖，只要一千六百多万，就想到了你们。我不知道你在深圳有没有买房，还有没有房票，没有的话，也不用急。小曦名下的房产，都是全款付的，而且是在老家，不影响她在深圳的购房资格，所以，你们付三成的话，也就五百万，你要是有意，我让我同学带你们去看看那房子……"

胡一归听到"也就"两个字，脸越发地烫了，脑中快速闪出大大小小的"五百万"字眼来，喉咙发紧："阿姨，对不起，我很想和……杨曦结婚，但是，拿不出五百万……"

"一时拿不出也正常，现在很少有人手上放大笔现金，你那边能拿多少拿多少，我们这边凑一下。"杨曦妈体贴地说。

胡一归强迫自己镇定，就好像大考的时候，突然发现讨厌的老师站在自己面前，盯着自己做题，不由得一时慌乱。他默算了下自己的存款，理财加上现金，也就二十来万。听父亲口风，这些年可能为自己的婚事存了点，但是顶破天也就三十万，大概还能找亲戚朋友借点。虽然知道说出这个数字有点丢人，但是，他也不想说假话，说："大概能拿七八十万吧。"

杨曦妈一愣，快速瞥过一个轻蔑鄙视的眼神，就是那种不敢相信胡一归这么穷，但果然是这么穷的眼神，但这个眼神一闪而过，很快就换上了温和宽容的样子，语气依然是平平和和："不要紧，只要大家目标一致，抽时间好好商量一下，总会有办法解决问题的。"

胡一归被这个眼神瞬间击倒，似乎全身的血液为了抵御这个鄙视的眼神，全都涌到脸上，甚至蔓延到眼睛里。他如坐针毡，拼命让自己镇定下来，接着，脑子快速闪出摇摇晃晃痴痴呆呆的柳三望的形象。他爱杨曦，虽然从来没有说出口。原本他一直幻想着，再等一等，也许明天，也许后天，好日子就来了，那时就可以风光地向她求婚了。可是，杨曦妈的眼神，像一道闪电，瞬间将自己击醒，两百平方米的房子，七八十万的代步车，他胡一归就是努力几辈子，也不一定能达到杨曦妈所说的基本条件了。更何况，万一自己一辈子没出头之日，甚至像柳三望呢，让杨曦跟着自己受苦吗?!

是时候回归现实了，七年沉迷，只是一个美丽的肥皂泡而已。想到这里，胡一归羞愧到无地自容。他自认为是个读书人，出身名校，对自己有更高的要求。尽管从来没给过杨曦口头承诺，但他一直希望出其不意地给她一个交代。可是现在……想到人家姑娘莫名其妙跟自己浪费了六七年时间，瞬间觉得自己渣到不行！

杨曦妈见多识广，知道已经把要表达的东西，完全表达清楚了，借口明天一早要去香港，先回客房了。

看着杨曦妈优雅从容的背影，胡一归知道是时候做决定了！

杨曦怪胡一归："傻瓜，吹吹牛会死啊？就把 80 万说成 800 万，她又不知道底细。我们把证领了，生米煮成熟饭，她能把我们杀了不成？"

胡一归艰难地说："对不起！小曦，我辜负了你！忘记我吧！"

说完，拿起自己的包，起身，扔了几张百元钞票在咖啡桌上，任杨曦怎么叫，头也不回地离开了咖啡厅。

是时候回归现实了，七年沉迷，只是一个美丽的肥皂泡而已。

——《见完准丈母娘就分手吧》

存在
主
义

　　似锦音乐餐吧，位于福田中心城，因为装饰极度小资，价格也还公道，是近几年在深圳快速扩张的一家连锁店。这种餐吧，谈不上多好，但也坏不到哪里去，就像是工业流水线上的复制品。着装统一的服务生，训练有素地在各种食物气味里面无表情地来往穿梭着，直到把食物放到客人面前，才露出职业微笑。由于餐吧空间有限，屏幕下搭起的一个固定的比一般凳子高不了多少的表演台，有几个乐手在卖力地表演。正对表演台的一个最好的位置，一帮二十多岁的年轻人，一边喝酒一边起哄，开心地看着一个穿着齐整的小白领，拿着一束红玫瑰半跪着向一个穿粉红裙的秀气姑娘求婚。

餐吧最边角的桌子边，胡一归脸色微泛酒红，眼光扫过那个羞羞答答接过玫瑰，说出"我愿意"的女孩，心里又羡慕又鄙夷，又把眼光扫到离自己两米远，作为酒吧吊饰的竹篮上，几片附在假枝上的假叶子在随着空调风起舞。桌上的四菜一汤已是残汤剩菜，桌边摆了十几个空啤酒瓶，和一瓶喝了大半的威士忌。他对面，坐着的是刚来深圳时认识的同事兼好友何俊。

　　何俊有一张肉嘟嘟的脸，一双笑起来弯弯的小眼，两只大肉手。何俊最喜欢做的一件事，是见人就把手伸出来，说自己手心有大财库，发财是迟早的事。不过，他真正让人津津乐道的，是一年四季长期喷浓得让人打喷嚏的香水。胡一归一走近他，就不由自主地想到曹操。关于和何俊的友情，胡一归也问过自己。一般来说，从学校出来三年，同学之间就因为家庭和个人天赋的原因，分出高下来。他胡一归是个既有点自视清高又好面子的人，比自己混得好的，不想巴结，比自己混得差的，又觉得没什么共同话题。所以，他朋友并不多，何俊算是寥寥无几中的一个吧。按理说，和这样的人，顶破天也就是个旧同事关系，但是，何俊行动力极强，自己是眼睁睁地看着他从大公司里出来，创业、买车、买房，人生简直开了挂。胡一归自己缺乏行动力，对这样的人不由得刮目相看。当然，换位思考，说不定何俊也是这么看自己的。胡一归掂量了下自己，觉得虽然自己没钱，没背景，没地位，但不管怎么说，也是名校毕业，有点才气，长相干净，言语有度，跟任何人做朋友，不至于跌他们的份。

他今天请何俊的目的很简单，想跟何俊学做投资。

这会儿，何俊已经喝大了，正唾沫横飞："你别看我有车有房的，都是表面现象，你知道我老婆嫌我穷去偷人吗？都敢带家里来了。要不是为了孩子，我早离了，不，要是我有上亿资产，我也早离了。没别的，就是要多赚钱，往死里赚，到时想离就离，想结就结。"

"我还想跟你一起做生意赚钱呢！"胡一归大吃一惊，何俊的酒量他是知道的，肯定是心里还藏着更难以忍受的事，以致于才喝了这点酒，就醉了。

"行，我正准备开一家公司，注册五千万，给你留十个点的股份吧。"

胡一归心里默默盘算了一下，这家伙敢注册五千万的公司，怎么着也得有千来万运营。可自己连结婚买房的首付都付不起零头，真恨不得找个笼子躲进去，想请他带自己做生意赚钱的初心也一下子抛到九霄云外，实在不想让他看出自己混得这么惨。为了掩盖难堪，他给对方倒了杯酒，碰了一下杯，正琢磨着怎么体面地告别，手机屏幕就亮了。他一看，是陌生人短信：胡老师好，我是肖总的合伙人王彪，明天去你那签出版合同，明晚请不要做其他安排。

肖总？胡一归想了好一会儿，恍然大悟，上海的甲方女负责人！

想到出版的事又有希望，胡一归脸上忍不住露出笑意。何俊还以为他对自己的投资有兴趣，滔滔不绝地说起来："跟你说实话吧，说是投资五千万，其实只要五百万就能运作起来，你现在投一百万，我给你 20% 的股份，一年时间，保证你拿到两百万以上。我做过大量调研，我那产品，市场受众特别大，一定能出爆款，一年千万收入很正常，几个亿也不是没可能……你知道爆款的意思吧？就是火了，就可以赚个盆满钵满。我那产品，全部都有爆款气质。姓高的娘们，以前老子有钱的时候，把老子当太上皇，洗脚水都端到脚下，现在老子事业处于低谷了，就把老子当孙子。总有一天，我要让这臭娘们喝老子的洗脚水……"

何俊说得咬牙切齿，可胡一归的心思已经回到了出版合同里，只说先考虑考虑。他叫了两个代驾，结了账，把何俊送上车，回头发现杨曦站在自己车旁。

"为什么不接电话不回微信？"杨曦盯着他，想要捕捉到他的眼神，胡一归迅速躲开了。

"我给不了你好的生活。"他说。

"我想要的生活，就是和你在一起。"她那妩媚的脸，此时显得既严肃又坚定。

"如果我像柳三望一样发疯了，你怎么办？"

"我……"杨曦一时语塞。

"你说，怎么办吧？"胡一归追问，他太了解杨曦了，她不想说谎，也不愿意深度思考。

"你不是他，不会的。"杨曦果然不愿深入探讨这个问题。

一个脸上很多痘的年轻人过来，看两个人吵架，有点不知所措："是你们找的代驾吧？"

杨曦给他微信转了一百块钱："不用代驾，我没喝。"

代驾看了看胡一归，说了句"谢谢"，走了。

两人分头坐上车，一路都不说话。快到胡一归的小区时，杨曦先开口："我今天飞了个来回，把户口簿偷来了，我们明天去领结婚证吧！"

胡一归心里涌过一阵暖流，几乎要脱口说出"好"，但是眼前更快地掠过她妈妈的那个令他永生难忘的眼神，说了句："对不起！"

杨曦一个急刹车，问："你真的不想跟我结婚？"

"想，但是我不能！"

"你这个孬种，我恨你！"

胡一归不说话，扭头看着车窗外。后面有车鸣喇叭，提示要进停车场。杨曦一言不发，启动车辆，粗暴地翻遍了扶手箱，终于找出停车卡，刷卡进了停车场，找到空位子，停好车，用力摔上车门，沿着出口的路灯，越走越快，越走越快，终于消失在胡一归的视线里。

杨曦太了解胡一归了，表面看起来温和，可是一旦做了决定，就不可能更改了。

胡一归是完全醒了，他有着强烈的自尊心和清高感，绝不可能选择娘家那么有钱的杨曦做妻子！

我给不了你好的生活。

——《存在主义》

约
会
东
家

　　第二天，胡一归努力让自己斩断几万次想跟杨曦联系的念
头，尽量找相干不相干的事，让自己忙碌起来，可是，杨曦的
脸、鼻、唇、手，笑容，鬼脸，挑眉的动作，撩长发的动作，戴
首饰的动作，甚至依偎在自己怀中的故意挑逗的动作……汇集成
一股神秘而强大的力量，无孔不入地跳进自己的眼里，占据自己
的心。他要用尽全身的力量来控制自己的手，才能不去发信息给
她。想到从此跟她一刀两断，心里一阵又一阵隐隐作痛。有几
次，他觉得自己要被那股神秘的力量打败，自己就要投降时，就
刻意回忆杨曦妈的眼神，果然，那个眼神让他瞬间冷静下来，这

眼神让他明白自己又穷又渣。

　　总算挨到晚上，胡一归按王彪指定的时间，打的到了酒吧。震耳欲聋的音乐声中，酒吧表演台右边的一个位置上，一个四十多岁，穿着花紧身裤、黑色紧身上衣的秃头胖男人，老远就站起来挥手示意，一见面，热情地问："胡老师吧？我是千山情传媒公司的王彪。"

　　胡一归躲过对方在酒吧夜灯下充满色欲的眼，扫过对方几乎要从裤子和上衣里喷薄而出的肉体，礼貌地伸出手，微笑着说："不敢不敢，认识您真高兴。"

　　王彪将他的手紧紧握住，一边颇有深意地笑着说："肖总醒来的第一件事，就是交代我来跟您签出版合同，看来您和肖总关系不一般哪。"

　　胡一归还是第一次碰到男人这样握手，总算等他把话说完，用力抽出自己的手，说："我和肖总连面都没见过。"

　　王彪笑道："是吗？那肖总肯定是看上了你的才华。啊，没想到你这么年轻啊！喝什么酒？我喜欢红的。"

　　胡一归看了一眼吧桌，除了立着的酒水牌，就只有一杯白水，挥手叫服务生："来瓶红酒，一打金威啤酒。"服务生礼貌地问："先生，您要什么样的红酒？"胡一归看了看桌上酒水单的价格，最便宜的红酒是180元，最贵的38888元，用手快速点了360元的，说："就这个吧。"

　　服务生转身离开。

王彪看着胡一归："真年轻啊，文笔又这么好，后生可畏啊。"

"二十七了，不年轻了。"

王彪叹道："年轻着呢，我像你这么大时，正面临结婚的威胁，我当年可比你更痴迷文学啊。真是时光易老！现在，我那点墨水，就只够辅导辅导上小学的儿子啦。"

胡一归附和着笑，对方不提合同，他当然也不会提。酒吧里灯光昏暗，桌上的蜡烛火焰轻轻跳动。他的眼光跟着跳动的火焰，跳到邻桌一对肆无忌惮接吻的青年男女身上。男人的一只手从女人的腰部往上伸进胸罩里，女人显然喝多了酒，样子不知是痛苦还是享受。他看得正入迷，那男人瞥了他一眼，胡一归赶紧把目光移到表演台上，乐队已经换了风格，在唱着 Kenny Rogers 的《You are so beautiful》，舞台灯光照在人们身体上，如梦如幻。

王彪突然问："你对自己的作品有什么期望？"

胡一归谨慎地说："没什么期望。"

王彪笑着将酒均衡地倒到两人杯里："你是我见过的最不实诚的文学青年，我相信你的文字功底，你也该相信我的运作能力吧。"

胡一归有点自责自己走神，说："当然！"

他又假装看蜡烛光，实则认真地偷看了王彪一眼。毫无疑问，这是一个混得并不太成功的中年油腻男人，不合时宜不合身份的衣服，表示他很可能还混迹在一堆同样不怎么风光的艺术家中间，虽然年华老去，却不服老。胡一归甚至能想象他是那种游手好闲，依靠年轻时的一点小才华而将一个不谙世事的老实姑娘诓骗到手，做了老婆，他老婆经过一段时间的成长、自省、认命，干脆放手让他自生自灭，自己安心带孩子养家了。

当胡一归假装不在意地再次把眼光挪到王彪脸上时，对方正毫不避讳地盯着他。似乎胡一归是一道数学难题，他正在认真解题。胡一归连忙大声说："服务生，再来瓶红酒。"

第二瓶红酒还有一大半，王彪就醉得差不多了，变得开朗起来："不行了，不行了。我今天下午喝的酒还没完全醒，晚上又是啤酒又是红酒，真不行，醉了醉了，我要走了……"

胡一归只得陪他出了酒吧。路灯下，王彪那被紧身衣紧紧包裹着更显突出的啤酒肚和肥屁股触目惊心，胡一归暗想自己到了这个年纪，一定不能这么油腻。对方用不该有的柔声细语说："一个我不太熟悉的城市，一条我不太熟悉的街道，真有点害怕呢，你送我好不好？"

胡一归虽然被这媚态吓一跳，但还是礼貌答道："好。"

王彪无力地把身子靠在胡一归身上。

的士将两人送到酒店，王彪说："我觉得你是个很有前途的作者，为了节约沟通时间，想晚上跟你聊聊小说的事。"

胡一归进退维谷，虽然凭着自己敏锐的观察力，觉得跟他去酒店房间，是一件不妥当的事，可是目前为止，王彪还没有做出任何实质性的不妥行为。想想小说，人家可是特意从那么远的地方飞过来，且是受人之托，应该不会出什么意外。于是假装开心送他回了房间。一进门，王彪顺手按了"请勿打扰"的提示灯，有气无力地歪在床上，眼睛却盯着胡一归，酒精好像都跑到他的眼睛里燃起一样："你真的是个很有才华的人。"

"谢谢，过奖了。"

"只是少了一个好平台。"王彪换了个更扭曲的完全不应该出现在男人身上的姿势。

"您觉得如何找到这平台呢？"胡一归一边问，一边盘算怎么走掉。

王彪没回答，起身为自己倒了杯热水，回头顺势坐到胡一归身边："我有这个能力也有这条件为你提供这个平台，帮你包装策划，让你一鸣惊人，收入翻百倍甚至千倍。"

胡一归暗自盘算了一下，现在年收入也就二十万，翻百倍就是两千万，翻千倍，就是两个亿，这，可能吗？他正想问对方怎么操作，一扭头，赫然发现一张肥硕的红通通的男人的嘴在自己脸边，胃里顿时翻江倒海，猛地捂住嘴，说："喝多了，要吐……"然后飞也似的打开房间门，逃了出去。

他知道，合同的事，又泡汤了！

他知道，合同的事，又泡汤了！

————《约会东家》

签约

　　不过他一点都不后悔，出书重要吗？重要！对他这个早年便成名，被不少评论人士给予好评的人来说，无比重要！因为无论他多么自信，始终只是一个只能让别人在报纸、杂志上零打碎敲看到名字的小作者！不像那些能拿出自己署名的书的人，那是沉甸甸的成绩，不需废话，就足够证明自己。

　　出书重要吗？也没那么重要！起码他胡一归是这么认为的，让他出卖自己的尊严换得一纸合同，那是万万做不到的。更何况，他对自己的定位，并不只是出一本书而已。

　　第二天一早，胡一归刚将车开进公司所在大厦的停车场，突然接到王彪的电话，让他赶紧去酒店一趟。

"王哥，您有什么事吗？"他客气地问。

"好事，我在酒店的咖啡厅等你。"

胡一归脑补了很多乱七八糟的画面，又想想，大白天的，在公众场合的咖啡区见面，对方能把自己怎么样？难不成放迷药把自己迷倒？自己这外在条件，也不至于让人起这样的邪念，况且自己毕竟是男人。他悠悠地回公司打了个卡，看看时间差不多了，又找了个办公事的借口，出了公司，直奔王彪所住酒店的咖啡区。

还是那枚如同猕猴桃般颜色的秃头，还是那种黑色的要绷烂的紧身上衣，还是那种花得让人不忍直视的紧身裤。不同的是，王彪眼睛已经没有了昨晚灼人的火光，显得平静淡定，这让胡一归松了一口气。他的面前，放着一杯咖啡加一叠打印的纸质合同。

胡一归坐下来，王彪将合同推到他面前，上面写着"图书出版代理合同"。

胡一归很惊讶："这是？我以为……"

"你以为黄了是吧？昨天晚上，我只是做个测试而已，因为那些对自己才华没自信的作者，往往想通过歪门邪道得到好处，你过了这一关。"

胡一归摸不着头脑，还有这么玩的？

王彪："你看看合同，要是没什么疑问，就可以签了。"

胡一归知道人家肯付定金，诚意足够，再看到合同上说"非涉及政治政策类的内容，作者无须修改"，他定下心来，大笔一挥，就在一式三份的合同上签了字。

"如不出意外，半年就能见实体书。"王彪说。

拿到合同和定金的胡一归，想好好弥补一下昨晚的临阵逃跑给对方带来的伤害，说："王哥，我带你去一个不错的地方吃午饭吧，下午陪你到想去的地方转转。"

"转什么转啊？还有一摊子事。我定的三点多的机票回去，你真想请我吃饭，就帮我点个商务套餐好了，免得我去机场吃快餐。"

胡一归一看手机时间，都快十二点了，换地方吃肯定是来不及了，连忙叫服务生，点了两个商务套餐，又炒了几个菜，可惜菜还没上齐，王彪定的机场专车已经到了。无论胡一归怎么说自己开车送他去机场，王彪都死活不答应，装好签字的合同，拎着包就走了。

出咖啡厅的时候，胡一归还感觉像踩着棉花，他掐了掐手腕，才确信这次是真的了！虽然写一本书的版税收入，可笑得让人想哭！

出咖啡厅的时候，胡一归还感觉像踩着棉花，他掐了掐手腕，才确信这次是真的了！

——《签约》

从这天起，胡一归努力将杨曦的事抛诸脑后，虽然想起她的时候，心里还是隐隐作痛，可是他竭力不让自己变得软弱和反复。因为他知道，自己再怎么努力，也给不起配得上她的生活。如果不能让爱的人得到更好的生活，唯一能做的，只有不打扰，不心软！

　　他把自己每一分每一秒都安排得很满，满得不留任何时间去想杨曦，但是有几次，差点还是破功。

　　有一天中午，杨曦发微信问："吃饭了吗？"

　　胡一归压制住自己内心的冲动，没回。

过了一天，深夜一点，杨曦发了首《愿得一人心》过来。

胡一归差点忍不住回"白首不分离"过去，但是想想已经耽误人家这么多年了，再给她希望，自己也太渣了！

第三天夜里三点多，杨曦又发了条信息：好想你！

胡一归心里也正想她想得失眠，看到信息，心跳加速，但是依然忍着没回。

如果说，之前对自己的未来还充满期待和想象的话，这次签了出版合同，他彻底死了心！一千六百万的房子，七八十万的车，是自己要写几百本书的版税总和，也是自己目前不吃不喝八十多年薪水的总和。他有什么资格继续给杨曦绝望的希望呢？爱情是可贵，可是，他胡一归早已不是十八岁的小毛孩了。

一个月后，胡一归如期把定稿交给了王彪，下班回家掏钥匙时，看到隔壁门开着，好奇地望了一下，门却从里面砰地用力关上。

胡一归实在不知道自己怎么就得罪了这个女邻居。

好在堂吉诃德它们几个挺体贴的，一看到他，就兴高采烈地抱住他的裤腿。相处了这段时间，它们不仅能听懂各种简单指令，还能捡拖鞋，找袜子。经过细心观察，胡一归发现，活泼的是爱玛，温顺的是珍妮，有王者之气的是堂吉诃德——这个在小说里与风车大战的老骑士，在这里是个年富力壮又身手敏捷的小伙子。继一系列颇有成效的训练后，堂吉诃德是第一只能把脏衣服和干净衣服完全分开的小白猫，也是第一只能静静地坐在地上仰头看胡一归写小说的小白猫，更是第一只把胡一归的袜子成双成对摆到一起的小白猫。不知不觉，堂吉诃德在这个家的霸主地位就形成了。

胡一归将好吃的东西分给小白猫们后，打开塞林格的《九故事》，再一次翻到《逮香蕉鱼的最佳日子》。这是他第三次看这篇文章了，他希望通过再一次的细心品读找出它的关键所在。胡一归能感受到它的某种信息，却力不从心，无法完全领悟它——接着他走过去，在空着的那张单人床上坐下，看着那个姑娘，把枪对准，开了一枪，子弹穿过了他右侧的太阳穴。

胡一归把自己右手的拇指和食指做成手枪形状，指着自己脑袋右边，砰的一声。

门铃响起，他讨厌被人打扰，但不得不开门。是女邻居，她从身后拿出一包东西，轻快地问："请你吃开心果，不请我进去？"

胡一归开了防盗链。

小白猫们见生人进门，一阵乱窜，女邻居先是吓得尖叫，然后是开心。胡一归观察小伙伴们，还是堂吉诃德表现得好，它很快收回慌张的步子，稳稳地站在那里，轻声"喵喵"两声，珍妮也不慌乱了，走到它旁边，两个大脑袋歪仰，认真地看着两个人，做研究状。

姑娘好奇地低头去看小白猫，它们害羞地低下了头。

胡一归假装不在意，实则认真地打量起烧伤的姑娘来。她身材娇小，大概也就一米六，二十多岁的样子，脸蛋苍白，眼睛大大的，嘴唇略带暗色，身上穿着白色和棕色拼接的中长棉布连衣裙，脚上穿着一双看不出品牌的黑色休闲鞋。胡一归突然觉得她像是白兔精转世来的，不由得被自己这个突如其来的想法弄得偷笑了起来。

"这些白猫好漂亮啊！还会笑呢！"姑娘抬头对他笑。

胡一归虚荣心顿起，利用开心果，让它们表演了剥开心果、捡拖鞋、分袜子等游戏。姑娘乐得叫个不停，过了好久才想起来自己来这里的目的，站起身，说："我叫黄月月，不好意思，上次我认错人了，喏，还你的钱。"

她从裙子大口袋里掏出一个信封，显然里面装的是钱，面带笑容地递过来。

"不用还，不用还，这么点钱。"胡一归轻描淡写地说，好像自己是亿万富豪一样。

黄月月见他不肯接，把钱放在茶几上，又逗弄了一会儿小白猫，风一样地走了。

胡一归看着她离去时灵俏的身姿，想起了杨曦，但再一次打断自己思念她的念头。

旧
情
难
忘

　　说起来，胡一归算是个清高的男人了。在杨曦之前，他暗恋过几个人，但因为性格的原因，以及对学习成绩的硬性要求，他不得不将对这些人的感情全部揣死腹中。经过双方认可的，也不过是一次柏拉图式的恋爱，那是在大一的时候，他认识了论坛里的一位大他五岁的姑娘，这姑娘在几千里之外的一个城市的城郊开了家小店，从不用手机，但喜欢在网上写诗和散文。胡一归与她情投意合，QQ消息每天不断，刚开始聊的当然是理想和文学，慢慢就变成了爱情和人生。姑娘是个老派的人，这年头了，还坚持每周用手写信寄到学校来。每一封来信，都像是一剂良药送到病人手中。

　　大二时，他已经为那姑娘神魂颠倒，夜不能寐，思念和欲望让他完全无心学习，好几次冲动到要亲自去看她，可是那姑娘十分冷静，软硬兼施，理由千奇百怪，反正就是暂时不能见面，如果他一意孤行，耽误了学业，她就与他一刀两断。怕她生气，也确实囊中羞涩，他想好了，毕业后，要去那小镇，以最浪漫的方式向她求婚，然后相亲相爱过一生。不料自己还没来得及跟她见面，就有人转告他一噩耗，说那姑娘与一个姓牛的小老板结了婚。

　　听到这消息，他死活不信，但给他信息的那人，也是那个小镇上的人，这让胡一归很痛苦。回想两人交往，从未见过面，除了她家里的固定电话，居然从来没有用手机通过话，更不消说短信了。他安慰自己，就当是一个美丽的误会，随她去吧，可是那种被背叛、被耍弄的羞耻感，让他想知道真相。晚上，他摸准她不可能不在家的时间，打了电话过去，接电话的是姑娘她爸，边打哈欠边告诉他，女儿真嫁人了，他们是自由恋爱，谈了好多年，是青梅竹马的那种。胡一归一听这话，脑袋就炸了，看着灰蒙蒙的城市，鬼魂般游荡的人影，万念俱灰。要不是路过此地的同学发现他异常，将他拉到夜市摊喝酒，他都不敢想象那晚会发生什么不幸。

　　三天后，双眼布满血丝、头发凌乱的胡一归跑到街上，买了个漂亮豪华的日记簿，写了几句话和一首诗：

亲爱的牛夫人:

新婚快乐!

我徘徊在匆忙的人群中／惊梦般地找寻与你相同的背影／面对你曾写的诗行／你的呓语／你的梦想／缓缓地坐下／静静地观看／轻轻地叹息／任无情的世俗带走我的自信／看残酷的风雨洗涮你对我的感情／倾听心酸的没有结果的故事／我不知我对你的人有多轻／你不知我对你的心有多重／然而／我不能回头啊／找不到爱情的配方／找不到忘情的圣水／我只有让自己静静地／静静地／静静地悲伤／

天元伤心人敬上

本来，胡一归以为自己会颓废，会痛苦，会在情网里难以自拔，但奇怪的是，当他把自己最后一封装情书的信寄出去后，竟有一种莫名的解脱感，就好像一个等待警察的逃犯，真的等到手被铐上后，反而心安了一样:"管她呢，现在她是别人的老婆了，我才不要为别人的老婆浪费一分钟时间。"

寄出信的当天夜晚，胡一归开始了第一部长篇巨著的创作，是以自己和那姑娘的恋爱为线索的，主题是苦恋，然后发到当时最红火的文学网站。许是情绪饱满，文字恣意，正合了很多无病呻吟的同龄人的心情，连载仅半个多月，就得到成千上万网友的追捧，并且在当月底，拿到了一笔1500多元的稿费。1500多元，什么概念? 他爸一个月才给他1200元生活费，他之前被各报刊看上的纯文学短文，少的一分稿费都没有，差不多的有几十元，多的也就几百元而已。拿到钱的胡一归，叫上要好的同学，到校外西区的夜市摊占满两桌，把稿费和当月生活费花了个精光，换了满耳朵好话和一肚子啤酒，然后暗暗立了个大志：当作家。

这个理想，是他综合考量、权衡利弊后做的严肃决定！事实上，在他走过的二十来个春秋里，他考虑过很多职业——四五岁时，盼望长大后当个胖乎乎的糖果店老板；七八岁时，因为作业太烦人而想当老师；十来岁时，看了几部警匪片，希望将来当上个拉风的持枪警察；高中时，因为理科成绩尚好，他开始为成为科学家做准备。但这所有的一切，都不能带给他真正的快乐和自信，只有写作，能让他全身心地投入进去，故事中的人物漂亮或丑陋，高尚或卑劣，全由他塑造。这种创造人物、创造生活、创造命运的职业，让他觉得自己像上帝，更能让他找到存在感、满足感，以及活着的意义。

王彪打来电话："小胡，真抱歉，编辑部出了好多修改意见，文字很优美，但故事太散，你抽空改一改稿子吧。"

　　胡一归把对方发来的修改意见过了一遍，看来又是以前遇到的问题，黑暗面要去掉，颓废点要去掉，无闪光点的商人要去掉，不正确的大人物要改成正确的大人物……

　　如果这么改的话，那还是我胡一归想写的东西吗？

　　他没有回复，也没有动笔改。心，已直坠地狱十八层。

　　窄窄的马路，破烂的汽车，脏兮兮的房子，长得难看的女人，灰头土脸的男人，才那么一转眼时间，刚才还讨人喜欢的世界，现在变得如此可恶。胡一归沿着人行道毫无目的地走着，太阳那么大，他的头发晕，腿有些发软，看到银行的自动提款机，莫名其妙地走了过去，把卡里面的5800元人民币全取了出来，然后，继续往前走，看到一家取名大气的理发店，店里的几个人看起来还没那么讨人嫌，便走了进去。以前，自己考试失利的时候，老爸就会把他送到附近的小理发店去，要那个矮胖老板帮他理发，意取"从头来过"。

帮胡一归理发的姑娘是个安徽人，一脸的"贞节牌坊"，但旁边一个专管洗发的河南姑娘挺可爱，三两句就跟胡一归搭上讪了，没过一会儿，就被胡一归逗得唱起了河南戏。胡一归心情大好，顺手给了她两百小费，惊得那姑娘连连说："帅哥帅哥，你留个微信吧，常来，下次我给你好好洗，今天我洗得不够好。"

胡一归手一挥，走出了美发店，想到既然是从头再来，索性花光这些现金了事。他买了双鞋，买了件衣服，看还剩了几百块钱，顺手给黄月月买了条有假红宝石的银手链。

黄月月看到银手链，喜极，又看到桌上新置办的各种物品，惊呼道："你发财啦？"

胡一归笑而不答。

黄月月自从收到胡一归送的手链后，总是很主动且细心地帮胡一归做些小事，比如扔垃圾、带点零食、送点水果。胡一归只当她是感谢自己送钱到医院的事，也没太明显地反对。

一天晚上，胡一归正在用手机听书，听的正是《百年孤独》

里的这一段：我们趔行在人生这个亘古的旅途，在坎坷中奔跑，在挫折里涅槃，忧愁缠满全身，痛苦飘洒一地。我们累，却无从止歇；我们苦，却无法回避。

黄月月突然发了条微信过来："睡没？"

胡一归有点厌烦她打断了自己听书的氛围，但是出于礼貌，还是回了句："没有。"

黄月月语音说："唉，我有点失眠，没有打扰你的话，我想跟你家的小猫们玩玩。"

"来吧。"胡一归也没有多想，虽然自己的房子不大，可是黄月月在客厅和小猫玩，自己在房间戴上耳机听书，完全可以做到互不相扰。

黄月月很快就来了，给他带了一盘做好的水果沙拉，几块蛋糕，还给小猫们带了它们喜欢的旺旺雪饼。吃了水果沙拉，胡一归也不好意思扔下她一个人在客厅了。

"没见过你带女人回来，你那个怎么解决啊？"黄月月直言不讳地问。

"五姑娘。"胡一归看着夜里对方显得妩媚的脸和温柔的眼睛，不知道为什么，忍不住挑逗地说了这几个字。

"五姑娘是谁？"黄月月满脸不解。

胡一归伸了伸手。

"啥意思？"

胡一归又在灯光下把手晃了晃。黄月月这时才醒悟过来，羞得脸通红，然后自然而然地伸手捶打他。他捉住了对方的小手，灯光迷离，整个城市蠢蠢欲动，胡一归闻到她身上淡淡的甜甜的百合香味，顿时有些意乱情迷，两个人很慌乱地就吻上了，然后急忙忙地完成了男欢女爱之事。直到黄月月气喘吁吁地侧卧在他的臂弯的时候，他还觉得不可思议，因为整件事完全不在计划之中——他从来不是一个不做规划的人。

他情绪一下子变得十分低落，觉得对不起黄月月，也对不起杨曦，更对不起自己！怎么说呢？他有一种自虐的心理，总觉得送上门的，不会有好东西，再一想到黄月月是因为带别的男人回去，把自己烧伤，就更觉得有什么不对劲。他快速用语言在脑子里编了一套华丽的说词，想向黄月月解释，自己有个相恋七年的女友，刚置气闹分手才一个月，现在自己不想恋爱也不考虑结婚，现在和她发生了这种事，负不起这个责任，希望她能有思想准备，不要把自己当男朋友或者恋人。但是等他组织好语言准备说的时候，发现黄月月已经睡着了，而且轻轻地打着鼾。这种轻微的声音，让他突然有一种特别心安的感觉，很快，他也睡着了。

第二天，黄月月起床的声音弄醒了他，她旁若无人地穿好自己的衣服，连多看一眼胡一归都没有，就像没发生任何事一样，一个字都没说，打开门，走了。

胡一归有点摸不着头脑，这个女人，真是的，就不说点什么吗？！

不过呢，尽管嘴里不说什么，但从那晚以后，只要有机会，黄月月不仅会做可口的饭菜等着他，还会顺便买小白猫们的零食，更多的时候，帮他洗衣服打扫屋子。在黄月月不废话只行动的辛勤劳动下，几天时间，他的小公寓就大变样了，所有的地方都干干净净，一尘不染，所有的东西都清清爽爽，物归原位。黄月月还把一张新书桌搬来，让他不要用之前的旧桌子了。

有时候他非常小心地、主动地挑起话题，想论证或者说确认一下两人关系，比如有一次，他这样说："月月，你老帮我整理屋子，让我很有压力。"

黄月月说："你不认识我时，还送钱到医院给我呢！现在认识你了，顺手打扫一下屋子，压什么力呀。"

另有一次，黄月月把做好的饭菜端过来，开心地说："今天我试了个新菜，你试试。"

胡一归一看是可乐鸡，做得真不错，一激动，说："以后哪个男人娶了你，真是有福气。"

黄月月抹了把汗，说："切！"

有一次下班，碰到小区一对年轻夫妻在打架，他看到月月也在看热闹。两人相约一起回来，他故意问了个特狠的问题："月月，你为男人做过最疯狂的事是什么？"

黄月月眼睛向上一翻，想了半天，然后好笑地说："有次谈恋爱，感觉还挺好的，我嫌他矮了点，他嫌我胸太平了，他说想把腿骨敲断做增高，我说那我也去丰个胸吧。当时还查了好多资料，后来一想，又要动刀子又要搞个假东西在身上，后半辈子太惨了。慢慢地，就分手了。"

"是因为他矮你才跟他分的吗？"胡一归故意问，对比自己将近一米八的身高，他有一种隐隐的得意和自信。

"差点缘分吧！他很有钱，也特别舍得为我花。你说我一个上班族，他给我买两万多的包包，是不是疯了？"黄月月轻描淡写地说。

胡一归顿时丧了气，原本以为自己外貌压过她上任男友，让彼此都有面子，没想到，她一句轻飘飘的"有钱"就把自己打入深渊。与此同时，前准丈母娘那个鄙视的眼神再次出现，像晴天霹雳，将自己的自信和自尊劈个粉碎。

但是胡一归不得不承认，自己就是那么贱，虽然从一开始，就从没有对黄月月起过心动过念，可是她和自己发生肉体关系后，还这么淡定自如，毫不在意，这还是让他无比好奇和纠结，他特别想知道黄月月把自己当成她的什么人。

　　终于有一次，两人讨论新闻里一个五十多岁失独母亲再孕的事，胡一归趁机问："你喜欢小孩吗？"

　　"不喜欢。"黄月月说。

　　"为什么？"

　　"我并不认为我有多良好的基因，值得在这个世上传下来。再说，养一个孩子最少一百多万，这一百多万做点什么不好？"

胡一归笑了："怪不得人家说哲学家多绝后。"

"我是哲学家吗？"黄月月嗔怒。

"特像！"胡一归打趣。

这次交流之后，胡一归有一点点失落，但更多的是放心。看来，对方没把自己当老公人选，不用担心泡妞一不小心泡成人家老公了。

不过有一天，黄月月的行为还是惊到了他，刚从公司加班回家，黄月月看到他，一脸担心地问："怎么这么晚回来？打你手机还关机？"

"手机没电，不用担心，我一大男人，还怕被人拐了不成？"

黄月月认真地说："以后你的手机要充好电，不要打电话时接不了。"

胡一归有点别扭，这语气，挺像老婆对老公在行使权利！他不喜欢这种感觉，但是他又没办法明说，因为对方并没有说是自己的女朋友，也从来不要求什么，为了表明自己单身的决心，他决定用行动来证明自己的想法！

胡一归开始刻意与黄月月保持距离，但是不知是他水平有限，还是黄月月傻，她依然提着小白猫们的食物，或者他喜欢吃的饭菜，或者他偶尔提起但没买的书，理所当然地直冲到他家里来。他没法冷着脸把她轰出去，他儒雅、心软、善良，他抵抗不了长夜漫漫时，一个迷人的小女人像个逃婚的小媳妇样，慌慌张张钻进他家里来，搂着他的腰问他要一个吻或是一个拥抱。

最重要的是，黄月月从来没说要做他的女朋友！

"她是一个大方有主见的人，应该是不大在乎婚姻的，那次她不是带男人回自己公寓过夜嘛！"每次黄月月穿上衣服起身离开后，看着她洒脱离去的背影，胡一归就这样安慰自己。

这一天，胡一归正和老板做年中计划，前台来说："胡总监，有女孩找你。"

胡一归出去看，是黄月月。她买到他一直念叨却没有买到的一本绝版书，说走这条路办点事，顺便送过来。

黄月月走后，同事们打趣胡一归："谈恋爱了？姑娘这么漂亮，快请客。"

胡一归极力否认。

又一个周日，胡一归正在家里电脑前看电影，黄月月说拿东西，一进来，自顾自地埋头拖地，看到她脸上的汗水一滴一滴地滴下来，胡一归故意说："月月，你以后嫁人，肯定是个贤惠的好媳妇。"

"嫁你，要不？"

"我有什么好？"胡一归打太极。

"谦谦君子，温润如玉！"黄月月停下手里的工作，笑眯眯地说。

胡一归心里一暖，没想到这姑娘对自己评价这么高，但是千万不能上套，故意说："我做老公不实惠，没家世没背景没钱没权。"

"喔。"黄月月表情很轻松，"你觉得我适合找个什么样的男人结婚？"

　　"像你这么好的女孩，应该找一个经济实力相当雄厚的，又宽容又大气，成熟点的男人，也许大你八九岁十来岁正合适。"

　　"我喜欢你这样的啊！"黄月月歪着头眯着眼说。

　　胡一归完全乱了方寸，不知道怎么接话，一边找借口说要和朋友谈事，逃出家门；一边痛恨自己不够勇敢和果断。

　　女人真是怪物！胡一归又鄙视又害怕，同时又对自己的心思无法理解。当黄月月表现得对自己不在乎时，自己会有点失落；可是对方真的要走近自己时，又让他很讨厌。

逃出家门的胡一归，神情恍惚地走到南街的文艺书店。电子书的兴起，让这种纸质书店在深圳几无立锥之地。不过这家书店的老板是个聪明人，他硬是变戏法一样，将原书架做了调整，活生生在书架外围折腾出一圈桌椅来，这样，既可以卖书，又可以卖咖啡和其他饮品。不过，这地方实在是太小，也太吵闹，如果待个十几分钟，最长不超过一个小时，还是可以的，待久了就不行了。

一进书店，胡一归看到书架上到处都贴着打折的小广告，翻书的人不少。他在外国名著前站住，仔细看那些书名，发现很多书他都买了。突然，胡一归背上像着火一样灼热，他忍不住回头，差点叫出声来。那正是自己把他入镜看了无数遍的流浪汉，只是此时他穿得体面又优雅。

那人气派地问："买什么书？"

胡一归有点呆地说："买书。"

那人接过他手中的书，看了看封面："《巨人传》？很轻松好读的一本书。"

胡一归这才回过神来："啊，对啊，我听人说过。"

"有空？一起喝杯咖啡？"那人问。

胡一归像提线木偶一样，跟着那男人走出了书店，进了另一处咖啡厅。

珠灰色精致豪华的书架，或随意或刻意放着的漂亮图书，铺着淡花格子的桌布上，有珠灰花朵的小纱布做成的纸巾盒。咖啡厅的正面，是用凹凸不平的珠灰砖块砌成的艺术感极强的墙，砖块上是利用空间和空隙的错位，以及砖块色彩的深浅，组成的一大幅让人叹为观止的砖块图画。这是胡一归第一次到这家"城市生活"书吧。

很显然，男人是这里的常客。两人一进书吧，漂亮的女服务生就过来打招呼，问也不问，把位置最靠里的一张书台的椅子拉开，把消费价目表拿走，跟着拿来一个厚厚的靠垫。

男人对服务生彬彬有礼地说："谢谢，还是老规矩。"

服务生笑着说好，微笑着走开。

男人看胡一归在对面坐下了，说："你别看这书吧开的时间不久，可是这城市数一数二的，只要出得起价钱，难弄的书十之八九都能帮你弄到，什么绝版的、难买的，特别是国外的一些很难在国内找到的书，在这里几乎都能找到，对了，我叫孟游。"

"我叫胡一归，在一些 BBS 上笔名叫回回大师，随便取着玩的。"

"哦？你就是回回大师啊？"孟游惊讶地说，"我看过你的《人间少年》。"

"看来你也是个文学青年！"胡一归忍不住笑了。

孟游笑："是啊，天生的文艺青年，你那个作品写得很不错，怎么没结尾呢？"

想到王彪，胡一归心里一阵苦笑，为了不失颜面，避重就轻地说："工作太忙。"

"真羡慕你啊，工作爱好两不误，我都不务正业好几年了。"

"那你怎么生活呢？"胡一归好奇地问，从进入社会的第一天，他就备感生活的压力，无法想象一个人不务正业，怎么活下来。

"我是坚定的独身主义者，不养老婆不要孩子不养情人，不买房不买车，也不用管家里老人。他们退休金足够，我压力也不太大，写点小书赚赚零花钱。"孟游笑说。

胡一归看了一眼对方，范思哲上衣，苹果最新款手机，宝珀的男表，笑道："你这小钱可不是一般的小钱！"

孟游说："写作很难暴富的，也就是走上了喜欢走的路吧，比较自由，天马行空，我现在一年也就是七位数的收入而已。"

胡一归听到这话，惊得差点栽到地上。

他一直想的是，如何写出能流芳百世的书，可是从来没认真想过靠写书能赚多少钱。当然，偶尔头脑发热，自信爆棚的时候，他也会想到自己一鸣惊人时，一本书能赚多少钱，但是，设想的也不过是比上班多那么一点点的收入而已。他的脑子里有那么多故事，那么多新奇的思想。有时候，他半夜从床上跳起来，一些闪亮的语言把他的梦惊醒，他不得不快速记下它们，怕它们转眼消失不见；有时候，他看着一些长得奇特的人，就会有妙思奇想，在手机上存下当时想到的词语或句子；他还总是留心一些别人不经意说起的故事，认认真真记下它。这些都是他的素材，是他创作的源泉，他希望有朝一日，它们全能用上，以这种方式或那种方式呈现。但是，他虽然想了很多，创作出好作品，写出好句子，编一个动人的故事，却偏偏没有想到它能给自己带来多少经济收益！

对面的男人，多么迷人，神情自得，动作优雅，一年七位数的收入啊！胡一归心想，只要一半，他就心满意足了。

孟游看胡一归手上拿着一本澳大利亚作家考琳·麦卡洛的《荆棘鸟》，顺口说道："哪位作家能把玛丽·卡森的骄横张狂、刻薄尖酸和老奸巨猾写得如此动人？那一笔交给拉尔夫神父的遗产，真是神来之笔，只有女人才能想到女人的这种恶毒和阴谋，也只有考琳·麦卡洛能把这样一个爱情故事写得如此扣人心弦而又泣婉动人。'与上帝争夺男人的女人'，这是我为梅吉·克利想到的一句话。我在看这本书的时候，一直在想，这两个传神的女人，如果我是个女人，我怎么去写她们？事实上，我很想换一个角度，去写这个世界，你有过这想法吗？"

胡一归惶惑地笑，他没想过以换位的角度去写这个世界，在他看来，自己这个角度看到的世界已经够精彩和动人了。他实在不认为有这个必要，用并不真实的想象去再度描述它，这就好像非要他戴上变色镜看周边的东西一样难受，但是，他也并不认为孟游的想法不对，他佩服孟游，只是觉得自己还没到那个高度，不作非分之想而已。

"你能介绍一些好书给我吗？"胡一归像个小学生面对大学生时一样问。

他一直想的是，如何写出能流芳百世的书，可是从来没认真想过靠写书能赚多少钱。

——《再遇流浪汉》

"书我倒还有点心得，嗯，莎士比亚的书肯定要读，不过我认为最重要的是三个：《麦克白》《威尼斯商人》《罗密欧与朱丽叶》，主要是学习他铺陈而华丽的长句。我有段时间很崇拜乔伊斯，不过到后来发现他有点装神弄鬼，不是很可爱。《尤利西斯》和《芬尼根守灵夜》就算了吧，没有什么特别要读的价值，而且后者根本没有中译本。作为文学史上的一个重要人物，如果非要读他的书的话，我建议读读《都柏林人》或《青年艺术家的画像》。但要明白他的长处和短处，这个牛人知识很渊博，酷爱复杂晦涩的典故。

"爱伦·坡的书一定要读。他是侦探小说、悬疑小说、惊悚小说的老祖宗。后世的斯蒂芬·金什么的，跟他比起来还是有些差距。《莫格街凶杀案》《一桶白葡萄酒》《气球骗局》等等，作为纯粹的短篇小说来读十分不错。

"杰克·伦敦、马克·吐温是两个杰出的短篇小说家，很多篇文章至今看来都不错，有值得学习的地方。

"霍桑的《红字》，这是马原特别推崇的作品，但我评价一般，过多的隐喻和铺陈冗长的细节大大影响了阅读快感，但还是值得一读。

"古典和半古典主义时期的作品，我特别推荐两部：狄更斯的《双城记》、勃朗特的《呼啸山庄》，其他的可以看可以不看。

"叶芝的诗一定要读，读出声来，读得声情并茂，否则就不会知道诗好在哪里。我建议你待会有时间，去网上下载他的《当你老了》，马上读一遍。

"还有，我始终认为诗歌是比小说更高一等的艺术，所以我现在动笔之前，都要读上几十页诗。艾略特的诗好，文学评论也好。至于金斯伯格，你只需要读他的《嚎叫》就可以了。同样，聂鲁达也不值得读太多，《马克丘·毕克丘之巅》足矣，实在想了解他，还可以看看电影《邮差》。

"美国南方才女奥康纳，这是个十分有个性的作家，信天主教，体弱多病，内心敏感，带那么一点偏执和疯狂，长得不好看，还挺邪恶和残忍的。她的《智血》《好人难寻》都不错。

"尼尔·赫斯顿，黑人女作家，比海明威和福克纳他们还早，她的《他们眼望上苍》算是中上级的作品，不过一直被低估了，这书不太好买。

"沃尔夫名过其实，看不看都行。

"毛姆的《刀锋》《月亮和六便士》非常值得一读。

"接下来就是福克纳和海明威了。这两个老牛人年岁相当，都拿过诺贝尔文学奖，与菲茨杰拉德并称当时的'美国三王'，可这俩家伙却互不买账，互相往对方身上丢狗屎。国内作家受他们影响的不少，比如莫言。这本书第一部分，我所谓的'昆丁叙事'有极其独特之处，让白痴做叙事主角，后世格拉斯的《铁皮鼓》、阿来的《尘埃落定》都有点模仿嫌疑。不过福克纳最好的作品我认为还是《我弥留之际》。

"有很多人喜欢海明威，我不喜欢。有种作家写长篇不如写短篇，写短篇不如不写，他就是这种人。此人一生都在作秀，写东西倒在其次，最后死得也缺点分寸感，竟拿猎枪轰掉了自己半个脑袋。《太阳照常升起》极度无聊；《永别了武器》，电影又叫《战地春梦》，像好莱坞的战争片，硬汉、美女之类的，却远逊于科波拉和奥利弗·斯通的电影。他的短篇《杀手》《印第安营地》，中篇《弗朗西斯·麦康伯短促的幸福生活》，以及其他尼克系列的故事等，倒是值得一读。

"有时候我很纳闷，塞林格为什么说海明威曾影响过他？在我看来，塞林格要比海明威高级得多，他才是'作家中的作家'。他的《麦田里的守望者》很有名，不过中译本却看不出什么好来。你英文水平够的话，我建议你看原版。重点推荐的是他的短篇集《九故事》，记住一定要慢慢读，细细品，最后才能知道好在哪里。说真的，这九个故事我每个都至少读了三遍，在我的心目中，它们和基耶斯洛夫斯基的电影《十诫》是同一个层次上的艺术品。你知道吗？基耶斯特洛夫斯基是我最喜欢的电影导演。

"凯鲁亚克的《在路上》、托马斯·品钦的《V.》，都是可读可不读的作品。

"接下来是童话作品，童话中排第一的当然是《小王子》。它奇特的想象力，优美的语言，我看一遍赞叹一遍，不过这不是英文的，是法文，作者是圣·埃克苏佩里。肯尼思·格雷厄姆的《拂过杨柳的风》，写的是小老鼠、蛤蟆和狗獾，很有童趣。E·B·怀特的《夏洛的网》很有名，不需要多说。哦，对了，《小精灵普木克》，这是德国女作家爱丽丝·考特的作品，也很有意思。叶永烈的《小灵通漫游未来》是我小时候最喜欢的书，熬夜看把眼睛都熬红了，这个也值得一看。

"奥威尔的《1984》，赫胥黎的《美丽新世界》，扎米亚京的《我们》，这是反乌托邦小说中最著名的三部，都值得一读。《1984》名声最大，不过照我看，它比《美丽新世界》差一点，比《我们》好一点，只能排老二。

"书店里都有亨利·米勒的书，一大片，黑乎乎的，不过要按我的意见，看看《北回归线》就足够了。他是那种酷爱喃喃自语的作家，有无数废话要说，情节却很少，看多了烦人。

"房龙所有的书都值得一看，又有趣又有信息。

"梭罗的《瓦尔登湖》不错。海子有首诗叫《梭罗这人有脑子》，有脑子的人写的东西，当然要看看啦。

"库切的作品越出越多，我还是最喜欢《耻》。奈保尔也获了诺贝尔奖，《大河湾》《毕司沃斯先生的房子》我都觉得一般，反而是他的短篇集《米格尔街》好，是真好。

"翁达杰知道吗？《英国病人》就是他写的，他的新作《菩萨凝视的岛屿》也很不错。南亚英文作家中，印度女作家阿兰达蒂·洛伊的《微物之神》非常不错。

"说一个通俗的吧，史蒂文森的《金银岛》，这本书真好看，我看了两遍。他和法国的大仲马、凡尔纳是差不多的作家。

"对了，英文诗人里我漏掉了一个，毕肖普……"

胡一归彻底被孟游的阅读量和渊博的知识给折服了，看对方，应该比自己大不了多少，怎么能看这么多书？以孟游的知识储备量，可以甩自己十八条街……

接下来，胡一归就像个呆子一样，满眼闪光地喝孟游请的咖啡，吃孟游请的晚饭，然后带着一肚子问号和膜拜，依依不舍地和孟游告别。回家的路上，他顺便搜索了一下孟游，竟然查不到这个名字，突然想到他说起曾写过一本叫《索多玛的忧伤》的书，查了一下，网上这样说的：

游明子，天才少年，17 岁出版第一部长篇《索多玛的忧伤》，该书一出版即在三个月内再版七次，销售量达 230 万册，此书也被中国知名文评人誉为魔鬼派小说的开山之作。文坛由此开始了经久不衰的魔鬼派小说的创作，但迄今为止，还没有一部小说能超越此小说的高度。游明子是个神秘的人物，从不公开露面，也从不炒作，几乎可以肯定，他是中国最低调的作家。成名后的游明子在完成学业后，隐身到几乎完全自由的个人生活中，除了极少数的好友，没人知道他的行踪。"游明子"是他的笔名。

胡一归震惊得说不出话来！

十点半了，公司的门还没开。二十来个同事乱糟糟地挤在公司门口，有的交头接耳，有的一脸茫然，有的在低头刷手机。

　　胡一归看着公司的招牌，一遍一遍地默念上面的字——深圳市国粹文化传媒有限公司，就像刚识字的幼儿园小朋友一样认真，又一遍一遍地看它的外壳，像这个城市其他的办公楼一样，没有特色的外墙，千篇一律的商务楼格局，茶色玻璃的里层门，不锈钢花纹的外层大门。在这家公司快三年了，他从来没意识到，自己对它有着什么样的感情，早上走进这里，天快黑时出门，就跟肚子饿了要吃饭，尿憋得差不多了要上厕所一样自然。

那个 20 万股的干股也没有形成巨大的诱惑力，让他为公司卖命或者用掉一切激情。他只是觉得，拿人钱财，替人消灾，拿了老板的，就得尽心尽力做好事。但是突然之间，进口和出口都堵住了，他心里慌慌的。

慢慢地，大家开始沉不住气了。

男同事们有的脸色阴暗，有的焦躁地看着窗外，有的研究着其他同事的脸。

女同事们早就炸开了锅。

一个说："老板不会是卷款潜逃了吧？"

另一个说："我早就觉得不对劲，前几个月发工资老是拖啊拖的。"

"经理，你也不知道怎么回事吗？"策划部门的小妹问胡一归。

胡一归不知道说什么好，心里无比郁闷，倒不是郁闷干股可能泡汤，老板许诺的股份一上市自己就能身家数百万，而是自己在公司尽心尽力干了两三年了，竟然连公司坚持不下去了都不知道。更可笑的是，他一直以为只有自己有干股，从刚才他们的议论声中听到，原来包括副总裁和另外两个所谓的高管也有干股，不过是老板代持而已。

一个女同事开始绘声绘色地说起昨晚电视里的一个真实故事，一个无良老板，拖欠大笔员工的薪水，仓皇逃窜，工人们坐在工厂门口，凄惨无望地等待着。

十一点半后，已经有同事开始小声讨论找新工作的问题。公司副总裁终于给胡一归打了电话，总结下来有三大问题：一是拖欠了办公房租，房东连夜换了门锁；二是公司业务出了问题，有合作方和老板打官司要大笔赔偿；三是磨合很久的那家上市公司，本来有一笔大业务就要签单了，谈合作的领导临时换了人，准备的合作就废了。

胡一归避重就轻地告诉大家不要着急，薪水和赔偿的事后续有专人处理。他一个人走出来，心事重重地在公司附近吃了个快餐，又打包了几只鸡腿。他驱车回家，准备给堂吉诃德、爱玛和珍妮喂鸡腿吃，小屋里却到处寻不着它们，地上只有吃剩的奶糖纸和乱七八糟的旺旺雪饼透明小包装袋。他正在公寓楼里到处找小白猫们时，碰到了急匆匆进公寓的黄月月。

"今天没上班？"胡一归问。

"回来拿资料。"黄月月声音很轻松，但脸上带着忧愁，眼睛有点红。

胡一归有点担心她，跟着进了电梯。

黄月月像是不认识他一样，一直看着电梯里面变色的楼层按钮，一句话也不说。

"你到底怎么了？"胡一归看着她红肿的眼睛，有点心疼，跟着她进了屋。

"要是，怀孕了，怎么办？"黄月月突然问。

胡一归的心瞬间惊涛骇浪，想到一个完全没计划的孩子就要出现在生命里，吓得他立刻阻止自己深想，就好像危急之中，因为自己的机智把洪水猛兽关在了铁门之外一样，但是，本能的反应却是："你要是不嫌弃，我们结婚。"

黄月月表情意外，看了他半天，然后笑了："胡说什么呢？你不爱我，我也不爱你，干吗要结婚？"

胡一归心里像是被蚂蚁轻轻咬了一口，有些微的疼感。因为，这段时间，她给自己的错觉就是很在乎自己。不过，这个时候计较这些，已经没有意义了，现在主要是自己的想法了。因为到目前为止，他还从来没认真想过要把这姑娘当成自己的女朋友，和杨曦分手的空虚和痛苦，已经吞噬了他所有的恋爱细胞。

为什么和黄月月形成了这种关系，似乎只是因为寂寞空虚时的近水楼台。

"别瞎想啦，没怀孕。我真是回来拿资料的，马上要回公司上班了。你走开，我要换套衣服。"黄月月说完，将他推出了自家的门。

胡一归回到自己屋里，总觉得哪里不对劲！

但是这之后的好几天，黄月月都没有任何异常。

等待公司消息，以及小白猫们消息的胡一归，又情不自禁地约孟游，像怀春少女对情人一般欲罢不能，又像心中虽有目的地却没有航标的人遇上手握航灯的领路者。不管自己的过去是矛盾也好，激情也好，疑惑也好，自己的从前像幅画一样清晰。当他回头去看，不禁心惊。对比之后，他发现自己的生活原来如此无趣无聊。

孟游优雅，从容，举重若轻；孟游自由，逍遥，心无挂碍。孟游在来这座城市之前，已到很多地方住过。他在杭州住了半年，丽江住了七个月，三亚住了一个半月；他在拉萨住得最久，一年两个月；在泰国待过两个月；新加坡也待了不短时间……而来这座城市之前，他在上海待了半年。当胡一归问他怎么会想到这个城市时，他说因为这里年轻。

　　有时候，两人去酒吧，孟游会跑到表演台上，随便地拿过人家正在弹的吉他，或者把打手鼓的人挤到一边，又唱又玩。每一个人都那么喜欢他，就像他天生就是他们中的一分子似的。有一次，孟游搂着一个漂亮的外国妞唱《Until I find you again》，胡一归以为是原声，台下的人拍着桌子大叫道："再来一个，帅哥，再来一个。"

　　还有一次，大约是晚上十一点半刚过，酒吧里的人正是神经最兴奋、精神最抖擞的时候，表演台上一个起码有一米八的漂亮人妖，挺着大大的胸，捏着嗓子在唱《月亮代表我的心》。唱到一半时，孟游上了台，抱着人妖一起唱起来，人们跟着起哄，要人妖吻孟游，人妖眨着贴了把半个脸蛋都遮住的假睫毛的眼睛，小心地问："先生，我可以吻你吗？"

　　台下的人大声地替孟游说："可以，可以。"

　　孟游对着话筒非常严肃地说："当然不可以。"

　　人妖有些窘，台下的人们一阵嘘声，接着，孟游一本正经地对所有人说："我怎么能让这么漂亮的小姐做那么失身份的事呢？"

然后，他转过脸，对着人妖，温情地问："美女，我可以吻您吗？"

人妖很吃惊，人们又是拍桌子又是跳舞，孟游像对着真正的漂亮又高贵的女人那样，深情地朝她的额头吻了下去。酒吧的气氛当场就爆了。胡一归正瞠目结舌，一个服务生跑来，请他上台，当聚光灯打到他们身上时，大家像疯了一样大叫起来，"双胞胎，双胞胎，天啊！"

胡一归窘得手足无措，他并不是个迂腐无趣的人，但是在孟游面前，他就像个笨拙的乡下男孩，站到了高贵的皇太子面前。在喧闹、热情似火的酒吧中，胡一归第一次过了把明星瘾，他和孟游，还有那个漂亮人妖，唱了一首《真心英雄》。满酒吧的人拍着手，敲着脚板，击打着桌子，跟着大声唱起来："祝福你的人生从此与众不同……"

当然，更多的时候，孟游会带胡一归去书吧，静静地看书。孟游安静时如古井里的水滴，疯狂时似燃烧的火焰。胡一归第一次知道有这样一种人，如此奇妙地将这两种完全不同的特质淋漓尽致地融合和分离。当他们面对面地坐着，对着面前的书时，胡一归会忍不住抬头看对面的男人，像研究另外一个自己。

那个时候，孟游完全沉浸在他自己的世界里，好像除了他眼前的书，其他都不存在一样。

当他们因为一个问题交流起来，不用三两句，胡一归就会对孟游的观点和见解佩服得五体投地，他总会一针见血地指出问题所在，然后说出本质。

"你说人生有意义吗？"胡一归问。

"没有终极意义，但是有体验的意义，所以，做自己喜欢的事，才能不枉此生。"孟游答。

"你看这个服务生，多无趣无聊，我们来这么多次，就没见过他有什么变化。"胡一归说。

"世界因为人的不同而变得无常有趣，要是所有的人都像你，或者都像我，那世界还有意思吗？"孟游笑答。

胡一归像个小迷妹一样，全身心地迷恋着孟游的一切。这才是人世间最完美的生活模式——孟游像个技术高超的裁缝师，随心所欲，将他的生活裁剪成自己想要的模样。他既不像这个社会上一些所谓的成功人士，再怎么风光，也不过是被责任和义务压得透不过气来的工具；也不像一些所谓的社会精英，不过是被某种机器制造出来的零件。孟游从不跟胡一归说一个人该怎样去生活，怎样过会更有意义，他只是说自己怎样生活，怎样看待问题。他也不会嘲笑任何一个卑微的人，更不会表示对某一个强势大人物的仰视。

胡一归打算卖掉车子，拿着这几年的一点存款，跟孟游一样边游历边写作。他需要写一本自己真正满意的书出来，以证明自己在这个美妙的世界活过！

他需要写一本自己真正满意的书出来，以证明自己在这个美妙的世界活过！

——《猝不及防的失业》

莫名其妙的求婚

因为头天和孟游喝多了酒，这天，胡一归十点多钟才醒来，准备出门找点吃的，正准备开防盗门，听到外面黄月月打电话的声音。黄月月对着电话说："我约了医生，真的不能取消。你放心吧，我从医院回来，晚上一定加班把资料弄好……对，不要紧，就是个小手术而已。嗯，不用，真不要紧……好，谢谢！"

胡一归的直觉告诉自己，黄月月的这个手术，跟自己有关。

听她的声音知道她大约到了电梯，胡一归开了门，乘另一部电梯下楼，出小区，看到离自己十几米远的黄月月还在拿着手机打电话。虽然胡一归听不到她在说什么，但是感觉她很烦躁，脚步非常匆忙，背的包很大，几乎遮住了她的上半个身子。

一心打电话的黄月月，根本没有注意到后面有人跟着，没有打的，也没有停下来，显然是计划好了要到某个不远的目的地。

过了二十多分钟，胡一归跟着黄月月到了附近的一家医院门口。黄月月的步子慢了下来，也停止了通话。她停了下来，犹豫了一下，又看了看手机，似乎是给自己打了口气，定了决心，然后进了医院门诊部大门，取了号，直奔二楼的妇产科。她小心地坐到一帮或大腹便便，或幸福满面，或有男人陪的女人中间，神色显得无比地慌张、焦虑。

有一瞬间，胡一归脑子一片空白，等恢复了思考，也没有犹豫，直接走了进去，伸手用力一把将她从座位上拉起来，带着毋庸置疑的语气说："走。"

"你干吗？"黄月月看到他，很是意外。

"出去再说。"

"不走，马上就到我了！"

"你再说句试试？"胡一归压抑着愤怒，他也不知道自己为什么这么生气，隐隐有一种被轻视、被怠慢，又有不得不承担责任的无奈感。

旁边的人好奇地看着这两个人。

黄月月根本没有力气挣脱胡一归，只能乖乖地跟他出了妇产科候诊室，然后出了医院。

"你放开我，捏痛我了！"黄月月嗔怪道。

"为什么不跟我商量？！"胡一归问。

"你又不爱我！"

胡一归愣了一下："可孩子是我的吧？"

黄月月一听这话，抬头恨恨地看他一眼，说："不是！"

"你再说一句试试？"

他其实是希望黄月月更加用力地反驳，或者干脆用有力的证据证明，这个孩子与自己无关，那样，自己就可以潇洒地过从前的日子了。可是，他很快就看到黄月月的眼泪无声地流了出来，而且说出了让他简直不敢听的话："你不爱我，我也不爱你，要这个孩子干吗？我自己做错了事，自己承担责任！"

"我们一起来承担好不好？"女人的眼泪总是让他失去原则，胡一归伸手一把揽过她，轻声地问。

黄月月趴在他怀里，一下子哭得稀里哗啦。

胡一归轻轻抱着她，以示安慰，自己却全身无力。他审视自己，三百六十度无死角，找不到要结婚的欲望和条件，可是，他完全不能容忍一个生命就这样悄无声息地逝去，而且那还是自己的孩子。爱情重要吗？自己曾花了七年的青春造梦，要多重要就有多重要，可是，梦醒后，一无所有。除了痛恨自己的软弱天真，以及给对方造成的无法弥补的伤害，还能做什么。

黄月月止住了眼泪，两人并排一起往胡一归的公寓里走。胡一归从来没想过要和黄月月这样的女孩共度此生，但此刻，不得不想了。他用自己的右手时不时地护着黄月月，但并没有搂她。

他下意识地看她，看到黄月月比自己矮近一个头，看到她竟然已有了两根明显的白发，看到她本来很精致却因毫不修饰而显得过于平凡的脸，还看到她廉价的衣服和普通甚至笨拙的鞋子。他一想到未来要和这个自己并不那么喜欢，更谈不上爱的女人过漫长的一辈子，不由得悲从中来，不由得痛恨起自己来："为什么这么傻？明明可以装作没听到她要做手术的电话的！就算听到了也可以不必跟踪来医院的！就算到了医院也可以假装不知道整件事扭头就走的！真是一步错步步错！"

胡一归一路胡思乱想。等到两人从医院走回公寓，胡一归看到黄月月苍白的脸、隐忍的神情，又有点心软了。从小独处，他是一个特别懂得换位思考的人，突然意识到，自己是不是有点自以为是了？只想着承担责任，可想过黄月月是否愿意嫁给自己？

他打开门，黄月月跟进来，两个人依然无话可说。

他踌躇了一下，进房间翻箱倒柜一番，然后出来，掏出自己的身份证、工资卡、毕业证书、学位证，还有一叠厚厚的报刊，摆在黄月月面前，语无伦次地说："这是我的身份证明和我的过去。我失业了，但是应该有几个月的补偿金。我没房，车还有贷款，有一点理财……你要是不嫌弃，我要跟你结婚。"

黄月月一眼都没看桌上的东西，站起来，头靠在他怀里，慢慢地、轻轻地说："我不敢告诉你怀了孕，想偷偷把孩子打掉，这样你就不会有心理负担了……"

胡一归揽住黄月月，轻声地问："你愿意嫁我吗？"

他多么希望对方说不愿意，甚至希望对方在此时说出孩子的父亲其实另有他人，他期待黄月月说出自己想听的话。

黄月月柔情蜜意却十分坚定地说："我愿意！"

"你想什么时候结婚？"

"听你的。"黄月月难为情地说。

胡一归知道这个婚是逃不掉了，不过也就是在这么短短的一分钟之内，他就认命了，接受现实，然后解决问题。他打开手机日历，滑了一下，说："就这个月吧，我打电话让我爸来帮我办。"

"好。"黄月月一下子笑了，"我一直觉得你是个没主见的书生，怎么突然成这样了？"

胡一归也笑了，他确实没爱上黄月月。但是，一想到一个小生命即将因为自己而问世，而自己可以主宰他的生命，就又有一种说不出的激动，他说："我怕你反悔，偷偷把我的孩子打掉。"

胡启泰接到儿子要结婚的电话，还以为儿媳妇是杨曦，有点不高兴，但是既然儿子已作了决定，也只能全力支持他，况且，只要儿子一结婚，自己就有理由要求他给胡家传宗接代了。胡启泰精神抖擞地翻出家里所有他认为值钱的东西，包括人家送给小时候的胡一归的银手圈，胡一归读书时竞赛得奖的金牌银牌，自己以前旅游时偶然买的小古董……事实上，这些东西在外人看来几乎没价值。最后，他总算是找到了一个有钱的老领导，说服他拿了自己的房产证，抵押借了一笔钱，又把自己节约了几十年存下的钱从老式存折上全部转到卡上，来了深圳。

胡一归开车从车站把胡启泰接到订座的饭店。父子俩见面并没有多么亲热，直到胡启泰看到椅子上坐的这个乖巧温顺的姑娘，他一下就懵了。

黄月月一看到胡启泰，脸就红到脖子了，有点难为情地说：
"叔叔好，我是黄月月。"

　　胡启泰想起自己第一次见杨曦时，她的落落大方，跟眼前的
这个黄月月比，真是天壤之别。他看了儿子一眼，不知道他是受
了什么刺激，口味变得那么快。

　　三个人开始吃饭。胡启泰被儿子惊呆了，儿子给黄月月夹
菜，也给自己夹菜。虽然夹菜的时候有些别扭，但是看得出来很
用心。

　　"儿子是吃错药了吗？"胡启泰一肚子的问号，直到吃完饭，

三人一起回小区，黄月月回到隔壁屋。

胡一归把父亲的行李放到一边，父亲已经忍不住问了："怎么回事？杨曦呢？"

"早就分了。"胡一归眼神一下子暗沉。

"这黄月月怎么回事？"

胡一归疲惫地坐到沙发上，说："我也不知道，完全莫名其妙，就是要结婚了。"

"这姑娘比杨曦好。"胡启泰说。

胡一归意外地看着父亲。

"你要是能和杨曦成，也不用拖七年了，到现在都没在一起，不就是她不会持家过日子？话说回来，你们之所以拖到今天没成，无非是她家条件太好。你觉得要是一辈子出不了头，便一辈子矮她一截。这姑娘，人长得秀气、斯文、白嫩，手反而粗糙宽厚，说明什么？说明她做惯了家务，以后懂得伺候人。你再看她，看你的眼神带着崇拜，可那个叫杨曦的，看你的时候，眼神是飘的。老人有这样一句话，婚姻要到老，最好是男人对女人有点小宠爱，女人对男人有点小崇拜……"

胡一归被父亲的话惊到了！他突然想起来，当自己对杨曦的情感积累到某一浓度时，就会被她各种说不清道不明的动作或语言降温。比如，她在自己面前舒展无处不在的优越感；比如，她一掷千金时的洒脱；比如，她不由分说让自己陪她参加的各种聚会；比如，她给自己的指点，以及呼之欲出的前途规划……这让他丧失自信、快乐，以及对爱情和未来的把控。

"安心结婚吧。"胡启泰给胡一归吃定心丸，"选这姑娘没错，天仙样的有什么用？再有钱又有什么用？你妈当年是有钱人家的女儿，我们谈了几年恋爱，她为了嫁给我，跟家里人都闹翻了，以为有情饮水饱。但是，结婚不到三年时间，我们的感情就因为消费习惯、生活方式、未来规划的不同，被消耗得一干二净。她走了以后，二十多年都没回头找过我们爷俩儿。你想想，她多后悔嫁我啊……门当户对是俗气了点，可它就是真实生活。男人可以找个比自己差的媳妇，那样可以享一辈子福，但是找个家庭条件太好的，一辈子要看人脸色，受气。男人整天受气，那还叫什么男人！"

似乎是为了配合情景，胡一归眼前突然再次闪过杨曦妈那个鄙视的眼神！父亲的话，他觉得哪儿不对，可是又不知道哪里错了。他想结婚，纯粹是因为黄月月怀了自己的孩子，他不愿意一个女人受苦，更不愿意自己的孩子无故丢失性命。对于真实的家庭生活，他实在是缺乏经验。为了追求所谓的理想，这些年，他轻飘飘地活着，不愿深究细研。不过，今天才知道，母亲是个富家女，这和他的想象完全不一样，他一直以为，母亲是个嫌贫爱富、水性杨花的女人。

胡启泰让胡一归问黄月月要了生辰八字，又给老家一个会掐日子的老先生打了电话，对方算两人的良辰吉日在两个月后。胡一归一听就烦了，说择日不如撞日，他要跟黄月月商量一下。

黄月月倒是更痛快，说她哥正好这周来，大家一起吃个团圆饭，然后把证给领了，既节约又省事。

未婚妻（胡一归被这个念头吓了一大跳，但这又是实实在在的称呼）这么善解人意，胡一归还有什么好说的？

"我看了一家影楼的婚纱照，好漂亮，我预约这周三去拍，好不好？"

"好。"

等去影楼的这几天里，胡一归完全是在幻想、催眠、惊慌和混沌中交叉渡过的。他有时候从梦中醒来，想到要和黄月月结婚，觉得现实比梦境更不真实，又惊又怕又烦，总觉得前面有一枚随时要爆炸的炸弹在等着自己似的。

到了去婚纱影楼的那一天，黄月月很兴奋，眼里闪出一个女人只有在遇到爱情时才会有的光芒来。胡一归被她的美丽和激情感染了，他开车的时候，坐在副驾的黄月月时不时情不自禁地伸手来轻抚他的手，或者偷吻他一下，这让他又有一种"得不到自己爱的，得到在乎自己的女人也不错"的感觉。到了停车场，停好车，黄月月伸手牵他的手，有一瞬间，他觉得有点难为情，但还是顺从地把她的小手握住。

她的手心全是汗。

木
已
成
舟

　　因为是预约的，前台看了预约号，立刻安排人来帮他们试
衣服，化妆。胡一归很快穿上了影楼的西装，像纸板人一样，
然后走过去，看化妆师给黄月月化妆。化妆师不住地夸："你是
我今年看到的最漂亮的新娘子，你是演员吗？皮肤真好，五官
太精致了，这么年轻就嫁，真好啊。我都过三张了，还是孤家
寡人……"

　　黄月月看着化妆镜中的自己，矜持地笑着："我看你皮肤也
不差呀，你根本看不出来有三十多岁，深圳大龄女太多了，你不
用担心……"

"新娘子，我觉得你很会过日子哎，买的是我们三年才做一次活动的特惠券，平时啊，这个一万五千八呢，你这才三折，你老公找到你真幸运。对了，这个假睫毛是要另外付钱的，这个双眼皮眼贴是另算的，这个粉底液是新开的……"

黄月月把对方拿化妆品的手按住："怎么全要另外花钱？不是包在套餐里了吗？"

"所有的这些一次性用品，都不包的。结婚嘛，人生才一次，你愿意用别人剩下的化妆品吗？多脏，多不吉利啊。"

"你们把我们诓过来，随便宰。这种假睫毛一百多，金子做的？这劣质腮红，女人世界十块钱一堆，你给我算九十八？把你们老板叫来。"

胡一归走近劝说："算了，小事，不要生气。"

黄月月看到胡一归，眼神一下子就温和了，也恢复了平时的斯文，只幽怨地说："气死我了，随便乱收费。"

胡一归对化妆师说："不好意思，我……她怀孕了，你们担待点。"

几个服务生表示理解，胡一归走到前台那里，小声地对前台的服务员说："麻烦您跟那个化妆师说一下，钱按正常收，不要单独给……她算账，就说包在套餐里了，免得刺激她。"

前台姑娘欣赏地说："很少见到你这么贴心的男人，新娘子嫁给你真幸福。"

果然，后面化妆师不提钱，黄月月情绪就稳定了很多，两个人花了近十二个小时，从室内到室外，照了两百多张备用照，胡一归尽量配合黄月月的新娘心情，自己就像是一个听话的道具一样。曾经，他设想过很多种结婚的场景，浪漫的、疯狂的、细腻的、田园的、刺激的、火上的、水下的……就是从来没想过，这么寡淡的。人家向他恭贺新婚大喜，他竟然有一种被活捉进未知牢笼要关一辈子的感觉。

"自己喜欢黄月月吗？"这几天，他总是忍不住问这个问题，但是不敢细想，谈不上很喜欢，不讨厌是肯定的。

两个人领结婚证的时候，胡一归才知道黄月月比自己大两岁。

胡一归从来没考虑过，一定要找一个比自己小的女人做老婆。但是很奇怪，一知道黄月月比自己大后，他就陡然少了一种以后要包容她、纵容她、迁就她的心理，觉得她本来就应该比自己懂得多，更懂人情世故，更能处理事情，似乎应该本能地把中国人尊老爱幼的优良品德发挥出来一样。

领证前一夜，黄月月告诉他，她出生在安徽农村。父亲是个下乡知识青年，当年爱上母亲，就真的扎根了下来。本来以父亲的个性，是只想生两个孩子就打住的，可是极有主见又较野蛮的母亲，自作主张一口气生了四个，三女一男。哥哥长到三岁的时候，大家发现他不仅发育迟缓，说话慢，还长得很奇怪，不男不女的。母亲找了个算命的，那人说这孩子是妖怪投胎，让她再怀一胎，肯定能生个能光宗耀祖的男孩。母亲想给父亲一个惊喜，又偷偷怀上了，等到父亲发现的时候，已经五六个月了。到这时，已经信命的城里男人，不想花心思说服媳妇了，就悉听尊便——因为在家庭战争中，他从来没赢过。

孩子生了，还是个女孩，这个女孩就是黄月月。母亲一看，讨厌死了，对这个女儿冷淡无比。父亲心善又软弱，对黄月月更多一些爱怜，但因为对妻子越来越失望，到后来几乎与妻子停止交流，把爱全部倾注在孩子们身上。固执的母亲总认为是自己肚子不争气，生了太多女儿，让男人不高兴，又自作主张把才一个月大的黄月月送给一户没孩子的夫妇。那对夫妻对黄月月挺好的，但是因为黄月月的几个哥姐守不住秘密，黄月月读小学的时候就知道了这件事。知道此事后，黄月月老往生母家里跑，最后导致两家都不喜欢她。到她小学毕业时，养母忍无可忍，正式宣布把她送回生母家。从此，她就更是多余的人。挨到高中毕业，生父母家穷底薄，不可能供她上大学，于是她就自己出来打工了。

刚来深圳的时候，黄月月在女人世界帮人卖饰品，后来觉得打这种工没有前途，就一边上班，一边自考，拿到了会计大专文凭。再后来，经一个客户介绍，进了深圳一家民营地产公司。认准了这个行业好，她便又开启了新一轮的超人学习，不久就拿到了二级建造师执业资格证书。二建资格证书已经拿到，每年挂靠在单位有六千块钱。现在她正在拼命地考一建，这个证拿下来的话，挂靠一年有五万块钱，只要证考到，这个挂靠可以一劳永逸，所以，她一直在自学。

胡一归知道对方的心思，在给自己做交代。但他还有疑惑未解，以她现在在公司的职位，没有一建挂靠，一个月也就是六七千块钱，如何能和自己一样，住得起一个月近五千的公寓呢？

于是胡一归委婉地说："我加上年终奖，一个月平均下来，大概有两万，还要扣掉税和五险一金，付完房租，还了车贷，生活费没剩多少，几乎每个月都是月光族。你真厉害，能租这公寓。"

黄月月似是打消他的顾忌，说："我哥现在混得不错，在剧团是个领导，又是个坚定的独身主义者。他觉得全家亏欠我，所以，这一年的房租，是我哥付的。没想到，刚搬过来不到半个月，就出了那事。"

虽然一提"那事"，胡一归心里疙疙瘩瘩的，但对自己的准大舅子，还是起了好感，甚至暗暗期待见到他。

领完结婚证一回家，黄月月变戏法一样，手脚麻利地拿出了无数个大大小小的红色大喜字，把自己和胡一归的公寓贴得到处都是。商量好婚后住胡一归这边后，又抱来大红色床上用品四件套，然后穿上了不知什么时候备上的红色婚服和鞋子，还给胡一归也备了一套红色内衣裤。

到处喜气洋洋，一片红彤彤。

考虑到明天是办喜酒的正式日子，黄月月打算郑重点，晚上不过胡一归这边来，等第二天喝了喜酒，再让亲哥把她送到胡一归这边来。反正一切都由黄月月打点操办，胡一归由着她折腾，心里直感到好笑，感慨女人真是形式动物。

　　第二天，胡一归带着黄月月进了预订的一家五星级酒店的大包房，总共二十多个位置，来的基本上都是他这些年保持来往的同学、同事。大家一番祝贺恭喜，送了红包，坐等开席。黄月月说哥哥还在路上，非要等他来后才开席，大家只好装作不生气，胡喝海聊。

　　一直从中午十一点等到下午三点，开胃菜叫了又叫，红酒开了三瓶，还是不见她哥。等到快四点，已经有同事退席了，大舅子终于到来了。胡一归彻底被对方惊到了——白净无瑕的脸、精致五官，含情带笑的眼睛、浓密的眉毛、挺直的鼻子，淡红色的嘴唇，以及修长的身材，这完全就是一个古代的伶人啊！

新婚夜的矛盾

闹哄哄的包房，突然进来一个像极古典美女的男人，大家都呆了。黄月月看到她哥，激动地起身，娇嗔地说："哥，你怎么这么晚？大家都饿死了！"

桌上几个世故的，连忙说不要紧，另外一些还是一直盯着看，完全不敢相信人世间竟有这等姿色的男人。

黄月月介绍："这是我哥，黄见德，是我们县剧团的领导。"

黄见德长相秀气，说话倒大方："不好意思，不好意思，团里临时出了点急事，我要重新调整演出人员，没赶上预订的飞机，换的下一班。我向各位赔不是，让你们久等了。祝妹妹、妹夫喜结良缘，百年好合，祝大家心想事成，万事如意！"

黄见德用五粮液和自己的黄梅戏唱段，很快和大家打成一片，有人甚至自动伴起了舞。莺莺歌舞中，大家甚至有种错觉，好像穿越到一个不真实的时代，与彼时最出名的伶人同台演出一般。

胡一归看着自己的大舅子，感叹造物主的神奇，之前他听黄月月提过，就因为大舅子从小长得像女孩，所以迷信的岳母总认为他活不长，甚至觉得他是妖孽。大舅子最开始是被一个唱村戏的看中，然后被县剧团看中，让他学戏，经过十几年的打拼，现在做到团里的领导，是家里除黄月月之外，见世面最多的人，也是黄月月出来打工后，联系最密切的家人。他这次过来，就是代表家人带给她祝福的。

气氛差不多的时候，黄见德突然拿出一个大红包，当着众人的面，举到胡一归和妹妹面前："妹夫、妹妹，我来得匆忙，没准备什么礼物，这是我代表家人送你们的结婚贺礼，你们想买点啥自己去买。"

两个人都没好意思接。

早有好事者伸手去接，打开红包，五叠百元人民币，另外还有几叠崭新的大小钞，总共应该是五万九千九百九十九元。

两人当然是口头推脱不肯收。黄见德说："要是连这个都不收，以后就断绝来往算了。"

黄月月只好满脸勉强地收了。

从酒店回公寓的时候，黄月月说："待会儿你来我这边接我过去，给我哥封一个红包吧。"

"我知道，我爸跟我说了。"

"他明天就要走，唉，你说我们的婚礼是不是太冷清了？"

"要不等以后条件好点，补办一次吧。"

"婚礼还有补办的？多不吉利，人家还以为是二婚呢！"

胡一归只好不说话。

帮开车的何俊刚把车停到胡一归的公寓门口，黄月月就飞快地下车，跑了。

何俊笑道："新郎官，赶紧把新娘子抱回家啊。"

胡一归有点难为情，故意说："老夫老妻了，才不折腾这些呢。"

"结婚是大事，不能马虎。"胡启泰很认真地在一旁提醒。

胡一归看着黄月月的背影，有一瞬间的恍惚，心想要是接的新娘子是杨曦该多好，又赶紧摇了摇头，强迫自己不要胡思乱想。回到公寓门口，黄月月那边的门紧闭着，父亲早打开门，满屋喜庆扑面而来，何俊和朋友们一边簇拥着他，一边还是忍不住感叹他的大舅子像是穿越时空而来的古代伶人。胡启泰从卧室里拿出几个早就封好的红包，说："这个最大的，给你大舅子，这几个小的，给你做敲门礼。"

"什么敲门礼？"

"你要接新娘子，得让人家开门让你接呀。"大家哄笑。

胡一归接过红包，准备出门，想起来自己昨天准备的一大束玫瑰，从墙角拽起来，拆掉包装纸和底部的保湿海绵，在众人的簇拥下来到隔壁。

　　何俊早伸手按了门铃。

　　没有反应。

　　胡一归心里盘算着，黄月月说她老家规矩繁杂，自己当时粗心，没问细节，不知道会不会因为自己不懂规矩而出什么幺蛾子。

　　连按了三次，里面的门总算被打开，铁格子防盗门里，黄见德一脸严肃地看着格子门外嬉笑打趣的人们。

　　"哥，我，我接黄月月。"胡一归看到对方俏生生的脸，一下子失去了语言能力，将手中的红包拼命地往铁格子里塞。

　　黄见德见妹夫这副样子，严肃的脸一下子轻松了，好笑地说："你就不说点好听的？"

　　胡一归脸一下子红了："你把月月放心交给我吧，我会一辈子对她好的。"

　　"你知道我们老家的风俗吗？"

　　胡一归吃惊地看着黄见德。

　　"我们接亲时要唱歌，新郎亲自唱。"黄见德说。

　　胡一归看着大舅子显然不会让步的表情，可是，这众目睽睽之下，为了迎接新娘，让自己伸着脖子唱歌，也实在是有失体面，心里不由得一阵厌烦，差点说出"这是深圳，不是你们农村老家"。他求救地看自己的迎亲团，希望有人来帮自己解围，没想到，众人竟然一窝蜂似的起哄。特别是一个平时交往并不太密切的同学，据说是听柳三望说胡一归要结婚，来送贺礼的，起哄得最厉害，借着酒气，扯着嗓子说："唱，快唱。"

"真不会唱。"胡一归扫了一眼众人，看到同小区有几个看热闹的不相干的人凑过来，就更打定主意不唱了。

"你装得太久了，今天必须唱。"同学半真半假地笑说。

胡一归煞是吃惊，同学竟然说出这话来，看热闹的人越来越多，不唱的话，恐怕自己是过不了这一关了，一边暗暗清嗓子，一边打定主意唱一首英文歌，索性装到底。突然，黄见德被人拉着退后一步，防盗门被打开，着大红新娘服的黄月月满脸害羞地出现在胡一归眼前，嘴里说："我来唱。"

胡一归瞬间被她的美惊呆了！古典优雅的改良式新娘服将她纤细的腰衬托得盈盈一握；白净精致的脸，楚楚动人；随意挽起的发髻，给她平添了几分典雅；而那双对生活和爱情充满憧憬的清澈的眼睛，像两道灼灼闪光的电，瞬间击中了他的内心。胡一归觉得自己就要坠进她那浓得化不开的充满爱意的眼睛里，便情不自禁伸出手，想把她揽进怀里。

一个柔柔的声音隔断了他的拥抱："算了，你一个出嫁姑娘，唱什么唱？妹夫，从今以后，你要好好地对我妹了。这个女孩死心塌地要嫁给你，你要珍惜。"

胡一归的眼神慌乱地从黄月月的脸上移开，黄月月却亮起了嗓子："树上的鸟儿成双对，绿水青山带笑颜……"

　　所有人都被悦耳的黄梅戏吸引住了。人群静下来，胡一归更是被她的嗓音勾住了魂，戏词里恩恩爱爱的美好场景，深深地感染了他。黄月月唱完了，他还没有回过神来。突然，大舅子递过来黄月月的手，胡一归的浓情瞬间退去。心头和肩头陡然一沉，又想起这双手的主人肚子里的孩子，心里更沉重了。

　　在大家的起哄下，胡一归将黄月月抱进了自己的家门，刚放下，她就自己抱着鲜花进了卧室，留下一堆人在公寓小小的客厅里。闹不成洞房，地方又小，大家祝贺客套一番，纷纷离开了。

　　把父亲交给大舅子带去隔壁休息，胡一归来敲卧室的门。

　　"他们都走了吗？"

　　"走了，你怎么躲屋里不出来？"

　　"我知道你怕吵，故意的。他们就不好意思留下来了。"

　　胡一归听得心头一热，卧室门已被打开，黄月月含羞带怯却依然两眼闪闪发光地看着自己。他一伸手搂过她，拼命地吻她，吻得天崩地裂般。

　　"我终于嫁给你了！"黄月月依在他怀里，软香袭人。

　　"原来你对我早有预谋呀！"

　　"我就是想天天跟你在一起嘛！"

　　胡一归心都要化了，他和父亲一起生活多年，母亲的缺位，父亲的自律、固执、刻板，以及淡淡的冷漠，从来都没有让他真正体会到家的温暖。他和杨曦恋爱几年，对方大大咧咧，经常是有自己没自己都差不多，尽管追自己追得很猛，但她直接行动，从不在语言上来温柔的，这让他觉得她是好，想跟她过一辈子，但又总觉得缺点什么，现在想来，就是缺一点点的女人味以及对自己的依赖吧。

黄月月蜷在他怀里，很兴奋，看着桌上的一叠红包，脱口说："没想到我哥送这么大礼。"

胡一归猜她是想问自己父亲送了什么，说："我爸说正在卖老家旧房，用那钱补贴我们在深圳买套房子。"

黄月月问："那你爸要跟我们一起住吗？"

"不知道呢，他说想申请廉租房。"

黄月月说："让他跟我们一起生活吧，到时候还可以帮我们带孩子，我们这么年轻，辛苦点，一家人在一起过日子多好。"

这个回答，让胡一归很意外，因为他知道的，身边的同学朋友，很多都是因为婆媳关系没处理好，弄得家里鸡飞狗跳。不说别人了，当初杨曦几乎是明确地说，不和老人住一起，便好奇地问："你不怕和我爸不好沟通？"

"不怕，老人就是要哄，我从小虽然有两个家庭，但是都很排斥我。现在有自己的家了，我一定要经营好自己的家，我特别想一家子快快乐乐一起生活。"黄月月边说边收拾红包里的钱，有些亢奋，看到床头柜码成堆的书，开始着手整理。

胡一归有点犯困，歪头睡了，迷迷糊糊中被黄月月推醒。

"这是谁？"

胡一归睁开蒙眬的睡眼，仔细看了看："大学时候认识的笔友。"

"笔友要写情书吗？"

胡一归一语双关道："就是年少贪玩，谁没点过去的故事呢？"

黄月月委屈地说："我承认谁都有过去，可你还留着她的情书和照片，说明你还爱她！"

胡一归觉得她有些不可理喻，没搭话。

黄月月伸手将被子从他身上掀开："你娶我，是不是因为我长得像她？"

胡一归想骂她无理取闹，坐起来，无意扫了一眼她放到眼前的照片，如遭雷击！

黄月月和自己大学时的初恋，长得太像太像了！

他装作没事，俯身去拉被黄月月扯到地上的被子，却被黄月月又一把扯走，然后带着哭腔一边撕手中的照片，一边质问："你是不是把我当替代品？你忘不掉她，为什么要跟我在一起，我不想这样一辈子活在阴影下，我要把孩子打掉……"

胡一归看着柏拉图之恋的女孩照片被撕得七零八落，虽然并不心疼，但还是厌烦黄月月的无理取闹。他被对方哭得心烦意乱，讲道理似乎又讲不通——那照片上的女孩跟黄月月，任谁都会说很像。他想了想，穿上衣服，走出公寓，在门口转了一圈，又想不起要去哪里，就着小区边的路灯，抽起了烟，翻看手机号码，手指按到杨曦的号码，放弃了，又滑到孟游的名字上，还是放弃了。除了今天来的同事和几个同学，这个城市，没有其他任何人知道他胡一归在今天结婚了。

他一支烟接一支烟地抽，像条无家可归的流浪狗一样。

大概过了半个小时，大舅子过来了，伸出手做个抽烟的姿势。

他点着，递过去一根。

大舅子说："我妹从小不招家人待见。本来我爸妈认为，她长这么漂亮，跑到深圳，读了这么多书，考了那么多证，还这么能吃苦，找了个好工作，挨到现在，能找个有钱人，没想到……他们听说她结婚连喜酒都不办，住的还是租房，就强烈反对。可是她铁了心要嫁你，父母没办法改变她，就当没生她，所以，你们结婚，其他人没来。我一看到你，就明白了，她找到你，是找到宝了，你们以后怎么样，不好说，不过不管是做朋友还是做夫妻，都是有今生没来世的，你还是尽量对她好点，要包容……"

胡一归很震惊，因为在自己心里，隐约认定，黄月月是高嫁，无论是长相、学历、年龄，还是家世，没想到，在她娘家人眼中，自己竟然这般一无是处！也对，名校出来怎么样？房子买不起，钻戒没有送，彩礼没一分，甚至连办酒席还有准备的一切杂事，都是黄月月一手操持的，自己完全就是白捡了个媳妇。

他既惭又愧又羞又恼，迫不及待地结束了和大舅子的谈话。回到公寓，黄月月眼睛跟桃子一样，想想她在娘家人那里受的委屈，心里微微一疼，伸手揽过她，黄月月哭得死去活来，然后抱紧他仰头索吻。两人过了认识以来最激情的一晚。

"你喜欢我什么,这么死心塌地地嫁给我?"拥着这个柔顺的小女人,胡一归想起大舅子的话,问。

"不知道,就是喜欢,但是最喜欢你身上的味道。"

"味道?"

"嗯。"

"什么味道?"

"说不清,有的人有一种腐烂的味道,有的人有一种酒味,有的人是香水味,有的人是厨房味道,有的人是一身汗味,你身上有一种书香味道……"

"看来你也是个文青啊!"胡一归打趣妻子,突然想起来,好像自己并没有怎么喜欢黄月月,但是从来没能狠心拒绝过她,就是因为她身上一种隐隐的……香味?

"才不是。"黄月月嗔道。

"你用什么香水?"

"我从来不用香水。"

"但是我老觉得你身上有一股好闻的香味。"

"哈,那是百合香,我最喜欢百合花,你没注意到我屋里长年四季百合花没断过吗?"

"怎么会喜欢百合呢?"

"百合有百年好合的意思,愿得一人心,白首不分离!"黄月月说。

胡一归被妻子的话所感染,不由自主地将她紧紧搂进怀里。

会
理
财
的
妻
子

　　第二天，夫妻俩甜甜蜜蜜地带着父亲和大舅哥到附近的酒楼吃了早茶，然后送走了黄见德。胡一归晚上和黄月月上床睡觉的时候，发现他送给大舅子的红包压在枕头底下，不由得对大舅哥又多了一份敬意。

　　对于胡一归来说，反正已经失业了，也就不存在婚假的事了。他开始联系中介，看房子，据父亲不完全透露，他把老家所有值钱家当都变卖了，加上胡一归这些年塞给他的零花钱，全部凑在一起，手上有近五十万。

　　真正让他惊讶的是黄月月，她一下子拿出来了六十多万！

"打死我一万次，也想不出来你怎么存这么多钱？"胡一归感到匪夷所思。

黄月月给他算账："我十七岁出来打工，第一年一个月工资只有一千多，我一年能存一万。"

"怎么存的？"

"说件事吧，有一段时间在一个单位上班，工资只有一千多，我想存钱，怎么存呢？我就跟单位食堂说，我给你们帮忙吧。食堂里正缺收拾碗筷的人手，就让我每天中午帮忙收拾碗筷，两个小时，人家吃饭带午休，我用这两个小时，不仅赚到一天免费两顿饭，每天还有五块钱辛苦费，我又不买衣服化妆品啥的，所以，每个月赚一千多，我最少能存一千，甚至还多。"

胡一归完全没法想象那样的赚钱方式，愣了一下，说："那离你的六十万也很远哪！"

黄月月笑道："你不知道穷人家的孩子早当家吗？我运气好，以前炒股赚了一点，做兼职会计有额外收入，做过代购，我还在周末去商场做过推销员……"

胡一归看着黄月月，看着她总是闪耀着光芒的圆圆的眼睛，突然觉得，她身上的故事实在是太多了。

胡启泰每个月有三千多块钱的退休金，对于他这么节约的人来说，养自己是足够了——前提是不要出现什么意外。就他目前的身体状态，应该近几年没有什么大的忧患。黄月月的父母虽然都在农村，但好在也没指望黄月月给他们养老，可以做到互不麻烦。三个人手上，加起来一共有一百三十万的现金，在深圳这个寸土寸金的地方，买个四百万左右的老破旧房，虽然紧巴巴，也不是没可能。

当务之急，就是作为顶梁柱的胡一归要找份稳定工作，这样，到时候房贷、孩子奶粉，就不用太愁了。

黄月月雷厉风行，结婚第三天，就把她租的公寓给退了，哪怕损失了两个月的押金。结婚的第二个月，就把老同事在罗湖的一套八十一平方米的老旧二手房定下了。因为大家都是熟人，一签合同，手续还没办，对方就交了钥匙。为了节约时间和房租，黄月月简单用石灰粉刷了一下房子，便开始着手搬家的事。

胡一归和黄月月商量，自己这边的公寓继续租着，全家可以先搬到买的房子里去，等小白猫们回来了，再退这个公寓。黄月月觉得他简直是发疯了，过日子还有这么浪费的？为了几只小白猫，一个月丢五千块钱？几乎完全无视地、果断地当他的面打电话给房东，说胡一归下个月要搬走。

胡一归很想争取自己的权益，又不想跟老婆吵架，听说女人怀孩子的时候，情绪特别重要，他可不想自己的孩子以后性格古怪！

看着她总是闪耀着光芒的圆圆的眼睛，突然觉得，她身上的故事实在是太多了。

——《会理财的妻子》

秘
密

　　胡一归给房东偷偷打了电话，说房子还是按合同进行，不会提前毁约。虽然婚是结了，可是心还没有定下来，似乎保住了这个租房，就保住了自己单身权利一样。

　　黄月月那边，虽然到手的是二手老旧房，但是经过粉刷装饰，再加上结婚照一上墙，新窗帘一挂，新拖鞋、新地垫一摆，一番忙乱后，整个房子焕然一新。黄月月一下班回来，或者是周日的时候，就拉胡一归去那边，兴奋地说这里还要添点什么，那里还要做什么改动。胡一归竭力想感受她的快乐，但往往效果不明显，他独处习惯了，一想到一搬进这个屋子，孩子马上就要出生，还有望不到头的房贷，他就感觉心情无比沮丧。

搬家一周后，黄月月终于首肯，家里收拾得差不多了，胡一归可以看书写作了。

胡一归挂念失踪良久的小白猫们，便回到还有三个月租期的公寓里。可是他连去了三次，等了整整三天，还是不见小猫们的影子。

想想缘分可能真是尽了，这几个小怪物本来就不像正常小白猫，许是老天看他胡一归寂寞可怜，派了它们来逗他开心，打发寂寞的。现在，自己成了家，妻子待产，父亲管家，既不空虚也没时间寂寞，小白猫们就自动消失了。

就在他准备还钥匙给房东的时候，它们三个回来了！胡一归仔细把它们检查一遍：堂吉诃德受了伤，脑门上有一个长约一寸的伤口，血糊住了大半个面孔；珍妮的腿受伤了，走路一跛一跛的；跟着回来的爱玛，身上有一只泥脚印，倒是完好无损。

胡一归很心疼，想把它们送到宠物医院，可是钞票实在是太紧张，就先到附近商场买了些它们爱吃的零食，再跑到药店给它们买了些消炎药。付钱的时候，胡一归碰到了孟游。

"你住这附近？"孟游好奇地问。

"很近，你呢？"胡一归问，孟游的气色好到让他生出几分妒忌。

"我住得也不远，散步散到这儿来，看到药店，顺便来买瓶眼药水。"孟游说，"你买什么？不舒服？"

胡一归告诉孟游，自己是来为小白猫买消炎药的。孟游一听，说早听说他有几只会笑会整理衣物的小白猫，要跟来看个稀奇。

凭胡一归对孟游的感情，对方提出这要求，他该很爽快地答应才是，可是他犹豫了一下，因为他想起了黄月月。这段时间，他已经把之前黄月月发生的那件事完全抛之脑后，甚至，隐隐希望当时在黄月月屋里的那个人不是孟游——虽然从各种迹象来看，那个人确实是他。现在，他能做的，就是永远埋藏这个秘密。孟游当然不会知道他的苦心，打趣道："是不是家里藏着个田螺姑娘，怕我看见。"

"唔，家里藏了个田螺老太。"胡一归笑说。

孟游跟着胡一归走到楼前，笑了笑，到了房门前，又笑了一下，还是什么也没说，进屋看到堂吉诃德真对着自己笑得嘴大开和做鬼脸后，连呼有意思。

"它叫什么？"

胡一归说道："堂吉诃德，它们的老大。"

"一看就是，老大就是有老大的气质。"孟游笑道。

"送给你。"胡一归脱口而出。

孟游摇摇头："我从不养这些东西，贪、恋、痴、嗔，人生几大苦啊，我喜欢来无牵去无挂，再喜欢的东西，也不会带在身边。"

胡一归怔了一下，问："你爱的女人，也不带在身边？"

孟游抬头，看了胡一归一眼，又低下头去看堂吉诃德，说：
"什么是爱？"

胡一归脑子里跳出许多解释有关爱的句子和定义，但是知道自己这个时候背它们出来，不过是惹人发笑而已，以孟游的阅读量，只怕自己背出的每一句名人名言，他都能明确说出是哪本书的哪一个章节了。他放下手中的药水，也蹲在孟游的身边，认真地看着孟游很熟练地为堂吉诃德清理伤口，看孟游那从容的动作，看他侧脸那带有一丝不可捉摸的笑意，突然间，自卑像一团巨大的冰块将自己冻住。也许，人这一辈子，有很多该认命的时候，眼前的这个男人所拥有的一切，都是自己梦寐以求的。孟游不用为谁负责，不用管父亲、母亲、老婆、孩子，不用在乎世人的眼光，无论是贫穷还是富裕，无论是当流浪汉还是作家，随心所欲，恣意妄为！

胡一归一想到孟游在追梦的路上越走越远，几乎能看到不久的将来，他会把整个梦想都揽入怀中，而自己将要永远地困在孩子、家庭和长达几十年的房贷里，就不由得悲从中来。一百年之后，谁也不知道谁，为什么要这么难为自己？

他呆呆地看着孟游，直到孟游把所有的小白猫清洗好了，给伤口都涂上了消炎药水。还跟它们玩了一阵子。孟游突然说：
"你这小白猫能卖好价钱呢。"

"不卖。"

孟游笑笑："看你这表情，有什么事就问吧！"

胡一归终于忍不住:"月月以前住在隔壁。"

"我就知道你要问这事。"孟游洗了手,边用纸巾擦手边反问,"你跟她熟吗?"

胡一归想说,对方成了自己妻子,但不知道为什么,脱口而出了两个字:"邻居!"

他知道,自己和孟游都是爱体面的人,三人之间没有太过分的纠葛还好,万一有,还是不要捅破这层窗户纸,除非万不得已,他是不会让孟游和黄月月当着自己的面见面的。

"嗯,她是个好姑娘,善良、聪明、纯粹,会过日子,我们认识好几年了,没见面前,我跟她说得很清楚,我这辈子是不可能结婚的,哪怕对方是我的女神——年轻的苏菲玛索,我也不会结。可是她却以为能感动我,一直用温柔和隐忍来笼络我,企图改变我单身的决心。因为写作需要,我搬来深圳,请她到我家去喝过一次茶,没想到,她不经过我同意,又跑到我家来找我,那次我正好出去和朋友喝酒了,等我回来,已经是凌晨两点多,看到她,吓了我一大跳。她以为我会感动,可是我很烦。你要知道,我是个自由惯了的人,不喜欢别人随便打扰我的生活,再喜欢的人也不行,更不喜欢生活不可控。不过我对她感觉真不错,为了不打扰到彼此的生活,我跟她约定,半个月见一次。那次是我第二次见她,没想到出了意外,当时匆忙离开现场,是因为我有朋友在电视台,不想惹什么麻烦,再说我留下来意义也不大。她住院的钱,我叫朋友去结的,还转了五十万元给她。你觉得我做得还漂亮吗？"

胡一归只觉得热血一直往头上涌，双脚无力发飘，几乎站立不稳了。他不知道这个女人身上，还藏着多少秘密！那买房的六十万里，应该有孟游的五十万吧！

相
信
你

"做得漂亮！"胡一归听到自己的声音，简直是支离破碎地冒出来。

"不过，我告诉你，她做得更漂亮！"

"怎么？"胡一归有气无力地问，但是自尊心撑着他必须表现出一副跟自己没关系的样子。

"还没出院，她就把钱退给我了。"

胡一归只觉得快要支撑不了的腿，瞬间充满力量，眼睛也突然发亮，脱口而出："真漂亮！"

"我要是告诉你，我跟她什么都没发生过，你信吗？"

从正式认识孟游那一天开始，胡一归对他有的就是偶像般的羡慕和崇拜，突然知道自己的老婆这么死心塌地地爱过他，心里说不出的滋味！脑子里千回百转，男人的体面要顾，又想知道真相，假装轻描淡写："信！那次发生意外后，你们见过没？"

"惹这么大麻烦，怎么见？我是那种拎不清的人吗？"

胡一归知道，孟游不会说假话，因为他说过，这世上，没人值得他说谎。

胡一归回家，再看妻子的时候，对她又敬又怕又心疼又逃避：敬她作为一个工薪族，收到这样不算小的一笔钱，居然眼都不眨就退回去了；怕她是把对孟游的感情转移投放在自己身上；心疼她是一个弱女子，靠自己努力独立在这个偌大冰冷的城市生存；逃避她，是害怕彼此想给的根本不是对方想要的，甚至可能是伤害到对方的。

他打开衣柜，想整理自己的几件衣服出来，去公寓住几天。叠衣服的时候，黄月月进来，从背后搂住他的腰说："一归，你知道吗，我好开心。"

"什么？"

"看你从一个两耳不闻窗外事的文青，变成一个好丈夫，很感动，不过，我要跟你说件事。"

"嗯？"

"我嫁给你，是因为你的才华。"黄月月把他手上的衣服拿过来，"如果嫁给你，只是需要我帮你做家务，那我何苦找你呢？

我考虑了好久，这一年这么计划好不好，爸爸的退休金呢，他自己零花。我们的孩子，还得五个月才出生，孩子的预算，可以晚点。我现在每个月的薪水，加上帮人家小公司代做账，能实收近九千元，我刚来深圳存到第一笔钱的时候，花了十万元买了个小产权房，现在值六十多万元，前几天让中介在卖，已经有人下定金了。这笔钱一边做活期理财，一边支持全家近两年的开支。你安心创作，成，就成了，不成，也无所谓。我们尽力了，老了不会后悔，好不好？"

"梦想不能当饭吃。"胡一归用力把妻子抱了抱，就好像用这种力量证明自己会不辜负她的信任和爱一样。

"不行，你一定要写作，你知道你为什么没有写出更好的作品吗？就因为你瞻前顾后，总给自己留后路。李安他老婆养了他六年……"黄月月陡然意识到自己说错了，连忙补救，"夫妻就是应该互相扶持的。再说了，你的钱不是拿出来买房了嘛！"

但是这话，显然已伤到胡一归的自尊心了，搂着黄月月的手一下子就松开了，好像她料定胡一归这两年就一定会写作，一定不会有任何收入，一定要白吃她黄月月的老本一样。不过，他从来不喜欢跟谁起正面冲突，而心里早打定了主意。

黄月月一上班，他就通过一个猎头微信群，找到了一份在一家新媒体公司做运营总监的职位。可是上班没一周，就被黄月月发现，接连三天打了三个电话，第一天说自己肚子痛，害他连忙在上班时间开车去她公司，却发现她安然无恙；第二天，说家里遭贼，他急忙打父亲电话，不通，只好匆匆赶回家，一切安好；第三天，她直接到公司，要他陪自己去产检，老板本来就在考察他，看他家里屁事这么多，当着黄月月的面，语气冷漠地让他不要再来了。

忍着气走出还没过试用期的新公司的大门，胡一归终于发脾气了："请您尊重我的选择，希望下不为例！"

"你那破公司，毫无前途，为什么要浪费宝贵时间？你不知道作家的黄金年龄就是你现在这个年龄吗？"黄月月振振有词。

"麻烦收起您的不切实际的幻想，写作永远只是一种梦想，而不是现实生活。我是你男人，但我首先是我自己，如果你再胡搅蛮缠，后果自负。"胡一归说完，气得大步往前走，意识到黄月月并没有跟上来，扭头看，只见她在原地，背对着自己。想到她把自己玩弄于股掌之上，想让自己结婚就结婚，想让自己不工作就不工作，气得本想一走了之，但看她好像在哭泣，只好返回到她身边，看到她果然在流泪。一看到眼泪，胡一归就六神无主，他跟父亲的战斗，一直是冷战加自律，对于女人的眼泪，他实在是缺乏应对经验，心里虽然很是不耐烦，手却从她包里掏出纸巾，递给她："天下哪有你这种傻女人，养一个看不到写作前途的老公。"

"我心甘情愿！"

胡一归叹了口气，把她拉到自己怀里，半拥着往停车场走去。

黄月月跟着他上了车，抹干了眼泪，然后苦口婆心地劝慰，让胡一归不要浪费了自己的才华，一定要下决心写出过硬的东西来，反反复复都是那几个关键词。胡一归不想接话，也不想辩驳，只假装在认真听，其实早自动屏蔽了她的言语，并且再次坚定了找工作的想法。

终于过了一个星期，胡一归又面试上了一家离家很近的公司，每天等黄月月上班走了，他才动身。半个月过去了，黄月月都没发现他上班的事。

这一天，公司正在开一个大数据分析会，十几个人围在大办公桌前讲公司愿景。轮到胡一归上台讲 PPT 时，手机突然震动，他一看是黄月月，想想 PPT 最多十五分钟就讲完，准备等讲完了再回拨过去。可是上台讲了四五分钟，老总实在受不了了，站起来打断他的话："你先停一下吧，是不是有什么急事？我看电话一直没停过。"

胡一归只好暂停，下台，一看未接电话十几个，全是黄月月的，心里一阵紧张，害怕她出什么事，拿起手机，出了大会议室。

黄月月劈头就说："你去上班了？"

"怎么了？"

"不许你上班。"

"不要无理取闹。"

"你天生的使命就是写作，不能这样浪费自己的才华。"

"晚上回家再说，我现在在开会。"胡一归把手机关机，进了大办公室，向大家道歉，继续讲 PPT。作为多年的职场人士，他知道在这样的场合接私人电话，是非常不好的。看老板脸色很难看，好在胡一归到底是学信息管理专业的，做的 PPT 既专业又漂亮，老板的脸色到最后总算是由阴转晴了。

回家的路上，胡一归买了黄月月爱吃的提子，一进门，看到父亲胡启泰脸色阴沉，便知有事发生："爸，饭好了吗？"

"没做，跟你媳妇吵了一架。"

"为什么？"

"像什么话？她让我劝你不要上班，说你是什么写作天才，不写作就等于什么行尸走肉，我说一个大老爷们，怎么能不上班？她说我目光短浅，有媳妇这么跟公公说话的？"胡启泰愤愤不平，原本就嫌弃儿子不思进取，没有别人的孩子那么会赚钱，没想到他娶的媳妇比他更疯魔，更不现实，两个人简直是一路货。

胡一归进了卧室，本想责备她，以后不要跟老人家吵架。他有一种奇怪的护短心理，自己怎么对父亲都行，哪怕跟他冷战、吵架，甚至需要动手（当然，父子俩从来没动过手），但是他不愿其他任何人对父亲轻视，更不消说吵架了，别说黄月月不能，就算是自己的孩子以后也不能。但是责备的话还没说出口，看到黄月月坐在床上低头弯腰，紧紧抱着自己的腹部。她一抬头，脸白得像纸，汗珠滚滚而下。他还没见过这种情形，吓得说话的声音都变了："你怎么了？"

黄月月有气无力地说："胃痛。"

"快起来，我带你去看医生。"

"不用，你帮我倒杯热水，我小时候疼过，好多年没疼了。"

胡一归连忙倒了杯热水进来，黄月月慢慢地把水喝了一大半，脸色渐渐好转。她放下杯子，歪倒在床上，一动不动，脸还是煞白，不过汗珠倒是没有了。

"你真的没事吗？"胡一归坐在床边，看着妻子的脸，不知道要干什么。

"真没事。"

他伸出手，把黄月月脸上被干了的汗水粘住的碎发拢到耳后。黄月月突然一伸手把他抱住："不要放弃好不好？给你自己一点纯粹的时间，写出你最好的作品出来，如果不行，到时候你想做什么，我都不会拦你。"

"我……"

"我已经放弃了梦想了，我不希望你放弃！"

"你的梦想？"胡一归一愣，他印象之中，黄月月的梦想就是上班拿高薪，拼命节约，存很多钱，过一家人团圆的日子。她也有过……梦想？！

我已经放弃了梦想了，我不希望你放弃！

——《相信你》

妻子也是文青

　　黄月月起身，慢慢从底层抽屉里拿出一捆用牛皮纸包着的东西，拆开，厚厚一叠，全部是报刊，然后无力地指着一本杂志封面图上的一行标题，说："这个安青，就是我的笔名。"

　　胡一归接过这些报刊，最近的是五年前发表的，最久的可能有十年了，杂文、短篇、随笔，一共有二十多篇，且都是名家或纯文学报刊。

　　"你果真是文艺青年！"胡一归匆匆看了一篇妻子的文章，文笔简洁，构思巧妙，充满灵气，"后来怎么不写了？"

　　"你知道什么叫自知之明吗？假设拿武功来打比方，如果努力，你能达到《射雕英雄传》郭靖的成就，我练到死，充其量也就是江南七怪里的韩小莹，你让我一个人行走江湖，不是饿死就是被拍死。”

“我答应你，我业余一定坚持写作。”

“不行，你给自己留退路后，就不会前进了，我要你心无旁骛。”

“但是……”

“亲爱的，你相信我！你那么有才华，一定会有出头之日的！我不想你像我爸一样，一辈子生活在悔恨和痛苦之中。”

“怎么又扯你爸了？”胡一归有点不耐烦了，他看着这个自己一直没有太在意，更没有想过主动去了解的，但已成为自己妻子的女人，觉得她有太多故事。

“我有跟你讲过吗？我爸爸是下放知青。”

“讲过。”

“我爸这一生，真的是毁在我妈手上，但凡他要是找个更通情达理的女人，这一辈子也不会这么惨。”黄月月满脸忧戚地说。

胡一归特别吃惊，因为身边认识的人，无一不是在抱怨母亲嫁错了人而导致这一生吃够了苦头，黄月月却这般同情她爸爸，真是让人意外。他不由得好奇起来，开始饶有兴趣地看着黄月月，以鼓励她继续说下去。

黄月月显然也想一吐为快：“我知道这样说自己的父母，真的是很不孝顺，但是，我真的是这么认为的。尽管我妈比我爸吃的苦更多，她做更多家务，干更多农活，为他一而再地生儿育女，但我妈的痛苦，不足我爸的十分之一。他是彻底地放弃了自己，只安心做一个农妇的老公，几个孩子的爸爸。"

"那也不一定是你妈的错，人是互相的。"胡一归想起自己的母亲，为没见过面的岳母辩解。

"他下放前，得过很多绘画奖，真的是为了所谓的爱情，留在了农村，后来有机会也没离开。最初的爱情过后，两个人完全不同的教育和生活方式，导致他跟我妈几乎无法沟通。有一次，我被人欺负，想躲到村后山中一棵无人关注的大树下大哭一场，却看到他在用破笔、残纸认真地画着画……他脸上的那种满足和幸福感，我从来没有见到过。我常常在想，如果他当初没有那么强的责任心，舍弃了我妈，或者我妈能支持他画画，现在他也不会这么孤独痛苦了。所以我不希望因为我和孩子，断了你的梦想和一生的寄托。"

胡一归大吃一惊，一直在自己眼中如此庸俗浅薄的黄月月，竟然有这样不凡的想法。有那么一瞬间，他几乎要将她认定为自己的知己了，当他激动得准备拥抱黄月月的时候，眼光先触到她已微微隆起的腹部，顿时一盆凉水倾头而下，声音也变得冷静了："如果我一个人，倒是不怕耽误个一年两年，哪怕是十年，但是，孩子快出生了，到时一事无成，恐怕连孩子都瞧不起我……"

"一事无成的人多了去了，你有才华，我相信你一定能成功，就算不能成功，也就是丢几年时间，我们这一辈子不后悔！"

胡一归看黄月月的眼神那么坚定，语气也那么肯定，有感动，有心疼，但是现在，似乎更多了一些依赖，是一种精神上的。他并不知道自己这辈子能活成什么样，但是黄月月对他无条件的信任和支持，让他感受到一种强大的精神力量。这力量就像是溺水的人知道自己的同伴就在附近，一定会救自己；又像是在狂风暴雨中赶路的人，知道一定会有人给自己送来一把伞，虽然那把伞在这样的风雨里很可能毫无作用。

黄月月把一张卡递到他手上。

"什么？"胡一归看着手中的银行卡，莫名其妙。

"我跟你说的那套小产权房的钱，今天到账了，你收着，密码是你的生日。"黄月月用很平淡的语气说。

胡一归全身一阵燥热，脸一阵抽搐，觉得对方把自己当成了吃软饭的废柴，用力一把将银行卡扔到梳妆台上，头也不回地出了卧室。

胡启泰眼看着儿媳已经开始显肚子了，早出晚归，累得要死，儿子却带着三只小白猫回来，整天坐在电脑前无所事事的样子，忍无可忍。这一天，趁黄月月上班，胡启泰郑重地跟儿子谈了话，非常不客气："不是我说你，你一个大老爷们，房贷要还，家里三口人要吃饭，过几个月，孩子又要出生了，再不上班，真的是说不过去了。记得咱后街的老蔡那个小儿子不？小时候翻着白眼，流着两筒鼻涕，我们都以为他是傻子。他就读了个初中出来，跑到浙江打工，人聪明，承包了个砖瓦厂，赚了不少钱，在武汉、杭州都买了房，还给他爹妈雇了个外国的保姆，买菜都是开车去……老蔡头，以前我们都笑他，现在谁也不敢笑，他命好，生了这么有出息的儿子。"

胡一归像是被狠扇了几巴掌，嘴里却忍不住反诘："你命没那么好。"

胡启泰脸色变了："我是这个意思？你好歹名校毕业，找份正经工作不难吧？"

"名校名校名校，天天用这个词来刺激我，我真希望我没考上名校，这样就不用背负这么大压力了！那样我就可以随心所欲地过自己的日子了。"胡一归愤怒说。

"人家像我这个年纪的老头儿，早坐着享福了……"

"人家像我这样年龄的富二代，早继承父亲的产业了……"

胡一归的话刚一说出口，父子俩都惊呆了，都不敢相信对方会说这么伤人的话。胡启泰眼睛里的愤怒慢慢转为痛苦，然后是灰暗，好像在一瞬间，陡然苍老了二十岁，头垂了下来，然后慢慢地走到窗户边，看着窗外，一言不发。

胡一归痛恨自己嘴太快，可是说出的话，已没法收回来了，就像是无意中丢了一个飞刀，扎中了自己最爱的人，再后悔也回天无力，只能让父亲自己慢慢疗伤了。胡一归呆立了一两分钟，转身出门了。

胡启泰等了一会儿，转过身来，脸上已有泪痕，拿了钥匙，也出了门，没想到儿子还在等电梯。父子俩避开彼此的眼光，像不认识一样，埋头先后走进电梯，然后在小区一前一后，分头走开。

胡启泰先是跑到小区附近公告栏，找适合自己的工作，但是没一项适合自己——年纪太大了。他还是不死心，沿着附近的超市、小店、小餐饮店，甚至五金店问了一圈，人家问他懂不懂电脑，一看他身份证，又看他脸色很不好，就说："老爷子，这个年纪，别上班了，好好跟着孩子享福吧。"

连续跑了三天，没有结果，胡启泰不想看到儿子，眼不见心不烦，自己买了车票，临上车在微信里跟儿媳说了一句：坐高铁回老家了。

胡一归接到黄月月的电话后，打电话给父亲。老头儿不接，半天才发条语音过来："等你需要我帮你带孩子了，我再来。"

"你回去住哪里呢？"

"不用担心我，现在老房子还没卖出去。"

胡一归有些郁闷，想想明天是黄月月产检的日子，先不跟父亲怄气了，自己是个失败的儿子，但绝对要努力做一个好丈夫和好爸爸。在缺位的家庭里长大，他尝尽了孤独和寂寞，很难说自己从小当学霸不是因为缺爱和陪伴的原因，他不希望自己的孩子也这样。

在网上给妻子挂了号，约定了检查时间，听说这次要抽血做唐氏综合征筛检，并且检查胎儿的染色体是否异常。

黄月月十几岁就出来打工，只和唱戏的哥哥偶有联系，家里其他人都是忙着生存，见她在外多年，对家人抠门又小气，又没有发财的迹象，觉得反正也得不到什么好处，几乎当她不存在。在深圳这些年，虽有过不少狂蜂浪蝶因为她的美貌和年轻而拼命追求，但没有一个人走进过她的内心，倒是有几次感觉美妙的暗恋，却都因为身份、地位，甚至年龄的差距无疾而终。孟游是她的一个梦！见他一面后，她就知道，以他的身份地位、教育程度、精神追求，自己就是修炼八辈子也达不到。他完全就是一个仙人一样的存在，当然，最大的问题还在于他这辈子根本不打算结婚。她有时候想，自己主动向胡一归投怀送抱，也可能就是因为太痛苦，想赶紧找个人来替代孟游在自己心里长久占据的位置。

让她意外的是胡一归，她想起当初与他素不相识，他却送钱去医院帮自己，被误解也不解释；当自己不小心怀孕，他完全可以装作不知道，却硬是凭着一股责任心将自己强硬地从医院拉回家，并且向自己求婚；她本以为这个酸读书人像她以前认识的人一样，自以为才高八斗，根本不关心身边人的死活，却没想到他婚后细致地关心自己的胃口和心情，这远远超出她对一个男人的细心体贴的最高期待。她实在是坚强太久，独立太久，为了生活，忙得完全忘记了自己是个女人。胡一归的体贴和偶尔的霸道，让她尝到了做女人的滋味，那不是习惯于用甜言蜜语来做武器的男人们哄骗她上床前而产生的做女人的感觉，也不是那种公司老板和同事偶尔因为她的女性身份而体谅她不参加体力活动而产生的做女人的感觉，而是那种有了依靠就算天塌下来也有人做主心骨的做女人的感觉。

女人，从来不怕苦、不怕穷、不怕累，就怕没有爱和希望。

胡一归爱上自己了吗，还是因为爱孩子才这样？这个问题她想不透，但是，她知道，自己这桩莫名其妙的婚姻，是赌对了！

所以，就算再辛苦，再疲累，她也觉得很踏实幸福。她知道胡一归的梦想，哪怕再穷苦一万倍，她也要成全他、支持他。为了让他心无旁骛，她几乎用尽了自己作为一个女人胡搅蛮缠的手段，想起来，自己都觉得好笑。

胡一归陪着黄月月产检完出来，一个看起来三十多岁的女人正坐在医院花坛边掩面哭泣，手中拿着一份病历。

黄月月紧紧拉住了胡一归的手："你以后不用陪我产检，这么近，我抽个空就来了，你写你的文章去。"

"你想剥夺我亲眼看自己孩子成长的权利吗？"胡一归说。

"真奇怪，你一大男人，怎么跟个女人似的？"黄月月取笑道。

"你不喜欢？"

"喜欢！"黄月月眼中闪着动人的光。

胡一归没觉得自己有多好，就像读书和工作，都是尽心尽力做好自己的本职工作，这是他一贯的行为准则，无关身边是什么人。他不想让妻子看出自己的痛苦，这些天，他在尝试写新作，但是糟糕透顶，感觉自己就是个地地道道的蠢材，一无是处。

约他喝酒的何俊，看到他一脸萎靡，非常意外，挤牙膏一样挤出了他妻子要让他全力写作的事后分析道："你自尊心强，又敏感，这是太焦虑了，怕辜负了你老婆对你的信任，所以写不出东西来。"

胡一归想想，是这么回事，怕自己的坏心情影响到白天要工作的妻子，他尽量滞留在书房，有时候绞尽脑汁写了一两千字，可回头一看，十分不满意，又全删了。越是这样，越失眠，睡眠越来越轻，容易犯困，可是真睡在床上，脑子却不闲着，不是记起还有哪件事需要处理，就是想起可以在小说中安排一个巧妙的情节。好不容易睡过去了，又突然惊醒，以为睡了四五个小时呢，一看时间，只有十几二十分钟。

有一天晚上两点多了，胡一归终于感觉有困意，上了床，闭上眼，却怎么也睡不着。他觉得头皮有些痒，用手去挠，挠得手指缝里被什么东西塞得满满的，疑惑之下，开灯一看，指甲缝里有好多头发，手指和手指之间也有很多头发，又用手指轻轻拉了头皮发痒的地方，拉下一大撮来，顿时如遭雷击。他陡然记起，小时候街上一位卖家禽的老奶奶，她割断鸡脖子，把鸡倒立着，鸡血全部放进碗里，然后把还没死透的鸡扔进沸腾的开水里，泡得差不多了，捞起鸡，快速地用她那红通通肉腻腻的手去拔死鸡的毛。开水烫过的鸡毛非常好拔，用两根手指夹着毛轻轻一拉，鸡毛就全脱掉了，鸡皮干干净净，可以看到上面密密麻麻去掉鸡毛后的小孔。有时候，因为要忙其他的事，死鸡泡得过烂，一揭连毛带皮一大片全下来了。胡一归感觉自己就像是那只泡得过烂的死鸡！

他希望这只是一场梦！就像有一次，照镜子一看，自己的牙齿全部掉光了，他急哭了，醒过来，用手摸牙齿，它们还在，一颗不少！眼泪还挂在脸上，可是他开心得要死。现在，他狠狠掐了自己一把，很痛！吓得他一下子从床上翻到地下，跑到洗手间，对着镜子，拨开乱七八糟的头发，刚才自己用手挠痒并轻轻拉出一撮毛的地方，现在只剩下比银圆还大块的光溜溜的白头皮了，他又打了个冷战。

女负责人终于打来电话，告诉胡一归，因为他坚持不修改，她只能把书稿交给一家新的出版社。目前看，他们沟通顺畅，对方一再说："这次，你就放一千个心好了，我亲自抓这件事，一定想尽一切办法把你这本书做好、做大、做强。"

胡一归心口一疼，没有回应。

他把新写的稿子，给孟游发了过去。孟游很快反馈了读后感，说他的文字功底和写作手法非常优秀，这应该跟他的个性及读的专业有关，但是文章严谨有余，活泼不够。于是孟游建议他试着多看一些杂书，假以时日，一定会从量变到质变，取得巨大成绩的。

孟游给新小说这样的评价，让胡一归彻底失去信心了。他想给何俊打个电话，请对方帮自己找个不需要全职坐班的工作。拨电话，手机余额不足；用微信充值，余额不足！

难道卡被盗了？

胡一归进了银行 APP 查看流水，简直不敢相信自己的眼睛。印象之中，自己有二十万的理财加活期，没想到，结婚定酒席，转十万给黄月月买房，以及失业以来这几个月的开销，竟花光了所有积蓄，现在他借记卡里面的余额竟然是零！不仅如此，他的信用卡还欠了三万多。然后他到处搜刮角角落落的零钱，一共找到七十二块三毛钱——那是属于他自己的全部现金。

他很惶恐、很无助，但又有一种置之死地而后生的奇怪心理。他把那一小把零碎的票子都装到口袋里，漫无目的地走到街上，先是到书店，买了本《叶芝诗精选》，路过一个拉琴卖唱的白发老人身旁时，把那剩下的毛票一股脑儿扔进他面前的铁碗里，然后咬牙对自己说："这下子彻底干净了。"

他回想自己参加工作这些年，又努力又勤奋，几乎从来没有在夜里十一点半前休息过，也很少和朋友们去夜店玩乐，将百分之九十的业余时间都交给了书和电影，以及写作。他总觉得会有出头之日，没想到，贡献了最多的时间，得到的却是实打实的一无所有！没什么比一个大男人口袋里没钱更丢人现眼了。房贷黄月月管，车贷自己可没脸让她管，还有平时的开销怎么办呢？他胡一归再没出息，也做不出伸手问老婆要钱花的事，打死也做不到！

他又打开自己的银行 APP，查看到自己信用卡的额度有十万，车贷的钱，倒是可以暂时从信用卡里取现救急，可是平时生活费和零花呢？他在书房里一筹莫展，痛恨自己空有梦想，不仅脑袋上的头发保不住，而且手中的饭碗也没保住。他厌恶自己爱上了写作，也讨厌黄月月不管现实地强迫自己写作，他一抬头，看到围绕着自己的几大柜书，突然用一种自虐的心理做了一个决定。

他从椅子上站起来，开始从书架上挑一些书和碟，挑出了他觉得不那么重要的几十本书，三十几张碟，和几本不知什么时候混进书堆里的过期杂志，装到旅行包里，趁着黄月月还没下班，提前出门，把旅行包拎到原来自己见到有人卖过旧书的一处人行天桥下。

"这两千多本书卖完的那一天，就是我胡一归彻底放弃写作的那一天！"

很快有行人过来，翻他的书和杂志。一位戴着厚眼镜的姑娘花了十块钱买了他的《契诃夫短篇小说集》，另外一个小学生模样的男孩掏出了十块钱要了他的一本《小王子》，有几个过路男孩问他有没有玄幻小说，有一对闲逛的年轻夫妻问他有没有类似于《育婴必读》这样的书，只有一个拎着公文包的男人问他有没有《百年孤独》。他说他有，但是在家里，那人失望地说，这里所有的书他都有，只是《百年孤独》被朋友一借不还，想补书架。另外有一些人看中了他的小说，但一听说价钱，扭头就走。

他感到很委屈，所有的书都是他从正规书店买回来的，现在五折他们还嫌贵，岂有此理。

夜里十一点半，所有东西终于全部打包成交，清点成果，有三百三十三块。

揣着这笔巨款，胡一归到一家便利店买了袋旺旺雪饼，一包盐水花生，一瓶青岛啤酒，一盒七块钱的红塔山。小白猫们似乎知道有好吃的，胡一归一进门，白猫们就抱住了他的脚。

就这样，胡一归开始了偷偷卖书换零花钱的鬼鬼祟祟的生活，他安慰自己，既然命运不能由自己掌握，那就看老天的意思吧，最好是让我把所有的书卖个精光，以后再也不受这个所谓的梦想的煎熬了。

这一天，他像往常一样，在天桥下坐着，顺手翻看自己拿来贱卖的书，翻出了《八十天环球旅行》《安娜·卡列尼娜》和《红与黑》，心里难过起来。他想起《八十天环球旅行》带给他的快乐和笑容；想起了看《安娜·卡列尼娜》后他是如何求爷爷告奶奶地托人帮他买影碟；想起了某个寒假，窗外雪花飘飘，他正在用滚热的水泡脚时，被《红与黑》吸引住了，他完全没有时间概念地一路看下去，这本书看完时，他才发现天快大亮，他的腰完全酸了，脚还在洗脚盆的冰块中……

"全是些好书，又是一个搞文学的青年。"一个二十七八岁的长发男人低头翻着胡一归的书，怪笑着对他的胖同伴说。

"被文学搞的青年吧。"胖男人哈哈回应。

胡一归的脸通红，他真的恨透了自己爱红脸的毛病。

"这些书怎么卖？折个价我全要了。"长发男人说。

"没折扣。"胡一归说。

"没打折扣你搬到天桥下来干什么？不如搬到书城里去好啦。"长发男说。

"我乐意。"

"估计你现在日子艰难，算了，当我做好事吧，我全要了，算算，多少钱？"长发男翻看手中书的定价，胖男人也去看他手中的书的定价。

"对不起，不卖。"胡一归伸手把两本书全搂下来。

"完了，又废了一个，这世界……"长发男吹了声口哨，和他的胖同伴扬长而去。

一个小时后，一个白净的中年女人带着她那小学生模样的儿子，以七折的价钱四百三十元，将胡一归剩下的书全部买下，其中有几本书她说有，但看书保存得这么好，几乎跟新的一样，还是要了。看着他们走出老远，胡一归疯了一样跑过去，拉着中年女人的手，可怜巴巴地问："大姐，《红与黑》能留给我不？我用全价买回。"

中年女人愣了一下，微笑着从袋子里翻出《红与黑》，说："不用你的钱，我送你。"

胡一归说不出话来，看着那母子俩远去的身影，心里暖暖的。

中年女人走到附近的一家咖啡店，把书交给了正在喝咖啡的若有所思的杨曦，两个人说了几句什么，女人笑着走了。杨曦把头埋进了自己的手掌中。

现在，他一坐到电脑前，脑子就乱哄哄一片，觉得眼前的字密密麻麻，半天定不下神。等终于定下神来，屏幕上的字好像一个也不认识，更可怕的是本来想好的一个句子，刚想敲到文档上，下手时却发现句子不见了，就像一个人想捉住一道闪电般徒劳。尤其让他寒心的是，头发越发掉得厉害，偶尔翻床单，上面一层头发，触目惊心。他好多次都想剃个光头，但实在是没有勇气做光头佬。

这一天，他正对着一处卡壳的文字心烦意乱，王彪打来电话，一开口便怒气冲冲："胡大作家，你怎么回事？"

"什么事？"胡一归莫名其妙。

"你小说签约给我们公司，我们一直在努力配合你，想尽一切办法不做修改，完整出你的书，可是你的修改版已经在市面上有售了，你这不是坑我们吗？"

"什么？"胡一归云里雾里。

"你还把全稿交给谁了？"

"没给谁啊，就了你们。"胡一归努力证明自己。

"我让工作人员把盗版书寄给你，你自己看看是哪个环节出了问题。"王彪不耐烦地说。

挂断电话，王彪通过微信发来一张图书图片，胡一归看后哭笑不得，黄灿灿的封面上，有个"人间少年"的书名和一个叫"小师"的笔名。

他做梦也没有想到，自己梦寐以求的著作，竟然是不知名的某人和不知名的出版商盗版出来的，名字那么熟悉，可是却跟自己完全没有关系！他突然有种莫名的兴奋，想看看这本书有多少文字是自己的。

盗版书第二天下午就寄到了，劣质的封面，粗糙的纸质，胡一归匆匆翻了下，内容几乎全部是从网上复制下来的——就是自己写的初稿，错别字无数。最离奇的是，自己的小说本来是个悲剧结局，这里的结尾却是个大团圆。

毫无疑问，是盗版商觉得这小说不错，自己下载文字，找写手续了结尾，又加了一些读者想看的内容，匆匆偷印出来的。

胡一归打电话给王彪说明情况。

王彪给他出了两个主意：1.找盗印商打官司，借机把自己的小说炒作一把；2.依旧按之前出版社的意见，做一些修改，结尾也改成大团圆的。

胡一归又看了一遍对方之前发来的修改意见表，如果照要求改的话，自己这个书稿最少要动三分之一的内容，不仅要伤筋还要动骨，那跟重写一本新小说有什么区别呢？所以，还是做不到。至于找盗印商打官司，这简直是大海捞针，都不知从哪里查起。是谁？在哪里抄袭的小说？在哪个地下工厂印刷的？找谁打官司去？一无所知，关键问题是，自己现在这么惨，哪里有钱去打官司？！

他实在说不出口，自己一个985名校毕业七年的高才生，连饭钱都快掏不出来了。

思考了一个晚上，胡一归想了很多措辞，最后半坦白半装不在乎地告诉王彪，自己不打官司，也不想搞清楚盗版的人是谁。对方一听，也懒得发火了，冷冷地说："那随你吧！你既不想打官司要回你的权益，又不想修改，你这书在我这里肯定是出不了了。"

被王彪拖延和怠慢太久，到了这个时候，胡一归倒有一种破罐子破摔的硬气了，回了句"好的"，放下手机，脑子突然一片空白。等回过神来，又觉得自己太意气用事了，想了想，觉得还有一丝丝希望，拨了那位姓肖的女负责人的电话。对方半天才接，脑出血的后遗症让她明显口齿不清："小帅哥……实在对不起啊，我因为行动不便，这两天已经从公司退股了。你那合同，我完全说不上话了。"

他看着桌上的盗版书，只觉得一切虚幻可笑，自己呕心沥血写出的文字，变成了另外一个完全陌生的人的作品，而自己对着它，竟然束手无策。他的心突然一阵绞痛，眼睛也开始看不清东西了，就好像自己独驾一叶小舟，在狂风暴雨中与无穷无尽的巨浪和风雨做斗争，什么时候雨会停？不知道！什么时候能看到岸？不知道！什么时候有人来救自己？不知道！只知道小船已进水，桨也被巨浪带走，而自己只能听天由命！

也不知过了多久，他的眼睛终于能看到面前的东西了，他看到正在自己脚下优哉游哉的堂吉诃德，怒吼道："给老子滚！"

堂吉诃德一声不吭地看着他，低着头像做错事的孩子。胡一归心里一阵厌恶，对它狂吼："蠢货，渣猫，你以为你装可怜老子就同情你，你以为你无父无母老子就该养你，你以为躲在这个角落就很安全，你以为老子的家就是你的家，你以为你长得跟别的小白猫不一样老子就该喜欢你，你以为你长得可爱老子就不舍得抛弃你？跟你讲，把老子惹烦了，一样把你扫地出门，把你剁成肉片喂狗，如果狗不吃你这讨人嫌的没用的东西，老子就把你绞成肉泥拿去喂鱼，鱼要是不吃你这丢人现眼的怪物，老子就把你这蠢货埋到地里，做肥料，让虫子来把你分尸。没用的东西，一钱不值的怪物，遭天下人讨厌的蠢货、垃圾、废物……"

堂吉诃德发着抖，头垂得更低。

胡一归骂完了，气冲冲地跑到电脑前，用力开机，对着屏幕和键盘一通重重地乱拍，等电脑桌面出现的时候，他对着墙壁狠狠地打了几拳头，直打得手指关节破皮流血。他看着自己曾引以为傲白净修长的手上不住地往下淌的血，只感觉血流得不够快，伤口不够大，一点也没觉得疼，因为跟心里的疼和伤口比起来，肉体的痛感，不值一提。他现在非常讨厌这双手，为什么一定要打字？为什么控制不了地写文章？自己要是没有手多好？就不用受它们的气了，而自己这几年所受的冷落、嘲笑、屈辱、怠慢，甚至贫穷和孤独，全拜它们所赐！

他真恨不得自己是个无臂人！

然后，他咬牙看着自己还在流血的手背，怀着一种奇怪的快感，调出所有从前写的文字，它们太让人恶心了，像一坨坨狗屎一样赤裸裸地横在眼前，用各种奇形怪状的样子傻傻地待在那儿。他真希望那不是他写的啊！那是别人的狗屎、垃圾，是别人曾花了许多精力和时间写就的，只要他胡一归不喜欢，就可以不屑一顾，甚至视而不见。

可他胡一归实在做不到，无法对它们漠视不理，假装它们不是自己呕心沥血写出来的。相反，它们是他雄心万丈时的杰作，是他的理想、他的幸福、他的快乐、他的希望，以及他的梦想！他看着这些文字，厌恶又心疼，憎恨又不舍，杂文、散文、小说……他开始点击鼠标右键，删除，清空，不到五分钟，回收站里修改了好几遍的《人间少年》，他试了几次，最后还是没法点击"清空"。

他泪流满面地趴在电脑前……

堂吉诃德静静看着他，然后不声不响地趴到他脚边，一动不动。

"是到放弃的时候了！"

一想到放弃，胡一归心如刀割！现在放弃，等于让他承认多年的追求和理想只是个笑话。无数个不眠之夜，付诸东流；无数个绞尽脑汁的情节，一钱不值；无数舍弃玩乐埋头写作的时光，随风而逝……他希望活在这个世界上，能找到点存在感，比一般养家糊口的人多那么一点点、一点点的不一样！

这之后，他莫名其妙地重病了一场，头晕眼花，喝水吐水，吃什么吐什么，人瘦了一大圈，一个星期后好了，便开始找工作。他想好了，自己是男人，必须要撑起一个家，黄月月要是还强求他写作，他就离婚！

　　杨曦主动联系胡一归，告诉他一个消息——有人想出一万块买他那只会笑的小白猫。

　　由杨曦搭桥做东，他们在南山一个湖北人新开的楚味饭店碰头。要买小白猫的，是一位诗人，叫王新，不到三十岁，酒糟鼻，戴着无框眼镜，身材瘦削，双腿巨长。不过，胡一归一开始并没有关注他，因为注意力全部被诗人带来的一位中年男人勾过去了。那男人姓孙，看起来四十多岁，肥头大耳，嘴唇天生厚实油腻，脖子上一条金链子闪闪发光，动作极其夸张，说话时总是扬起自己的左手，胡一归以为他左手天生有病。聊了一个小时不止，那中年男人一直在极力踩扁深圳的作家和诗人——当然，王新除外，因为王新不缺钱。他还一直在吹嘘自己多么有眼光，当年在某地花二十万买的几块地，现在已翻价百倍不止，值两千多万，所以，他现在戴得起八十多万的表……

到这时，胡一归才明白，这位戴表的大叔不是四十多岁，而是快六十了；不是他的左手有毛病，而是为了显示他的表值钱。更重要的一个信息是，他现在有钱来做一点慈善事业——他讲了许多在深圳有名有姓的所谓的作家，穷困潦倒，又抹不开面子，就去他家蹭饭蹭茶甚至蹭床位的事。

胡一归听得心生厌恶，庆幸自己从来没有认识这位老人家，不然不知道他会如何编排自己，也庆幸自己从前一直坚持工作，没有全职写作。他想，当务之急，还是找工作。

大叔意犹未尽，却接了个重要电话。他眨着眼睛暧昧地对同桌们说，这是一位远方来的文艺女青年，喜欢穷游，长得颇有几分姿色，三十多岁，想借宿在他一个空置的想出租还没租出去的房子里，写一本游记。他现在不得不去车站接人，然后拿着奔驰车钥匙兴冲冲地走了。

胡一归这才把注意力放在诗人身上，诗人看起来不太爱说话，一说话就是大家听不懂的句子。比如杨曦说和朋友去新疆旅游，碰到一次近距离的车祸时自己那种感慨和震惊时，诗人说："生命在飘满泪花的世界里跳舞。"

当杨曦说在某次旅行路上看到某处山村的天是多么蓝、水是多么清澈时，诗人说："墙上的门的眼睛的窗户的带着笑容的泪水，吧嗒，掉了。"

胡一归以为这诗人神经了，杨曦见怪不怪，趁诗人上厕所那会儿小声告诉胡一归："你别被这鸟人吓傻了，他就是脑子进了点水，不过有的是钱。他老头儿是个搞房地产的暴发户，在这城市挺有名。他只写诗，不管钱，曾掏钱印了三千册极其精美的书，全是他自己的诗，一本没卖出去，全送人，还有两千多册没送完呢。你赶紧问他要一本，说不定一高兴，能出个大价钱买你的小白猫。"

胡一归一听这话，心里颇不是滋味，自己在杨曦眼中变成这种见钱眼开的货色了？

等诗人回到餐桌边，杨曦说："大诗人，我朋友胡一归听说你出了诗集，能不能送他一本收藏啊！他以前也写诗，不过据说恋爱失败后，就再也写不出好诗了。"

诗人用眼睛瞟了瞟胡一归，似乎在掂量他够不够资格懂自己，然后很矜持地用手指叩着桌子："写诗是要有灵气和天赋的，写诗的人如果愿意，都会写出好小说来，可是写出好小说的人很少能写出好诗来，可见诗歌是更高一个层次的。吉·格飞，你听说过没有？他就是个诗人，一生只写过一部长篇小说，可那小说，你知道不？真是美得无以复加，你看他的小说开头，这样写的，我说给你听——要是这是糖果就好了，玫瑰色也好，绿色也好，蓝色也好，那微酸的滋味在舌头下慢慢融化，带着一股野花园的清香，教人吃了还想再吃……要是她把我轻轻地裹在她狐狸般的歌声里就好了，像大草原般拖得长长的音，让声调和气韵在我的喉咙里渐渐浑厚圆滑……如果她只是用她的声音来爱我就好了，细微到几乎听不到的声音，低吟的，温润的，爱抚的，就像长满小巧玲珑青苔绿草的深谷，可以唤起爱情……"

胡一归惊诧地看着诗人，对方滔滔不绝："我们再来看看结尾他是如何写的——要是这是玫瑰色的糖果就好了，而不是她胸部绯红色的乳尖；要是她能略带矜持地露出来给我看就好了，细腻的，还有呢，脸有点红，而不是像一包脏衣服一样把它们塞进我的喉咙里；要是她能轻轻地把我裹在她那女狐般的声音里就好了，像大草原般拖得长长的声，而不是像个泼妇般马上尖声大叫，吸啊，叫你吸啊，舔，打开啊，给我滚……"

诗人把这些背了一遍，然后沉浸在他自己梦游般的情绪里，悠悠地说："你们说，有哪一位写小说的，能写出这么优美的句子来？这呢喃般、梦醉般、结构紧凑而迷人的句子，像含羞带怯的小处女，让人爱不释手。"

胡一归不得不承认，诗人不仅声音好听，记忆力还惊人得好。诗人看到胡一归的表情，一副算不得什么的样子，说喝多了，又要上厕所了。趁这机会，杨曦又跟他解释："你别白痴样了，就吉·格飞这本小说，这鸟人起码说过三百八十六遍了，是圈内人士统计的，加上今天这一遍，少说也有三百八十七遍了，还是往少了的算。我自己亲耳就听了不下七次，都是他对文坛一些小文青表演时用的，有一次这表演颇有成效，当场就把一个小妹妹给骗走了。我跟你讲，你的才华，是他的百倍不止。"

胡一归听到这儿，又失望又惊喜，失望是对诗人，惊喜是杨曦到现在还这么肯定自己。他心里打定主意，不能多说话露了馅——要是被她知道自己的小说被盗版，签约的书却一再泡汤，她会更瞧不起自己的。借口上洗手间的时候，胡一归把单给买了，再穷，他也做不到同桌几个男人吃饭，让一个女人去买单。饭局快结束时，杨曦到服务台，听说有人已买了单，一问买单的人的长相，知道是胡一归，忍不住又心疼又难过："他永远不做占小便宜的事。"

到了胡一归家，诗人将堂吉诃德拎起来，看到它漫不经心懒惰的样子，失望地放下，又拎起了珍妮。

杨曦说："这是我的。"

"凭什么是你的？"诗人像孩子样答。

"你问胡一归，他原来就送给我了，不小心被它跑回来了。"杨曦说。

"哦？能自己找到家？肯定很聪明，我就要它了。"诗人说。

杨曦坚决不答应，抱着珍妮不松手。诗人也很倔，非珍妮不可。杨曦说："你要这个，就给精神损失费。"两个人僵在那里了，最后，还是诗人让了步，封了个一万五的红包，抱走了珍妮，嘴里直嘟嘟："女人就是这么浅薄，一切向钱看，哼。"

一男一女走了，胡一归看着桌上厚厚的红包，脸发烫。

杨曦出门大约十分钟，从微信里转了两万过来，然后问："听说你的小说被盗版了，为什么还坚持不修改呢？"

胡一归又羞又恼又感动，没想到杨曦消息这么灵通，而且这么关心自己，没有收转账，回道："按对方要求修改的话，就不是我想写的东西了。"

杨曦回复："！！！"

大概又过了几分钟，杨曦发语音："快收钱。"

胡一归没搭理她。

堂吉诃德冷冷地瞪着圆圆的眼睛看着胡一归，一动不动。胡一归将刚才在路上杨曦为它买的奶糖放在它面前，然后轻轻地抚了抚它的身子。堂吉诃德别过头去，耷在地上，一副"你这个人渣，我看不起你！"的表情。

孟
游
远
行

　　孟游打算离开这座城市了，他特意花了整整半个月，把这个
城市的每一个角落走了个遍，然后又花了将近十天，分别把那些
在书吧、夜店、咖啡厅、天桥下、公园里、大巴上、油画村、作
家村、相亲角……认识的人，全部再聚了一次。最后，他把四百
多本书和一千多张影碟快递到胡一归家里，轻描淡写地说："我看
你这段时间状态不好，要学会调整自己。"

　　胡一归忍着心中的不舍，只轻描淡写地说了句："这一年，
老是被你带着吃喝玩乐，要走了，总得给我个机会送个行吧。"

　　"行，听你的。"孟游爽快地说。

胡一归想起孟游喜欢吃海鲜，于是订了最好的一家五星级酒店自助海鲜。两人见面，尽管胡一归想装作很开心的样子，但是坏胃口出卖了他，拿着大盘子，只夹了几片三文鱼、几只虾，味同嚼蜡地吃着。

　　孟游面前却是满满的一大盘，海陆空食物全部都有，一边大口吃着食物，一边问："有什么不开心的，说出来让我开心一下？"

　　胡一归失笑："没有。"

　　"你是个很纯粹的人，以你的个性和情商，家庭和工作应该不会给你造成太大困扰，是写作不顺利？"

　　胡一归被说中心事，再也没办法装了，扔下手中的刀叉，叹了口气，说："我熬不下去了。"

　　"碰到什么难题了？"

　　"我辛辛苦苦写的二十多万字的小说，跟我签合约的出版商说，因为内容需要作大修改而出版不了，可是我贴在网上错别字连篇的初稿，连结尾都没有，人家盗版商竟然把它随便添了个结局，就全文出版了，听说还卖得很火。我想找人家说理，都不知道找谁去，我不知道坚持写作的意义在哪里！"胡一归沮丧地抱怨。

　　"那你该走哪条路？"

　　"像我的同学一样，做公司，做基金，炒房产……总之，就不要做这么辛苦又没收益的事了。"

"想想，目前为止，做什么事能让你感觉不到时间的存在？"

胡一归认真想了想，老老实实地说："还是写作。"

孟游笑道："这就对了，这就是你不能放弃写作的原因，且不说你有这方面的才华。大多数人，活着活着，就完全失去了自己，找不到心灵栖息地，那些有才华想一鸣惊人的人，也大多只是想想，绝大部分都没有坚持下去。你知道毛姆吧，活了九十一岁，一生写出四十部长篇，二十九部剧本，假如平均一本书二十万字，他出版的有一千多万字，还有重复修改和没出版的没算呢。那个年代，他的字可是一笔一笔手写出来的，你算算他一生写了多少字？还有毕加索，为什么这么出名？他活了九十二岁，作品三万九千件。你和他们对比，花了多少心血？写出了多少作品？如果你想有好成绩，可以拿这个数据当镜子照照自己。"

"可是……"

"想要卓越，必须挑战自己的极限，你要相信自己，如果你能在其他事上得到更多快乐，我会鼓励你，可是你明明是在写作上有天赋，为什么要浪费它呢？当年大评论家姜林对你的称道，可不是一般作者能得到的，他都没这么夸过我。另外，换个角度想，你的文章被盗版，恰恰说明它有价值，有市场，只是你比较坚持做自己，让盗版钻了空子而已。"

"我要找律师打官司吗？"

"个人不建议，浪费时间也浪费精力，你都不知道盗你文章的人是谁，怎么打这个官司？"

胡一归并不打算讨回自己的权利，只是想得到孟游的肯定而已。

"你老婆给你压力了吗？"孟游问。

"就是因为她从不给我经济上的压力，我才更愧疚。"

"好好珍惜，这年头，有一个懂你，舍得自己来成全你梦想的人，太少了！"

"太重了，承受不起！"胡一归想到那个跟自己同床共枕，似乎从来对自己没要求，却全力支持自己梦想的女人，又心疼又温暖。

"夫妻不就是应该互相成全、互相承担吗？对了，我还有一些东西要打包邮寄走，约好快递员上门来，差不多到时间了，我先走了，我给你地址，有空去玩。"孟游起身。

胡一归连忙起身去结账，服务生说他这一桌已经结了。

两人一起出自助餐厅的时候，胡一归有点不高兴："给你送行都要你买单，我在你眼中这么不堪吗？"

孟游愣了一下，笑道："珍惜对你好的人，不要因为自己暂时的失落，影响到其他人。答应我，好好的！"

看着孟游远去的背影，胡一归的胸口像被剜掉了一大块。生命中来来往往这么多人，他们像夜空里闪烁的星星，孟游一定是最亮的那颗。突然之间，他好像理解了妻子曾经对孟游的痴迷，如果自己是个女人，对这样洒脱自由得如野马一样的男人，又怎么能放得下。只是前面有这样一个标杆男人，妻子又如何能真的看上自己？想到这里，胡一归心里忍不住又有点泛酸。

两天后，还没打起精神来的胡一归突然收到几条短信，虽然是不同的人发来的，但意思都差不多，其中一个这样写道：

胡一归老师：

　　您好！

　　我叫阮恒，是众越读书出版公司的经理，朋友介绍我看了您的小说《人间少年》，非常喜欢，希望能合作出版您的书，将您这么优秀的小说介绍给更多的读者，让这世界越来越美好。

　　祝您身体好，工作顺利，生活幸福。

　　我等您的回信。

阮恒

胡一归看第一条信息的时候，以为是杨曦介绍的，仔细想想，应该不是，因为杨曦曾向别人介绍过自己的作品，而且她手头有自己的稿子。果然，发了稿子给三家口碑不错的出版商，都表示说可以报选题，胡一归选择了态度最诚恳的阮恒。对方声音很好听，说话慢条斯理，透着一种读书人的儒雅从容的味道。他说，这种小说，涉及不少敏感现实问题，需要做适当的修改，如果他答应的话，双方可以合作，还问他有什么条件，可以一并提出来。

胡一归让对方把要修改的意见发过来，自己再做定夺。第二天，阮恒就把意见表列好发了过来，是当初王彪发的意见表的五分之一，完全可以接受。

和阮恒谈到最后，胡一归试探地问："游明子的新书是在你们那里运作的吗？"

对方答："不是。不过我们希望有机会能和他合作，如果能得到游明子的书稿，那就是我们公司的大喜事啊！"

胡一归对孟游更多了一重由衷的敬意，能签出版合同，全是孟游的功劳，可他连一个字都没提起，又把一切做得这么完美体贴。

很快，出版公司寄来图书出版合同，不仅有出版合同编号，还有正式的出版社公章，里面的条则更是细得不能再细。胡一归去找出版期限，合同上定的是最迟六个月，如若到期因为出版社的原因，图书没有出来或是有必要推迟，会有相应的措施或违约金。

手握新的出版合同，胡一归感慨万千，等待出书的日子虽然充满希望，但像是蒙着面纱的女人，看不见真容，更多的是枯燥和煎熬，为了转移注意力，他又开始续写自己的新小说。半个月前，他的小说已经写到了十九万三千字，可是今天查一下文档里的字数统计，只有十万五千字。这些天来他一直写写删删，可写的速度总赶不上删的速度，主题、思想、故事、框架都有了，就是写不出字来。这情形，像一个农民工，面对着建筑师设计的建筑图纸、上乘的建筑材料束手无策。他将这座要由自己搭建的大房子拆了建，建了拆，总觉得不是这么回事，越写越不满意，越写越失望，再一次深深怀疑自己是不是走错了路。

他打电话给孟游，说自己的苦恼。孟游很轻松，告诉他别焦虑，说："每一个写长篇的人都要过这个难关，写开头的时候，兴奋；写到中间，怀疑；写到三分之二时，厌恶，大部分非专业作家都熬不过这一关，就放弃了。如果你能坚持下去，也许情况没那么糟，等你凭着毅力完成了全稿，再回头看，你会发现自己还是挺棒的。"

胡一归想想自己的第一部长篇，好像也是过了好久，才结的尾，硬着头皮，便秘似的把小说憋出来后，只觉得反胃、恶心。当他试着回头修改文章时，简直不堪卒读。小说完成近半个月，胡一归才敢战战兢兢地回头看它，有点像一位要求甚高的建筑师，建了一座不怎么样的房子，回头弄点石灰、材料、墙纸，这里刷一刷那里糊一糊，再弄些装饰品把难看的地方遮盖掩饰一样。这种工作做了好几次，直到收拾到第五章的时候，才开始有点感觉了，觉得写得还不是那么差，随后便渐入佳境。也是嘛，花了半年时间完成的长篇小说，没有功劳也有苦劳啊，干吗自己作践自己？再说，自己都看不上自己的小说，别人怎么能看上？

再说，自己都看不上自己的小说，别人怎么能看上？

——《孟游远行》

黄月月的预产期快到了，胡一归比她更紧张。

　　两个人交流最多的，就是讨论给孩子取什么名字。黄月月做事比较直接简单，说在网上查，什么名字好听，再找个免费网站测分，哪个得分最高就用哪个。胡一归心里有点看不起黄月月这做法，但没有说出来，独自翻了很多书，找出自己觉得很多好听又有寓意的名字，但都被黄月月否了。因为这些名字不是外国名，就是书中故事中的主角命运不怎么好。黄月月有一种固执的思想，觉得书中人物的命运是会落到现实中同名人身上的。这也不行，那也不行，最后，两人想了两个折中的，都觉得还不太坏的名字：如果是男孩，叫胡诺，女孩就叫胡萌。

当然，黄月月经常笑他的，是他对孩子的过分紧张，就好像是他怀孕一样，九次产检，他一次没落。有时候明明看他熬夜写作，哈欠连天，黑眼圈很重，可是只要手机开始提醒产检，他就跟打了兴奋剂一样。到了医院，跟产检的医生交流，问的比女人还仔细，比如孩子体重正不正常啊，脑袋长得合不合理啊，看起来会不会聪明啊，是剖腹产好还是顺产好啊，吃什么孩子皮肤会好啊……

胡启泰到的这天，某商城的工作人员正好把婴儿床送过来了，看胡一归兴致勃勃地安装，老头子也来帮忙。父子俩多年来，第一次达到一种情感和行动上的双重和谐。

"看你挺喜欢孩子。"胡启泰主动套近乎说。

"感觉人生充满了希望！"胡一归手上不闲，眼中荡开笑意。他也自问过好几次，是真的那么爱孩子吗？某种期待确实有，但也未必爱到那个程度！因为有了孩子，他可以有借口，为自己写作的零成绩找到块遮羞布，以此来说明，不是自己时运不好，努力不够，天赋不行，而是有更重要的人生大事要做。他还可以用这件事来给父亲一个交代，毕竟父亲一直心心念念不能让老胡家断后。当然，他本性里的善良和对自己的高要求，也不允许一个无辜的生命，由自己制造，再由自己亲自毁灭。

这大概跟爱无关，跟一个人的虚荣和无能有关，就像他当初挥剑断情丝，离开杨曦的动机和目的一样。归根结底，他胡一归从来没有爱另外一个人超过自己，如果他足够爱杨曦，他可能会抛掉自尊心，排除万难和她在一起。他也没有那么爱父亲，如果足够爱他，他就不会无法忍受他对自己的管束唠叨。当然，他更谈不上多爱黄月月，正好他落魄，她主动，他空虚，她要填补，就半推半就成了夫妻。想到人世间很多人，正是因为爱不动而选择了将就的婚姻，胡一归不由得一阵心灰意冷。

当然，这种隐秘的阴暗的心思，他也不会跟任何一个人说。他看黄月月还是老样子，虽然已近临产，却一刻也不闲着，打扫卫生，上网买各种日用品以及婴儿物品。他从前几乎没关心她怎么想，哪怕同床共枕，哪怕一个锅里吃饭。现在他还是不知道她怎么想，只看到她有诸多贫寒且被父母忽视的农村女孩的无伤大雅的问题，比如她极度节约，哪怕只剩一口饭几片菜叶没吃完，她也要将它们放进冰箱，留到第二餐吃；她放的东西，永远找不到，家里总是凌乱而邋遢的样子，有一次她正在梳头，想起厨房在做菜，她就把梳子落到橱柜里；所有他觉得一钱不值的东西，她都认为值得收藏，所以家里摆着数不清的瓶瓶罐罐，用空的化妆品瓶、酱油瓶、茶盒、矿泉水瓶、缺了口的杯子，甚至早就空荡荡的洗衣液桶……把它们摆在窗台，摆在阳台脚下，摆在厨房灶台，甚至摆在书架上。

胡一归一直是个很自律、很好面子的人，将心比心，他不愿意别人伤自己的自尊心，所以他也不想伤黄月月的自尊心，挑了个黄月月不在家的时候，把他认为是垃圾的东西，全部清扫了出去。黄月月回来一看，觉得她的宝贝们被他扔了，自己作为这个家的女主人的权利完全没有得到尊重，先是轻描淡写地让他好好写作，接下来几天，每天都找他要她认为失踪的东西，比如那个才用了半瓶的醋不见了，那双还有九成新的拖鞋不见了，那个起码还可以用一个月的牙刷不见了……这通通都是因为他大手大脚，不懂爱惜，乱扔东西。

　　不胜其扰的胡一归为了避免清扫后无穷无尽的麻烦，不敢大扫除，更不敢扔东西了，但又不能忍受家里这么乱，就当着她的面打扫家里，归置找不着北的物品，把乱得像堆着一堆乱七八糟的火锅菜一样的衣柜整理得整整齐齐，希望她能懂得自己的良苦用心。这一举动，倒是深得黄月月的心，赞叹道："我老公真好，比我会理家多了。"

　　胡一归暗暗窃喜，心想，你以后总该知道一个家该有的整洁、清爽和干净了吧。可是，不过一天时间，黄月月像变戏法一样，又把家里弄得一团糟。叠好的衣服，她总是会奇怪地需要最底下的那一件，用力一拉，上面的就全乱了。毛巾可能会在餐桌上，脏衣服和干净衣服混合着放在沙发上，她自己也分不清……

　　他信奉响鼓不要重敲，说了黄月月几次，可是她嘴里答应着，转头又一个样，胡一归也就放弃改造她的念头了，尽量自己动手，归置物品，收拾家里。他想起结婚前，她帮自己做饭，打扫公寓，帮自己整理书柜，把厨房洗得锃亮无比，与现在相比，他简直怀疑是不是换了个人。

当然，这些小不快、小不满、小厌恶，都因黄月月对他的梦想无条件地支持而消解了。胡一归有一个特别大的本事，就是可以漠视身边人的行为，哪怕那些行为带给自己极大的不方便和不舒适，他也会竭力要求自己做到更好，那可以满足内心隐隐的优越感。当然，还是那句话，他只是更爱自己而已。

　　中午一家三口出去吃了个饭。回来后，胡启泰偷偷把儿子叫到房间，说："你给我每个月定存的一千块，我没花，我看了下，有三万多，你还是先把这钱拿出来用了。人家姑娘能吃苦，越这样我们越不能亏待她，这钱给她坐月子。"

　　胡一归脸一阵红一阵白，三年前，他想到父亲年近六十，每个月给他定存一千，当他的固定零花钱。失业这么久，自己已经忘记这事了，没想到父亲一分钱没用。他有点尴尬地接过父亲的钱，说："我会还你的。"

　　胡启泰说："真是废话。"

　　胡一归收拾好婴儿床，回到卧室准备午休，看到黄月月在床边坐立难安的样子，走过去坐在她身边，将她揽进怀里。黄月月把头靠在他肩膀上。

　　看着妻子苍白的脸，沉重的大肚子，胡一归想象着她的负累和压力，心疼地说："辛苦了！"

　　黄月月扭过头来，充满爱意地说："不辛苦，我很幸福！"

　　"我是说，你找我这样的……没用的男人，太辛苦了！"

　　黄月月摇头："不是这样的，你清高、干净、儒雅、隐忍、温柔、有担当，偶尔抽烟喝酒，但是从来没有成为行尸走肉，一直默默地追求自己想要的。一开始，你根本就不喜欢我，但是为了孩子，你还是毫不犹豫跟我结婚了。我不知道这辈子能不能让你爱上我，但我甘愿赌上这后半生，因为我从来没有这么牵肠挂肚，这么充满期待，以及再也不惧怕孤独和衰老……"

胡一归一动也不敢动，他真害怕自己不小心戳破妻子的美梦，心想她还是被自己的表面所蒙蔽，完全是把自己无数倍地美化了。也许，她还是放不下孟游，把满腔的爱倾泻给他的替身，胡一归想问她是不是这话说错对象了，又觉得自己太傻了。有的话，只适合放在心里，默默腐烂。

黄月月手机响了，放下电话，着急地说："怎么办？我妈来了，已经到车站了，她说要给我个惊喜，可是不知道怎么来家里。"

胡一归哭笑不得，说："那我去接她吧。"

"万一要生，难道你爸送我去医院？"

"那叫我爸去接你妈吧，让他打的。"

胡一归赶紧跟胡启泰说了这事。老头子连声说："当然我去接，你把她电话告诉我。"

胡启泰匆匆出门。胡一归看着黄月月的样子，替她着急难受，可是使不上劲。黄月月一时歪在沙发上，一时抚着肚子咧着嘴进卧室休息。胡一归跟在后面，又心疼又难受，不住地问："疼吗？没事吧？要不要去医院？"

黄月月只是咬牙摇头。

终于听到外面父亲的声音，胡一归赶紧开门，只见一个七十左右，脸如银盆，手大脚大的中等个子女人进来，手里拿着不少婴儿用品。胡启泰对儿子说："岳母到了，也不知道叫人？"

胡一归别别扭扭地叫了一声妈。

岳母用夹生普通话应了声："好好。"不好意思地笑了笑，一进门，把手上身上的东西一股脑放下来。

黄月月已经从卧室出来，惊喜地叫了声："妈！"

老太太看了看女儿的脸，又看了看女儿圆滚滚的身子，说："女儿扮娘，你肚子里是个女儿。"

胡一归和胡启泰惊讶地对视了一下，如果黄月月没说谎的话，她们母女起码有三年没见面了，第一句话竟是这？

胡启泰给亲家母倒了杯水，黄月月给胡一归使了个眼色，两人回卧室，胡一归看到她手中的红包，想起父亲的话，黄月月果然是极懂人情世故的。他到客厅把红包塞给岳母，岳母推让了一下，把红包接了，又从自己带来的大布包里翻出一个红包，说："这是给外孙的红包。"

母亲的到来，像是定海神针，黄月月竟然说肚子没那么疼了。胡一归心情一下子放松了，吃了岳母又咸又大块的大盘菜，又和父亲喝了几杯酒后，倒下就睡着了。等他醒来，发现岳母在大呼小叫。原来黄月月已经阵痛一晚上了，现在实在疼得忍不住，她妈说这是要生了。

拿婴儿服的拿婴儿服，找钱的找钱，拿社保卡的拿社保卡。胡一归开着车，直奔医院，虽然心里发着慌，但平时产检一直陪着来，很熟，看起来也是有条不紊地指挥大家，谁挂号，谁找医生，以及需要注意的事项。岳母被拥挤的人流惊到，只忙着躲闪人，几乎自顾不暇，不过这个女婿的表现，她还是很满意的。

黄月月躺在产床上，胡一归看着自己的女人，个子娇小，身体瘦弱，挺着那么大的肚子，痛得满头大汗，却极力忍着不哭，情不自禁俯身一把抱紧她。爱情还重要吗？不重要！重要的是，这个女人愿意为自己做一切。

他暗下决心，这辈子无论好坏，都要对这个女人好，永远好下去！

黄月月一直没哭，被他一抱，眼泪下来了，然后又被阵痛疼得咧了嘴，虽然规定老公可以陪产，胡一归实在受不了自己的女人这般受罪，还是满脸纠结地出了产房。

几个人或坐或站在休息区，父亲满脸焦虑，岳母倒显得轻松，用夹生普通话给胡一归父亲说："别怕，是母鸡就要生蛋，是女人都要生孩子，我怀了七个，活下来五个……"

胡启泰用不可思议的眼光看了亲家母一眼，没接话，问胡一归："怎么样？没事吧？"

胡一归摇了摇头，不想说话，各种血淋淋的恐怖画面在脑子里急速飞驰，难产、出血、脑瘫、畸形、六指、无臂……产房里，传来女人惨烈的叫声、哭声。胡一归听不到黄月月的声音，一阵恐惧攫住了他的心——万一她死了怎么办？

这个念头像一颗变态的种子，以极其快速的方式在心中成长、壮大，然后伸出密密麻麻的枝条，将他困住。他觉得自己要透不过气来，受不了这份煎熬，决定还是勇敢地进产房陪着黄月月。刚到门口，黄月月被一个护士扶了出来，满脸大汗，脸色苍白，长发几乎都湿透了，一见到他，就带着哭腔说："一归，你让医生给我剖腹产吧！我不行了，快要死了。"

胡一归求救地看着护士。护士说："你妻子状态良好，没必要太紧张。我们一般都是鼓励产妇顺产的，顺产对孩子好。"

黄月月疼得歪着身子扶着墙跪了下去，眼泪汪汪："我真的要死了，只要你给我剖腹产，我什么都答应……求你们了……"

胡一归半跪着紧紧抱住黄月月，刚想跟护士说让给妻子剖腹产，岳母就跑了过来，用家乡话一通叽里呱啦。胡一归从她的表情和能听懂的只字片语推断，她强烈反对剖腹产。

看得出来，黄月月对她妈极其畏惧，可能是从小就被送人的缘故，她有种宁愿自己吃苦也要讨好母亲的意味，抹着眼泪，低下了头。

胡一归怒火一下子冒出来："护士，剖腹！"

岳母对着胡一归一通普通话带家乡话的嘟怨，意思大家都听得懂："顺产最好，剖腹产的孩子笨，让产妇有伤疤。"

胡一归眼神变得坚定，语气也不容置疑，对着岳母说："她是我老婆，我不能让她受苦。"

然后对护士说："请您告诉医生，帮我老婆剖腹产！"

疼痛难忍的黄月月，看到胡一归瞬间变成了另外一个人，心里的爱和感动变成决堤的洪流，喷涌而出。她不想自己最爱的两个人对立，想到剖腹产后难看的伤疤，可能好几年不能再怀孕，还有比顺产更长久的护理，对胡一归说："还是听我妈和医生的，顺产吧。"

"你会疼死的。"胡一归难受地说，他想起前不久看一条新闻，一个待产孕妇因为家人不愿她剖腹产而难产死掉的事。

"放心，就是真死了，也要先把孩子生下来再死。"黄月月假装轻松地笑着说。

胡一归被对方气笑了，他真的不知道，这个小个子女人身上，还藏有多少喷薄的力量，她不仅让自己那么强大，还把这种力量带给身边的人。

医生过来和护士说，尊重产妇自己的意见。胡一归无计可施，只好把妻子搀扶起来，看她表情扭曲地回了产房。

如此反复地，在岳母的指示、父亲的焦虑、胡一归的担忧和黄月月的痛苦中，从早上不到七点到医院，一直折腾到下午三点多，黄月月终于顺产了一个六斤九两的女婴。

兵
荒
马
乱

　　岳母一听护士说这是自家的孩子，用力一把抢过来，变戏法一样，给孩子喂不知道什么时候准备好的水，还大声说着："黄连黄连，先苦后甜。"

　　护士吓了一大跳，赶紧把孩子接过来。她却一点都不在乎自己讨人嫌，满脸得意，用夹生普通话对胡启泰说："我说的没错吧？女人生孩子，跟母鸡生下蛋一样。你们说什么？胡萌？这名字多难听？什么蒙的，这是傻的意思，用个花呀朵啊月啊莲啊的多好……"

　　胡一归心里想着黄月月的安危，心不在焉地接过女儿，看着孩子皱巴巴的小脸，扭动的小身子，吓了一跳，暗想："长得真丑。"

"她要不是你岳母，我真想把这老女人扔出门去。"胡启泰说。

胡一归着急地问："我可以看我老婆了吗？"

"可以看了，不过她让你再等等，说不想让你看到她的狼狈样。"护士笑着说。

胡一归冲进产房，看到妻子惨白的脸、湿透的头发，俯身抱住她。黄月月也伸手抱住他，无力的手，慢慢变得有力。夫妻俩能感受到彼此有力的心跳，就像这世界没有其他人一样。

他再次暗暗发誓，余生一定要尽可能地对这个女人好！

到了晚上，黄月月在她妈的帮忙下，开始折腾初乳。胡一归有点尴尬，躲了出来，她妈却一把抓过胡一归："你来吸！"

胡一归一脸茫然："吸什么？"

岳母连比带画："女人初乳很脏，对孩子不好，要人把它吸出来，一般是老公来做这事。"

胡一归惊呆了，觉得岳母不可理喻，用力甩开她的手，出了医院。

孩子出生后，从前的一切生活规律全部打乱，胡一归原打算在附近酒店给黄月月定月子餐，但岳母认为外面的月子餐贵、脏，还没有营养，坚决要自己买菜自己送。可她又不认识从家里到医院的路，让她打的，她又心疼钱。于是，一天有五分之四的时间，胡一归或者胡启泰要陪着她到菜市场买菜，回家做饭，然后又陪着她送到医院。

胡一归实在想不通，这世界怎么会有岳母这么奇怪的生物，明明一个电话就能解决的事，非要全家跟着忙得鸡飞狗跳。

住院三天，岳母给黄月月炖了三只鸡、二十七个鸡蛋，没有任何其他食物，虽然觉得食物单调，胡一归心想，可能是岳母觉得做太多菜浪费时间，鸡和鸡蛋的营养也不坏，先将就着吧。

第四天，胡一归带着妻女回家，做的第一件事，就是在网上下载打印了一份最权威的月子餐谱，交给父亲。胡启泰冒雨到附近的超市和菜市场，把菜单上所有的东西都买回来了。但是到吃饭的时候，胡一归看到岳母依然只用一个巨大的汤碗，端了半只鸡和三个鸡蛋。

胡一归很疑惑，等岳母离开卧室，问黄月月："我记得月子餐菜式很丰盛，怎么你妈老是给你做鸡和鸡蛋？"

黄月月说："我妈说这老母鸡最补，下奶最多了。"

"你妈那一套过时的月子理论，不要用到这里。"

黄月月正准备喝鸡汤，听到这句话，不知是故意还是无意，手中的大汤碗一下子掉到地上，摔个粉碎，汤汤水水四溅，然后哭起来："我知道，你就是不喜欢我，你还嫌弃我生的是女儿，你嘴里不说，你和你爸都鄙视我们是农村的……"

胡一归感到莫名其妙，自己明明是好心，想让她有全面的营养，怎么变成嫌弃女儿了？

岳母听到女儿哭声，一边叽里呱啦一边满脸不悦地过来收拾地上的残局，转个身，又端来一大碗鸡汤、半只鸡和几个鸡蛋。胡一归哭笑不得，眼睛瞟到女儿身上，看见小小的人儿正在动着小拳头，忍不住想抱一抱，可看到黄月月母女俩一脸伤心样，又怕惹到她们，忍了。

从卧室出来，父亲站在门边，小声说："你去办出院手续的时候，老太太一直跟她女儿表功，说好在有先见之明，如果不是她坚持让顺产，现在剖腹了，得好几年后才能生二胎，还问你是不是嫌弃头胎是个女儿，问我是不是嫌弃孙女……"

胡一归听到这鸡毛蒜皮的事，有点烦，悄悄拿了车钥匙，打算找个地方躲一躲，还没出门，就听到孩子的哭声，跟着，里面是两个大人的哭声。胡一归只好转身进房间，想安慰一下，看到老少幼三代都哭得稀里哗啦的，岳母还一把鼻涕一把眼泪地用家乡话哭诉，吓得他赶紧退了出来。

他呆坐在离卧室最远的餐桌一角，头隐隐作痛，胸口发闷，手脚无力，就好像一只不小心贪食而跌进罐头瓶里的苍蝇。从前，他想过很多家庭可能出现的问题的细节，打架、骂人、缺钱、家暴、冷暴力……唯独眼前发生的，完全没有预料到。

终于哭声渐停，父亲做好了晚饭，全家一起尴尬地吃了晚饭，怕又引起什么冲突，胡启泰早早进了小书房，岳母也像是有什么秘密一样，进了客房。胡一归看着脸色苍白、眼睛浮肿的黄月月，主动讨好地问："有什么需要我做的？"

黄月月用怀疑的眼神看了他一眼，然后笑道："把女儿的尿片洗了吧。"

胡一归去端盆子，弯腰看清楚后，吓得差点扔掉。只见红色的塑料盆里，有半盆水，乱作一团的破布片，上面尽是婴儿的屎尿。

他满脸疑惑："奇怪，哪里来这么多破布？我们不是买了很多婴儿纸尿裤吗？"

黄月月笑道："这是我妈从老家带来的，都是软和的布或棉，又吸水又舒服，我妈还说拆了好多件舍不得扔的旧衣服，才有这些呢。"

胡一归又惊又怕，惊的是，黄月月居然觉得这个值得炫耀，怕的是自己要是一不小心做错，她又哭起来。可是他实在下不了手去洗这些脏尿布，就算有塑料手套，也下不了手！想好对策，他端起盆子，出屋，走到楼梯过道的公用垃圾桶，连水带尿布一起倒掉。

看到老公主动做事，黄月月心情很好，说了半天老家亲戚朋友的事。胡一归毫无兴趣，但还是忍耐着偶尔应和一两句，迷迷糊糊要睡，女儿哭了，他只好从地铺上起来给孩子换尿布，躺下又快睡着的时候，孩子又哭了。之后过十几分钟，最多半个小时孩子就哭一次，孩子一哭，胡一归就被黄月月叫起身，喂水、喂奶、换尿片、哄抱……

从前只愁睡不着的胡一归，现在体会到极困却不能睡的痛苦，终于挨到快五点多，孩子总算消停了，他准备好好睡一下，眼睛刚合上，孩子又哭了。胡一归崩溃，对着女儿吼道："再哭？再哭把你扔外面去……"

婴儿似乎是听懂了这话，顿时停止哭闹。黄月月却哭起来："我就说你不喜欢女儿，嫌弃我们娘俩，你要丢她，索性把我一起丢了……"

胡一归想骂人，可确实不知道该骂谁。

这还是人过的日子吗？他感觉自己就要原地爆炸了！

岳母一把推开卧室的门，抱起孩子，不住地抖动，不停地用奇怪的语调安慰。已经困得睁不开眼的胡一归，再也没心思安抚哭泣的妻子了，反手带上门，跑到客厅的沙发上，一躺下就睡着了。此时，就算是地震需要逃命，他也不管了。

崩

溃

　　第二天，岳母帮胡萌换尿布，发现尿布少了好几块，找了一圈也找不到。黄月月想起胡一归昨晚主动帮洗尿布的事，从床上起来，叫了胡一归几声，见他一直不回应，气得顺手拿起桌上的水杯，向他扔去。杯子砸到胡一归头上，然后滚落在地，碎了。水洒了他一脸一身，身上湿了一大片，碎片四散。胡一归疼得噌的一下坐起来，摸着被杯子砸流血的头，看着一脸怒气的黄月月。

　　黄月月根本不顾他头上还在流血，突然扑过来，对着他又是打又是骂："你个笨蛋，是不是把女儿的尿布给扔了？"

"明明那么多纸尿裤不用，偏偏用那些破烂……"

胡启泰看着儿子流血的额头，心疼得难以自持，颤抖的声音里，满是压抑和痛苦："别吵了，一归，你赶紧去医院看看。"他走近，想看看儿子伤得深不深，可是胡一归此刻像只斗败的公鸡，一只手捂着额头的伤口，对他的关心毫不在乎，只是满脸愤恨地盯着黄月月，似乎动手不行，但是要用眼神杀死黄月月一样。

黄月月的妈听到这话，哭得死去活来："月月你命苦啊！我叫你不要嫁给穷男人，你偏不听。现在好了吧，他欺负你，还欺负我啊。我来帮你带孩子，还这么受辱……"

黄月月一听这话，抱着她妈哭起来，卧室里的女婴也跟着哇哇大哭。胡一归觉得自己再多待一秒，就会疯掉，捂着受伤的头开门逃了出去。

胡启泰看着这乱糟糟的一团，又是叹气又是摇头。

在小区附近的一家药店，胡一归让店员帮自己清理伤口，店员问他这是怎么了，胡一归说不小心撞到头了，心里五味杂陈。买了消毒药水和创可贴出来，胡一归毫无目的地在外晃荡到夜里十一点多。他感觉自己的家就像个炸药桶，而自己是火引子，只要一现身，就会发生爆炸。

黄月月主动打来电话，问他伤得怎么样？说她错了，请他原谅，自己可能得了产后抑郁症，控制不了坏情绪。胡一归还是挺害怕见她的，他不善于争吵，也很少经历家庭战斗，和父亲相处得来的经验，不过是少说话、多学习，让自己表现得更完美，更符合好儿子的形象。黄月月和她妈就不一样了，他完全不懂她们的心思，不知道她们要什么，也没法讲道理，但是他又想起要对她好的诺言，心一软，答应马上回家。

岳母已经像个没事人一样，热情地给他端来一碗鸡汤，让他也补补身子。胡一归不敢喝，借口晚上吃太多，逃到了卧室。他现在能想到的办法，就是少接触、少说话，尽量不正面冲突，在起火前逃之夭夭。

相安无事了几天。

女儿出生第十六天，夜里两点多，胡一归给哭醒了的孩子换了尿布后，说："老婆，我实在是睡不好，这孩子太吵了，我明天睡沙发吧。"

"你睡不好，我难道睡得好？"

"老婆辛苦了！"

"我就知道，你嫌弃是个女儿，不爱她，你老早就不想看到她……"

胡一归知道这是车轱辘话，没法说清楚，一个人一旦有某种执念后，会自动屏蔽其他与之不同的任何意见，于是他主动沉默。就在那一瞬间，他突然想也许黄月月就是有自己一定能成大作家的执念，所以才这么一条道走到黑地支持他，不，是要求全职写作。万一有一天，她发现自己的执念是错误的，那会有什么后果呢？

孩子又哭了，胡一归睁不开眼，也确实不想动，任由女儿哭。

黄月月可不能忍受孩子哭，事实上，她总是用女儿的哭声和需求来证明胡一归对这个家的爱和对自己的重视程度："你快看看，她是不是哪里不舒服？我觉得她发烧了，你看她的脸通红。"

胡一归还是不动。

"你是活死人吗？我要你这种男人干什么？孩子哭也不管。"

胡一归忍着气说："你说话能过大脑吗？"

黄月月说："不要整天做幻想家，要不就像别人一样，请月子保姆来伺候我，别让我妈在这里做免费保姆，还嫌东嫌西的，要不就老老实实听话做事！"

犹如当头一棒！胡一归没想到，黄月月竟说出如此伤人的话来，他胡一归再愤怒再痛苦，都会顾体面，不会轻易撕破脸，总是竭力维护别人的自尊，他也知道黄月月一直在维护自己，可是今天，她终于把心里隐藏的话说出来了。

他从地铺弹起来，一个字也没说，摔门而出。

短短半个月时间，黄月月完全变成了另外一个人，她曾是自己的战友、情人、同志、粉丝，是自己最坚强的后盾。可是自从生了孩子后，她分分钟落泪，出口伤人，完全没有了从前的善解人意和温柔可人。更让他厌烦的是她妈，煽风点火，唯恐天下不乱，他实在不明白，当年那个下乡知青是怎么跟这个岳母恋爱结婚的。一想到自己和黄月月的婚姻也要走入这种死胡同，胡一归打了个寒战。

　　走在看不到星星却满是绚丽夜灯的深圳，他突然发现，未婚的日子，真是天堂，顶多也就是有点不如意而已，他再次觉得自己是一只被关进密封的腐烂的罐头瓶里的苍蝇，至于为什么被关了进去，还不是因为一时心软和好奇！他决定，等孩子满月，把所有能拿出来的都赔偿给她，房子、车子、孩子，自己都不要，都给她，离婚！

一个人一旦有某种执念后，会自动屏蔽其他与之不同的任何意见……

——《崩溃》

重
归
于
好

哭声、尿布、奶瓶、吵架、指责、叫骂……在经历了一段日复一日的紧张又无聊的生活后，孩子终于满月了！

满月当天，胡一归给附近的酒楼打了个订餐电话，酒楼送来了八菜一汤，一听说要一千多，岳母心疼得不住抱怨："真不会过日子，又不是有什么大喜事，自己家吃个饭都要一千多，真是发疯。"

胡启泰敬酒："亲家母，这一个月，让您辛苦了，我敬您一杯。"

岳母抿了一口，说："不辛苦，做个饭洗几块尿布，有什么辛苦的。我以前生孩子，在地里还干着活哩，孩子都快出来了，才回家请接生婆。她爸是上门女婿，穷讲究，我可没这么讲究，我没有公婆，坐月子期间除了不用像别人一样到地里干活，家务事一样不少干，做饭、洗衣服、扫地、抹桌子……看我这双手，夏天都发裂，就是生老二时，月子是冬天，冰天雪地里去水塘里打水洗衣做饭弄的，你看我这脚……"

老太太边说，边脱掉自己的鞋，把脚跷到几乎与饭桌一样高的位置，给大家看她发裂的脚，以证明年轻时吃了多少苦。

胡一归和父亲面面相觑，为了不影响接下来爷俩想办的事，胡一归极力忍住心里和眼睛的不适，给父亲使了个眼色。理智上，他非常尊重老太太，同情她的辛苦，理解她的不易，可是情感上，还是没办法接受她的粗俗和野蛮。他其实一直避免正面见她，但是还是时不时地撞到不想看到的画面，比如得意扬扬地闯红灯，大声粗暴地骂黄月月，把女儿的尿布放在洗手盆中清洗，当众张大嘴用手指甲抠牙缝，旁若无人地脱袜抠脚上的死皮，走在路上突然清喉咙不分地方地吐痰，当众把手伸进内衣里大动作挠痒……这些可能有的人司空见惯，但他真的是难以忍受。他极力控制自己的厌恶和难受，竭力不因此迁怒于黄月月。他甚至有种隐隐地报复自己的快感——活该你胡一归摊上这样的丈母娘，谁叫你头脑发热管不住自己的下身，谁叫你不思进取没有做出好成绩，谁叫你没本事赚钱请保姆，活该！活该！！活该！！！

胡启泰又给老太太倒了一满杯白酒，说："亲家母太辛苦了，再敬您一杯。我说，你这腿脚真好，这把年纪了，还能抬这么高，现在孩子也满月了，听说您家里忙，我们也不好一直耽误您，这样，叫一归明天带您去买几件新衣服，给家里老小买点礼物，看是坐飞机还是高铁的好。"

老太太喝了不少酒，没反应过来："不用飞机，太贵了，以前儿子说让我坐飞机出去玩，我不愿意，太贵了……"

胡启泰说："一归，那就让岳母坐飞机，你看看这两天的机票，买好时间段的。"

胡一归赶紧翻手机软件，边看边说："后天吧，后天的合适，明天刚好有时间去买点带回去的礼物，妈，你把身份证给我。"

老太太连忙开心地去拿身份证。

等黄月月把孩子哄睡着，回到饭桌，胡一归已经把岳母的回程机票买好了。虽然气恼胡一归没经过自己同意就把母亲给忽悠走，但是看在他第二天带着母亲买十几件衣服和一大堆礼物的份上，黄月月还是原谅了他。

岳母一走，整个家顿时安静舒坦了许多，黄月月也没那么敏感脆弱了。因为母乳太多，孩子又吃不完，动不动就开玩笑让他来帮女儿分担下食粮。

胡一归看着妻子那硕大滚圆的乳房，乳汁常常湿透她的衣服，暗暗感慨婚前的黄月月身材平平，最多称得上是纤细白净，完全不能和杨曦的性感丰满相比，没想到生了女儿后，她的乳房像吹得快爆的气球，比之前大了好几倍，也许真的是岳母的催乳老母鸡有效。

不过，奇怪的是，他对黄月月已经完全丧失了性欲。

但是女儿胡萌，跟出生的时候比完全变样子了，她由一个令人不忍直视的丑娃，变成了一个地地道道的萌软、白净、粉嫩的小天使。他怎么都看不够她的哭、她的笑、她的小动作、她的小拳头；怎么都亲不够她的小手、小脸、小脚；怎么都闻不够她身上的乳香、婴儿香和新生命带着希望的香。

有时候他看着女儿似睁非睁的眼睛，激动地对黄月月说："快看快看，女儿对我笑了。"

黄月月看了女儿一眼，鄙视地说："你神经了？刚满月的孩子，哪里认得你是谁？"

更多的时候，他像个傻瓜一样笑眯眯地盯着女儿，黄月月就吃醋："哎，我说你能不能收敛点，不能忘本吧。我是她娘哎，没有我哪有她。"

胡一归毫不犹豫地回她："你最多有一半属于我，她是完全属于我的。"

黄月月说："想得真多，她以后也会成为别人的老婆好不好。"

胡一归小心地把女儿抱起来，半吃醋半哀怨地说："来，别人的老婆，让我亲够了再说。"

黄月月跟公公抱怨："见过喜欢孩子的男人，没见过这么喜欢孩子的男人，太变态了。"

知子莫如父！胡启泰说："他从小到大，太缺爱了！"

黄月月还在产假期，身子和精力都在慢慢恢复。胡启泰每天买菜做饭，锻炼身体，和小区附近的老头老太太唠嗑，自得其乐。胡一归完全沉浸在初为人父的极度幸福之中，忘记了工作，忘记了写作，他总是情不自禁地把熟睡中的女儿抱起来，陶醉地闻她身上的奶香，这种香味，让他感到温暖、踏实、甜蜜，以及充满希望。至于黄月月在月子里让他起的无数次离婚的念头，现在全都消失得无影无踪了。

胡启泰说：他从小到大，太缺爱了！

——《重归于好》

这天，一家人吃完饭，黄月月到卧室哄孩子，胡一归有点难为情地从身后拿出一个精致的首饰盒子，放在她面前。黄月月疑惑地打开盒子，是一条闪闪发光的黄金手链。

　　黄月月先是眼前一亮，后又嗔怪他："乱花钱，老夫老妻的，搞这些花头干什么？"

　　胡一归帮她把手链戴上，因为月子里很少操持家务，黄月月原本有点粗糙的手，变得白净圆润，黄金手链让她的手腕看起来熠熠生辉，她开心地抚摸着手链，突然意识到不对："无事献殷勤，非奸即盗，说，背着我干了什么见不得人的事？"

"是这样的。"胡一归一边看妻子的脸色，斟酌了一下，一边慢慢说道，"何俊在深圳开了家公司，但工厂设在外省一个县城，想请我去做管理，给我百分之七的股份，年薪二十五万，家里到处需要钱，不想你太辛苦，所以我答应了，明天一早的飞机去湖北。"

黄月月立刻发脾气了："我跟你说了，你只管写作，你这么有才华，一年出不了头，十年，十年出不了头，二十年。我就不信你不能混出个人样来。"

胡一归耐心地说："我都几个月没什么收入了。听说公司的补偿金还要两三个月才能下来，就算下来，也解决不了什么大事。胡萌以后要上幼儿园，要上课外班，可能还要出国，我哪有心思写书啊？"

"你要是不写书了，我就跟你离婚！"

胡一归也生气了："你月子里的时候，不是说我是个废物吗？我去工作，你又不让。"

"胡说，我有说过你是废物吗？"

"你说过。"

"老公，你又不是不知道，我是产后抑郁，你跟一个病人计较什么嘛！"

胡一归看到妻子可怜兮兮的眼睛，差点心软，想起月子里遭受的痛苦，立刻硬起心肠来，打开衣柜，开始收拾衣物。黄月月一边抱着孩子，一边拦他："你信不信？你要是明天敢走，我现在就跳楼。"

别的不敢肯定，这点胡一归是看透了，黄月月是个生存能力极强、生命力也极旺盛的女人，她不可能跳楼的！哪怕是世界末日，全世界的人都跳楼死光了，她也不会跳楼的。何况，她怀中还抱着女儿。生产时她说的一句话——"就算要死，也等女儿出世了再死"，让他永生难忘。这句话给他的震撼，不亚于核弹的威力，他觉得一个母亲的伟大莫过于此了。

黄月月见他不买账，改换了策略。

大概半个小时后，何俊打来电话，一张口就说："老大，你怎么没跟嫂子商量啊，她刚才电话里把我臭骂一通，说我居心叵测，故意拆散你们夫妻俩。她说你去湖北工作的话，她就立刻抱着孩子跳楼。我们这边的合作还是算了，万一出了什么意外，我担不起这个责任。"

夫妻俩爆发了认识以来最严重的一次吵架，胡一归根本吵不过黄月月，基本上他说一句话出来，黄月月嘴里已冒出了十句话。她就像是个语言战斗机，把胡一归气得要吐血，却毫无招架之力。黄月月的话里，没有一句是讲道理的，胡说八道，胡搅蛮缠，东扯西拉，莫名其妙。而他因为说不过她，加上又愤怒又着急，更是生气到炸。

其实在这方面，胡一归倒不必太自卑，毕竟真的蛮不讲理吵起架来，这世上没有几个男人能真正赢得了女人的，赢得了的，一定是脑子搭错弦的男人。

黄月月吵着吼着，突然发现胡一归急得满脸通红，两眼翻白，紧攥拳头，而满肚子话好像全卡在喉咙和牙齿之间，始终出不来，不由得感到又好气又好笑。在老父亲的周旋下，黄月月开始缓缓退兵，她也害怕把胡一归逼急了，对方真的甩手而去，什么都不要了。她审时度势，主动折中，说胡一归可以在市内找份工作，但前提是，要按规定的时间，完成计划的新小说。

　　胡一归想想，这也是自己动用全部兵力，几乎折了半条老命斗争来的最好结果，便答应了，又怕夜长梦多，黄月月变卦，立刻着手保卫自己的战斗成果，打电话给何俊。对方惜他人品，又谅解他难处，让他就在深圳这边的总公司坐镇，没有股份，年薪和之前谈的一样。

　　黄月月看他工作和写作没冲突，就默认了。

　　阮恒那边有了新消息，说他的稿子现在在三审三校过程中，需要他再做些敏感话题和粗糙细节的修改。接着他就收到排版后的定稿，再接着是讨论封面的主题，跟着又是多款风格的封面探讨和定稿。

　　直到看到封面的这一刻，胡一归才敢相信，这次可能是真的要成了！

　　但是他不敢再轻易高兴了，就像是一个常做美梦的人，每次醒来，发现梦中一切都成空。于是他小心翼翼地藏起自己的喜悦、快乐，极力不表现出来。但毫无疑问，这是自己活到现在，最美好、最轻快的日子。

女儿越来越乖了，从头到脚圆嘟嘟、白嫩嫩、香喷喷的。胡一归无论有多烦躁或郁闷，只要一看到她，就完全没了脾气，拥抱着她，就像是拥抱着全世界。黄月月完全恢复后，就去上班了，胡启泰要带孙女，还要做饭，虽然忙得一塌糊涂，可是很开心，也不再嫌弃儿子没出息不会赚钱了。堂吉诃德也许经过一段时间的苦思冥想，想通了一些对于它来说比较棘手的问题，不再用那种让人难受的眼神看人了，该吃的时候吃，该睡的时候睡，有时候跟胡一归或胡萌玩玩闹闹，有时候安静地看胡一归在电脑前写小说，眼神平和，动作缓慢优雅。

签好合同的第五个月零十七天，胡一归在邮件里看到了有着自己名字的新书样品图片，一周后，收到了出版社寄的两本样书。胡一归曾千百遍地想象，当某一天，自己拿着一本有着"胡一归著"的图书时，自己是如何激动得发狂。可是很奇怪，现在，他非常平静！他打开有着出版社字样的邮纸，那是一本有着皇家蓝尊贵底色，浮现出低头正在思索的女人的封面的书，上面是"人间少年"那几个又大又亮的美术字，下面是竖着排列小巧而迷人的：

胡一归著

观海出版社

胡一归甚至还平静地看了图书在版编目（CIP）数据下的一些自己看不懂名堂的字，以及责任编辑、责任校对、出版社地址、电话、传真、版次、书号等等。然后他翻到书的内面，一切都是陌生的，完全没有感觉，除了封面"胡一归"几个字似曾相识外，连"人间少年"也戴上了奇怪的面纱，胡一归认之不出。

胡一归有些失望，不是对这本书，而是对自己看到书后，所表现的平静情绪。

成功来得太迟，喜悦也减半。

他给孟游打了个电话，孟游比他表现得更开心，说："恭喜你，终于如愿以偿啦。"

胡一归说："我知道是你帮的忙。"

孟游说："我可没帮忙，不过是顺手发了几封邮件，把你的稿子被盗版的事跟出版社朋友强调了一下而已。还是你自己有实力，如果你的小说写得不好，我有再大的本事也不能让他们帮你出书啊，那些编辑可不是傻瓜。我说了，你有才华，一定要坚持下去，不要随便被别人带歪了。"

胡一归明白，孟游就是孟游，不同常人，一切感谢的话都毫无必要，甚至在他面前显得可笑和庸俗。他送胡一归一大堆书和影碟，但是没有送电器或其他物品，因为他知道胡一归喜欢什么。他有机会总是请胡一归吃饭喝酒泡吧，可总是说请胡一归去陪他。他在没有一个字告知和提醒的情况下，推荐胡一归的书稿给出版社，却说是胡一归的小说写得好，而非他推荐的功劳。他不动声色地帮胡一归，体贴、舒适，像一个亲人、一个朋友、一个有默契的知己。

胡一归把书放在餐桌上，觉得太张扬了，又把它摆在沙发上，还是不对劲，最后，他把它放在了梳妆台上。这样，既不显得刻意张扬，也不会显得轻慢做作。

黄月月从外面办事回来，照例到卧室的梳妆台先看自己的仪容。看到了这本书，她一把抓起它，贪婪地看着封面的每一个细节，看着胡一归的名字，然后到书房来，两眼闪闪发光地看着正在上网的胡一归。

"怎么？"胡一归故意问。

"我说你行，你一定行的，我信你，更相信我的眼光。"黄月月语无伦次地说，她的声音有点哽咽了。

"谢谢老婆信任。"

黄月月将自己连同书一起投进胡一归的怀抱里："是的是的，我相信。"

她时而抚摸着漂亮精致的封面，时而翻开来看里面的某一页，其实，她一个字也没看清楚。"我相信你会成功的，我从来没有怀疑过。"

胡一归再一次被黄月月感动了，他紧紧抱住了她，轻轻抚摩她的头发、她的脸，他的鼻子靠近她的发丝，她柔顺的头发散发出一股好闻的洗发水的味道。

"这一段时间对你那么冷淡，不生我的气吧？"胡一归温柔地问她。

"当然不会，我知道你要干大事，我不会在乎的，反正我就相信你能写出好东西来。"黄月月在他的怀里轻轻地晃着头，拱着他的胸脯，像只宠物小猫似的。胡一归又一阵暖烘烘的感觉，他捧着她的脸，认认真真地看着她的眸子说："就凭你这句话，我胡一归也要做点事出来。"

黄月月眼神如水波般流动，歪着头看着他，带着崇拜和信赖。胡一归禁不住低下头去吻她，他不记得有多久两个人没有亲热了，自从最后一次打电话给王彪，那边停机，他就心情烦躁，连看黄月月一眼都不想。黄月月将手扣上他的脖子，轻轻地踮起了脚尖。

胡一归吻着她湿润的唇，听着她急促的喘息，搂紧了她，他要这个小女人，要把她揉碎似的。

黄月月一边接着他的吻一边不忘用脚倒钩着把门关上。

"爸爸不会这么快回来吧？"胡一归问。

"不会，他带着萌萌给人家讲当年在海南打工的故事呢，刚开个头，没一个小时，回不来。"

虽然知道父亲不会很快回来，但俩人还是像在别人家偷情一样，激情四射地在书房里的书桌前要了彼此，黄月月坏笑着突然问："萌萌的粮食味道好不？"

胡一归难为情地说："一言难尽！"

黄月月不再打趣他了，说："今天这么大的喜事，咱们出去吃大餐庆贺一下吧。"

胡一归想想可怜的版税，没有说话。

黄月月又说："一个三年前借了我两千块钱的朋友，今天突然还钱了，她消失好久了，我以为她不会还了，你说这算不算意外之喜？"

胡一归感动得直叹气，女人这种生物，真是太奇怪了，不讲道理的时候，真是让人崩溃，可是体贴起人来，简直让人像掉进了蜜罐。夫妻俩互相帮对方整理好衣服，当他再次亲吻黄月月的时候，杨曦打来电话，说宠物医院的医生说，珍妮下午四点过三分去世了。

胡一归被这个坏消息破坏了胃口。

胡启泰和儿媳妇都很开心，两家人都是市井小民，突然真的看到自己至亲的人出了一本有名字的书，觉得真是不可思议，也有说不出的荣耀。

"你写这本书，能赚多少钱？"胡启泰边看酒店贵得要死的菜单，边问儿子。

胡一归假装没听见，他没法说出口，因为要是说自己花了那么多时间和精力，经历那么多曲折总算问世的一本书，赚的就这仨瓜俩枣，真的是太丢人了！这意味着，他的梦想实在是太不值钱了！

黄月月打圆场："爸，他那书能赚不少钱呢，这个中国简体版的版税不多，不到二十万。但是后面如果能卖别的国家的版权，全世界那么多国家，每一个国家都收钱，就有源源不断的版税收，而且，要是能卖影视版权，那就更不得了了。"

胡一归感激地看了妻子一眼。

黄月月心照不宣地回他一个微笑。

胡启泰一听能赚大钱，开心了："那我就点一个最喜欢的猪手吧，就是太贵了，一百一十八。这要是买猪手自己煮，能吃半个月呢。"

黄月月说："难得开心，今天这么大喜事，一归喜欢虾和鱼，我来点吧。"

不由分说，黄月月点了七八个菜，全是公公和老公喜欢吃的。

胡一归心满意足地看着父亲和妻子，有一种莫名的喜悦和快乐。他喜欢这种被家人重视的感觉，喜欢这个家因为自己而变得更好、更强大、更有荣耀。因为这种绵绵不绝的幸福感，他发现自己的写作灵感又来了，简直抵挡不住。当晚，他一口气写了一篇短篇小说，半夜还起床写了一篇随笔。第二天，睡了个甜蜜安稳的觉，一气从早上六点睡到下午四点，那是他失业以来，记忆里最长的一次睡眠。接下来的一个星期，都是这种完美到自己都不敢相信的良好状态，几乎无法停止自己想写字的冲动，有一天写了一万三千字，最差的一天，也写了五千字，那可是从前想都不敢想的成果。

胡一归开始盘算，假如一个月写十万字，一年写一百二十万字，几乎是六本书的字数，假如自己活九十岁，还有六十年，这辈子可以写三百多本书，最坏吧，可以出一百本书，应该是全世界最多产的作家了吧！

胡一归期待自己的处女作风光大卖，希望评论家们好评如潮，他甚至设想自己在面对记者时要说的话。他突然想起那个站在演讲台上的梦，那不就是现成的一个演讲稿吗？只要措辞再谦虚点，态度再诚恳点，打扮再儒雅点……

然而，现实并没有像他预料的那样，这本书出来得悄无声息，相关的新闻也是屈指可数，内容简单，就好像通告似的：某某作家新出了一本某某名字的书，主题是什么，哪家出版社出版。

这让他非常尴尬，好像曾经吹过的牛，幻想的美好，全部变成了笑话。

纠结了许多天，还是给孟游打了个电话。

"我那个书，你说实话，是不是太差了？"

孟游笑道："就算你是天才，也不一定能一炮而红啊，心态好点，坚持。"

"我很奇怪，怎么正规出版社出我这个书，反应这么平淡，可是还被人盗版呢？能赚钱的大火的书才会有人盗版吧？"

"这个问题，好回答，你在网上贴的原文，是第一稿对不对？"

"对。"

"是不是你随心所欲写出来就贴出来的，没有做过修改？"

"是的。"

"你那个原贴，我特意看过，几百万的点击率，聚集了大量粉丝，文章又没有结尾，盗版一出来，喜欢你的一些粉丝，自然当时就买了，至于盗版商，当然是赚钱的，人家除了印刷成本，其他什么都不用付，版税、书号、排版费、审稿……"

"我现在有些怀疑自己，怕写不出真正的好作品来，害自己还害家人。"

孟游说："你的自我怀疑也是对的，毕竟在深圳这样一个物质化的地方，坚守这份清贫不容易，但是，我说你有才华，也是真心的。你写的文章，在文坛内，是有很高的评价的。相信我，我从来没看错过人。"

胡一归得到这番肯定，心里又提了一股劲，把写的第二部长篇发给了阮恒。

对方收到后，这样跟他的同事说："这小伙子有才华，也用劲，可是不懂商业化。第一本书，我点拨了他好几次，就是不开窍，可惜了这么好的文字功底。唉，世道不行，连董粮这样大师级的传统大作家，写的东西都没人看，何况他这样籍籍无名之辈。看造化吧！"

他和同事说了这番话后，就顺手回了胡一归邮件，因为知道他是孟游的朋友，挺客气的——

胡老师：

您好！

拜读了新作，真是惊艳于您的才华和构思，只是我们公司现在开始调整书籍出版的方向，只出版外国名著以及像游明子这样的名家的小说。不过，我有一些朋友是其他公司的，我会推荐给他们看，相信他们不会让您失望的。

　　胡一归当然知道这是对方的客套之辞。

……你有才华，一定要坚持下去，不要随便被别人带歪了。

——《处女书》

再当上班族

　　这一年来，结了婚，买了房，生了孩子，多了作品，再去上班的时候，胡一归感觉自己像是从另外一个时空穿越而来，不敢相信自己是自己。更不敢相信，自己居然不知不觉接受了给老同事何俊打工的事实。

　　胡一归之前几乎没有怎么用心地对待过何俊，因为他觉得两人不是一路人。来深圳后，自己一直打工，可对方从公司离职后，先是进了深圳一家富得流油的公司，当上了个小头目，很快买了辆宝马车，而自己只是买了辆奥迪还要还车贷，心里多少有点自卑。上次见面，何俊说投资千万开发特别出名的一种产品，拉自己入股，一开口就要自己拿出百万，就更觉得与对方是两个阶层了。对方知道自己的难处，主动让自己到他公司打工却说是帮忙，还给了个执行副总裁的名头。这份好心，胡一归心里当然有数，他想，只要有机会，一定好好报答他，现在说甜言蜜语，不过是降低自己的人格，而预支承诺，更不符合自己的个性。

何俊的公司在龙华一个商业楼的第九层，胡一归到的时候，对方正和一个刚大学毕业模样的男孩说事情，一看到他，就让那男孩先回去，做个宣传方案出来。然后何俊对胡一归笑道："忙得头大，你终于肯来帮我了，我带你看看。"

这间办公室，总面积约有一百六十平方米，有六七个人在电脑前看起来很认真地干活，何俊说他们都是做线上推广的，之前的员工还要多，但开支实在是大，只好炒掉了几个。两人围着格子间转了一圈，何俊把他带到一个朝马路的隔开的小办公室，这里有沙发、办公桌、电脑、文件夹、笔筒。胡一归一看，心里就有数了，问："这办公室之前是谁的呢？"

何俊笑着说："我也不瞒你，这公司是我和另外一个朋友一起办的，朋友对公司各种不满，我也不想天天和他吵，就把他的股份给退了。请你过来，等于是临危救急。我要到处跑，公司必须有个信得过的人坐镇。朋友里，你是最厚道实在的，我就信你。"

胡一归说："我尽力。"

第二天，何俊到上海去参加一个产品展销会，公司来了个风情万种的女人，一见面，先是给公司里的产品列出了十二大罪状，说得胡一归一愣一愣的。因为他临时抱佛脚，翻了公司的资料，知道公司开发了十三种产品，都是养生保健品，具体它们都有什么功能和效果都没记得太清。那女人话锋一转，说自己是某国际广告公司在深圳分部的负责人，她可以做一份举世无双的策划方案，将他们公司积压的产品全部销售出去，策划费用是八十万，首期拿五成，另外五成算到合作项目里。也就是说，另外五成策划费是算对方入股，到时销得多，对方拿提成就多。

胡一归感到好笑，现在这些大忽悠都这么玩吗？几十块钱一盒的保健品，她先期拿走四十万现金做所谓的策划，就是一盒没卖出去，她们也大赚一笔了。胡一归笑眯眯地说考虑一下，客气地送走了她。

下午又接待了三组人，一组号称是来免费做代理的，一组声称是合作开厂的，还有一个是来面试产品总监的，来面试的这个人拿了一堆 PPT 出来，证明自己在策划界多厉害。胡一归看着他那稚嫩的脸，心想，就几个破 PPT 也敢拿出来显摆，还敢要这么高的价。

之后，身为执行副总裁的胡一归，每天就是做些接待的工作，与人打太极，陪着喝酒，顺便督促员工不要偷懒。回家后他一般陪老爸唠唠嗑，抱着女儿在小区转悠转悠。节假日的时候，一家四口去外面一起吃个饭，或者是到公园里晒晒太阳。他特别喜欢看着女儿亮晶晶的圆眼睛一动不动地盯着自己，然后无意识地一笑，或者是看着女儿在摇篮里睡得又甜又香的时候，他总是忍不住将头凑过去，闻她身上好闻的婴儿香，或者是柔柔地亲她的脸蛋。

黄月月有时候提醒他："老公，你不要老是盯着孩子，去写书吧。"

胡一归就会说："没灵感。"

他再也不想小说或散文的事了，为什么要坚持自己那不值钱的爱好呢？这样淡定从容的日子，不是挺好吗？没有期待、没有幻想、没有失落。这世间，大部分人不都是这么过的吗？自己为什么要自讨苦吃，自取其辱，自寻烦恼？至于孟游，他毕竟是万里挑一的人才，自己才不要跟他去比哩！

平凡生活

　　上班、开会、接客、应酬、签单、汇报、抱孩子，胡一归彻底融入了崭新的没有任何幻想的生活里。虽然有时候看着书架上的书，回想年少的梦，回想自己曾立下的誓言，心里有小小的失落，但他很踏实。他想起自己曾经历的无数个为了文字的不眠之夜，想起签出版合同后的一次又一次的失望，想起柳三望的失常不堪，只庆幸自己悬崖勒马，醒悟得早。

　　这天，是黄月月的生日，他想想从认识到结婚，除了那次为讨好她，给她买了一条黄金手链外，还没有送过什么。胡一归特意提前下班，开车到商场，在宝石柜台转了好几圈，也拿不定主意买什么。

穿着黑色西装的女售货员一直跟着他的眼光看来看去："先生，您想给什么人买？预算是多少？什么年纪？您要是拿不定主意，我给您点意见，您参考。"

"我老婆，三十来岁，皮肤很白，秀气，个子不太高。"

"是结婚纪念日吗？"

"不是，生日。"

"真是好老公，"售货员赞赏地说，"您是想买钻石还是黄金，有目标吗？"

"钻石太小不想买，太大又太贵，黄金她不爱戴。"

"算出生时间，您太太的生辰石是红宝石。红宝石是四大名宝石之一，对她又有吉祥的寓意，您说她皮肤白，红色会显得皮肤更白。要不这样，我帮你拿几款红宝石看看，要戒指、耳环，还是项链？"

胡一归想了想，孩子现在爱抓人，以黄月月的性格，绝对不可能现在戴项链让孩子抓，她也不爱戴耳环，能选择的就只有戒指了。

胡一归一看价格，心里一惊，随便一个戒指，大多都是六位数起步。

服务生看他为难的样子，说："看您拿的车钥匙，能开这样的好车，说明您是个成功人士。这样，我们现在做活动，给您三折。您挑一只喜欢的，也让您太太开心开心。"

这折扣，又把胡一归吓一跳。想想黄月月确实很喜欢红色，结婚到现在，除了结婚用品，家里的一些配饰，也都是以红色为主，于是在售货员的建议下，胡一归挑了个红宝石戒指，打完折一万七千二，虽然有点心疼，但还是挺开心。

回到家，父亲已经买了蛋糕，做了满桌子菜，黄月月正在哄孩子。胡一归顺手把礼物给黄月月，她看到商场的名字，说："怎么跑这个商场买东西了，贵死了。"

"喜欢不喜欢？"

黄月月把孩子交给他，打开礼盒，眼睛顿时放光，满脸惊喜，开口却骂道："胡一归，你疯了吧！这么贵，赶紧退掉。"

"不贵，以后我会赚更多钱，给你买更好的。"

黄月月嘴里骂着，手却不受控制，把红宝石戒指从盒里拿出来，戴在无名指上。极合适的戒圈，闪闪发光的宝石，让她白净的手，顿时显得雍容华贵起来。

黄月月也拿出了一件礼物，是一只数码相机，说单位活动她抽到的。胡启泰早从自己的小房间里拿出了一叠衣服，对胡一归说："你看，你媳妇给我买的睡衣、T恤，我查了一下，都很贵，你说我这把年纪了，何必浪费这个钱。你拿去穿，我不要。"

胡一归感激地看了妻子一眼，对父亲说："买了你就穿呗，我哪能穿你的衣服。"

"太贵了，土埋半截的人了，太糟蹋好东西了。"胡启泰口是心非地嘟哝着。

一家人开开心心地吃完生日餐，胡一归用新相机为女儿拍了个特写。他想试试录像功能，找角度时，在镜头里看到懒洋洋的堂吉诃德用细细的猫爪抓硕大的猫头，又用爪子理顺身上漂亮的猫毛。当它发现胡一归在用相机对着自己时，突然露出不好意思的笑来，两只猫眼成了弯弯的月亮，然后，它正正经经地坐在地上，两只前爪端放在前面，眼神冷峻而神秘，显得高贵、端庄，又不可一世。胡一归平时经常看到这家伙如此旁若无人地臭美着，或者端坐着，此时从镜头里看到这番情景，颇是觉得新鲜有趣。他从这段录像里截了几张觉得有意思的照片，想起以前发给出版社编辑的邮件里的短文集，其中有一篇讽刺文章，可以配堂吉诃德的图片，便从邮件里找出来，配图发了出去。想想自己上次把所有的文章尽数删除，没想到邮件里还有部分底稿，又惆怅又有点欣慰。

第二天是周末，胡一归开着车带全家人去莲花山看花，想给女儿照点好看的照片，可是这小家伙没有镜头感，极其喜欢发呆，一片叶子能看几个小时。倒是堂吉诃德，天生的模特儿，它很会摆姿势和调整情绪，可以突然钻到一棵树的后面，只露出一只猫头来，然后像人一样咧嘴笑，又或者眯起猫眼做怪样：有时候在公园的椅子上正经八百地低头做沉思状；有时候拼命地跑啊跑啊，突然一回眸，把眼睛眉毛挤成一团；有时候走着走着，突然盯着地上，然后啪啪地用爪子拍地，走近一看，原来它在和虫子玩耍……

胡一归的公众号上，渐渐贴了不少堂吉诃德姿态万千的照片，有时候沉静漠然，有时候妩媚娇柔，有时候风情万种，有时候木讷愚笨……它简直像个妖怪，把人类男性所特有的沉稳特质和女人所特有的妩媚俏皮，那么奇妙地糅合在一起，自然而然，与生俱来。

公众号上留言的人越来越多，越来越多的人对堂吉诃德表示惊叹。他们对这只小白猫有着说不出的好奇和惊讶，对它多变的表情表示赞赏和感叹。有时候，胡一归把堂吉诃德抱起来，对着屏幕，给它念别人给它的留言。堂吉诃德笑眯眯的，有时候显得难为情，一转身把猫头拱到胡一归的胸前，像被人夸得很不好意思的害羞的小姑娘，但更多的时候，它饶有兴致地看着听着，像个乖学生。

堂吉诃德的照片贴出去没几天，有人留言想买它，愿意出两万块钱，胡一归鄙夷地笑了笑。过了两天，有人出到三万。更多的人留言，说一只小白猫卖这个价，这世界简直太荒唐了。

胡一归由得那些留言的网友吵翻了天，继续过着上班带孩子逗小白猫的生活。

杨曦约胡一归了。

两人相见是在一家豪车会所里，胡一归看着眼前这个精致优雅的女人，无法相信自己曾经跟她好过六七年。要是当初听她的话，骗骗她妈，说自己有五百万，那么现在的人生，应该是另一番景象吧。

杨曦轻描淡写地说了自己的新生活，没有像朋友们传的那样自己一个人跑去旅游，而是结了婚，父母介绍的。公公是改革开放致富起来的第一代人，中年得子，上面两个女儿都嫁到国外。老公比她大五岁，从国外留学回来，和人合资开了家投资公司。公婆大概在十多年前就买了几套房，一套在皇岗口岸那边，公婆自己住；一套在香蜜湖，杨曦夫妻住；一套在香港，当初他们买来，准备儿子结婚以后在香港生子时落脚，现在租出去了。她老公自己也很会赚钱，投资了不少公司，在美国和新西兰都有房产，当然，这些都是身外之物，重点是，杨曦结婚不到一年，刚生了对双胞胎儿子。

　　胡一归努力控制自己不要太惊讶，按时间推算，自己结婚没多久，她就结婚了。而且，上次她介绍诗人来买自己的小白猫时，其实已经怀孕了！

　　杨曦还是那大大咧咧没心没肺的样子，反正生儿子生女儿对她来说没什么区别，当是完成人生任务，没想到公公看到孩子，当着全家人的面对儿媳说："你辛苦了，为我们家立大功了，我要好好奖励你。"

　　于是，儿子刚满月，杨曦就收到公公的一套房产，以及老公的一颗价值几十万的钻戒作为奖励。

　　胡一归听着杨曦像说别人一样说她的事，一边努力配合她，一边提醒自己表现得一定不要太意外和太激动。他知道她的个性，阔绰习惯了，没有刻意显摆，这些，也不过是先说起胡一归的婚姻和女儿，她才顺便说的。突然，她话题一转，告诉胡一归，她和一位编辑朋友聊天时，对方无意中说起看过他文章，赞叹不已，想亲自和胡一归详谈。

胡一归看着对方圆润动人的脸，保养得白嫩细腻的手，想起黄月月，心里颇不是滋味，假装轻松地说："以我对你的了解，不会就为这事约我出来吧？"

果然，杨曦拿出一张银行卡，说："我知道你的情况，又要养孩子又要供房子，肯定压力很大。我现在手头比较宽松，希望你坚持写下去。"

胡一归脸一下子通红，说："谢谢，我不缺钱。"伸手按了服务铃，很快进来一个穿旗袍的服务生，恭敬地问："先生，请问什么事？"

"买单。"

"先生，我们这里是会员制。"

胡一归很客气地对杨曦点了下头，出会所。杨曦电话追过来："你跟我生气干吗，人家诚心想跟你合作，他说在你最初发文的网站联系了好几次，你一直没登录，也没有回复他，正好知道我认识你，想让我给你牵个线。我马上把他微信号给你。"

虽然觉得自尊受到伤害，但是能和出版社打交道，胡一归还是很期待的，回家就加了杨曦给的微信号。对方自称毛编辑，胡一归翻了一下他的微信朋友圈，除了偶尔说说自己社出的新书外，就是健身或者旅游的照片，看起来不太像骗子。胡一归又搜索了对方的名字，照片和简历都对得上，只是没想到人家是知名出版社的著名编辑，便放心地把自己新完成的小说全稿发了过去。

不到三天，毛编辑打来电话，语气颇是惊喜："胡老师，你的文笔优美，内容扎实，真是没想到，现在的年轻人还有这样的笔力。上午我们开了选题会，当场就定下来了，下午我让人把标准合同发给你，你看还有什么特别的条件或要求，我们尽量满足你。"

胡一归听到这话，眼泪都快出来了，没想到一个名编辑能这样评价自己。看来孟游真的是慧眼识珠，一直不断地鼓励着自己。他看了合同，已经比预想的超出好多，毫不掩饰地说："毛老师，十分满意，没有特别要求。"

"那行，你抽空就把这个合同打印三份，签字，寄到我这边来。这边出版社盖章签字付定金，合同生效。你就等着新书出版吧。"毛编辑也是个痛快人。

胡一归只觉得自己像长了翅膀一样，似乎轻轻扑腾下手，整个人就要飞起来。出门打印合同的时候，他觉得全世界的人都在深爱着自己，见谁都觉得心花怒放。

三天过去了，毛编辑没有回音。

一周过去了，毛编辑还是没任何音讯。

胡一归问他有没收到合同，毛编辑一个字都没废话，说："收到。"

然后又没反应了。

胡一归实在搞不懂对方的套路，只好打电话给杨曦。杨曦显然早知道怎么回事，说："这家伙四十多了没结婚，爱动物成癖，家里除了国家保护动物不敢养，啥都有，他在你朋友圈看到你的小白猫，起心动念了。"

"什么意思？"

"这家伙特别谨慎，给我打了个电话，说挺喜欢你的小白猫的。我知道你不会送给他，所以没跟你提。他现在肯定是借手中的权力，想顺便把你的小白猫给弄过去。你放心，我了解他，那是个爱才的人，过段时间，等他自己想通了，会把合同寄回来的。"

胡一归放下电话，看着在脚下和自己尾巴玩的团团转的小白猫，心里一沉！

两天后，杨曦打来电话，说毛编辑因为一个重要会议，到深圳来了，中午有点空，问他有没兴趣见见。

胡一归只觉得自己像长了翅膀一样，似乎轻轻扑腾下手，整个人就要飞起来。

——《平凡生活》

背叛

胡一归无法拒绝，毛编辑肯定是为小白猫来见自己的。他打定了主意，绝对不会为了出书，把堂吉诃德送出去，那样，他胡一归会鄙视自己一辈子。可是莫名其妙地，他进了洗手间，将堂吉诃德的专用盆放满了温度合适的水，然后到客厅来抱它，堂吉诃德像是先知知晓了自己的命运一般，不像从前那么温顺，发了疯一样挣脱他，然后拼命地逃跑，从客厅逃到卧室，从厨房逃到客厅，直到他因为愤怒和疲累摔了一跤，它才趴下来，不再逃跑，乖乖地让主人捉住它。而他失态的行为，堂吉诃德的反常，让父亲忍不住时不时地呵斥，女儿也跟着不住地哭闹。

胡一归小心地把它抱进洗手间，盆里的水已有点凉了，他又放了热水，直到水温合适，然后轻轻将它放进水盆里，动作轻柔地帮它洗了澡，用浴巾包起来，又用吹风机将它的毛轻轻地吹干。做这一切的时候，他动作很温柔，像初为人母的女人那样专注而耐心，但是只有他自己内心清楚，自己是个骗子、背叛者，他做贼心虚，完全不敢看堂吉诃德的眼睛，更不敢跟它说话。

等到约定时间，胡一归抓起女儿的手，让她摸了摸堂吉诃德的头和身子，然后将堂吉诃德装进一只漂亮的环保袋里。

"怎么，你要把猫送走？"胡启泰问。

胡一归看了父亲一眼，没有回答。

胡启泰很开心："早就该把它送人了！"

胡一归低头看了一眼袋子里的堂吉诃德，出门，到地下停车场，驱车。一路上它没有任何异常动作，平和、宁静、听天由命，它在手提袋里蜷缩着，没有伸头出来看外面的花花世界，也没有躁动不安，更没有叫嚷。在开车时的震动、刹车时的小小摇晃下，它仍闭目养神，一动不动，像是入定的禅者。

杨曦订的吃饭的地方，据说是她一个朋友新开的酒楼，还没有正式营业，但明显是很高档的地方。胡一归到的时候，看到桌上摆着两瓶茅台，就知道这一定是杨曦带来的，不由得心生感激。毛编辑是个眼神锋利，动作干净，身上用针都剔不出一丝肉来的中等个头的中年男人，并不显得瘦或弱，整个人散发出一种钢铁机器的味道来。看到胡一归，他不亲热也不冷漠。当杨曦夸奖胡一归年轻有才华时，毛编辑就那么淡淡地笑了一下，叫服务生为他拿杯白开水来。

毛编辑端起酒说："女神，你是我这一辈子的女神，不嫁则已，一嫁就嫁个富豪，不生就不生，一生还生俩！"

杨曦巧笑嫣然："我都不想嫁，可是没办法，老了，没人要，随便嫁呗。"

胡一归心里微微一疼，杨曦当然是因为自己才匆匆结的婚。

毛编辑举杯说："来，干一杯，为你的老公，为你的儿子，为你的幸福。"

三人都干了杯中的白酒。

毛编辑看着胡一归给他满上白酒，说："杨曦啊，我知道你家不缺钱，不过你把这么好的酒开在这个酒桌上，真是浪费。别说茅台了，就是几万几十万的好酒，我也分不出来，我觉得白酒全是白酒味，红酒全是红酒味，啤酒全是啤酒味，没啥区别。但是你要是说有什么新鲜的奇怪的小动物，那我就分得清了……"

杨曦笑道："白酒不就都是白酒味嘛，你还想喝出拉菲味来？"

三个人东扯西拉地说着，当然，主要还是杨曦作控场的人，毛编辑三句话就扯到他家里养的小动物，对于胡一归的书和合同，一字不提，也不说自己帮哪个名作家做过什么书。胡一归讨厌他的装腔作势，恨不得拎起脚下的堂吉诃德拂袖而去，可是屁股像是钉上了钉子。他偶尔低下头去看堂吉诃德，它还是那一副听天由命的样子，耷拉着头，在袋子里一动不动，这让他更痛恨自己的无能和无耻。

趁毛编辑去洗手间的时候，杨曦问胡一归，堂吉诃德带来没有，如果带来了赶紧找借口送给他，以后可没有这么好的机会了。胡一归犹豫了下，说带了，眼神示意了一下脚下。

杨曦绕过他，弯腰伸手把闭目养神的堂吉诃德提溜了出来。

毛编辑回到桌边的时候，一眼就看到了懒洋洋趴在桌子一角的堂吉诃德正在朝自己笑，惊喜万分，忍不住道："这么可爱的小白猫！看你公众号里的图片，还以为 P 图骗人呢，一归，这是你自家养的？"

从胡总变成胡老师再到一归，称呼的变迁，表明了毛编辑的态度。胡一归心里又酸又暖，简明扼要说了小白猫的来历。堂吉诃德打了个大大的呵欠，又伸出爪子抹了一把自己的脸，摇了摇猫头，昂起头来懒懒地扫了一眼桌上的三个人，好像提不起劲来跟他们这些俗人瞎掺和什么，懒洋洋地垂下头，做闭目休息状，只是偶尔有意无意地睁开眼懒洋洋地打量周边，看到谁就对谁笑笑，眼神像孩童般干净。毛编辑看到堂吉诃德这一连串的小动作，禁不住笑道："这小家伙太可爱了。"

杨曦趁机说："一归不但要工作，要写小说，还要照顾孩子，就盼着能给它找个好主人。你是动物专家，要是不嫌弃，他想让你带去养……"

胡一归听得心里直滴血。

毛编辑开心地说："既然如此，那我就夺人所爱了。"

毛编辑喜气洋洋地带着堂吉诃德走了。

三天后，胡一归收到了毛编辑快递过来的盖章合同。

新书的事有了眉目，胡一归的情绪却老提不起来，想到自己写作以来的经历，不由得悲从中来。他曾经那么不可一世，想写出流芳百世的书，后来发现太难了，对自己的要求就降低到只要不大面积修改内容就可以了。当这个标准也变得遥不可及时，他的要求就降低到尽量配合出版社的要求，只要出书就可以了。现在，他更是沦落成一个地地道道卖友求荣的书贼，自己怎么会变成这样？

为了缓解相思之苦，胡一归上自己的公众号，想看看堂吉诃德的旧照片，看到留言，差点跌下椅子，堂吉诃德姿态各异的照片下面，有多得数不清的留言，有人提出愿意花五万人民币来买这只可爱的小白猫，一个在国外的动物协会的会员说，他愿意出一万美金买这只爱笑爱做鬼脸的小白猫。胡一归心里掠过一阵酸楚，说不清是因为将自己最爱的堂吉诃德白送给了毛编辑，损失了这笔卖小白猫的钱还是别的什么。

很快，毛编辑打来了电话，说他的小说已通过三审，现在着手具体的操作程序了，如果没什么意外，三个月内就能看到新书。

可是，胡一归越来越厌恶自己了。

他做贼心虚，完全不敢看堂吉诃德的眼睛，更不敢跟它说话。

——《背叛》

意外之喜

　　他的公众号里，出现越来越多的留言，越来越多对堂吉诃德的夸奖，他很少更新，也极少回复，但也没有说明堂吉诃德不在自己身边。他怎么能说出口，为了自己的作品，把这曾与自己相依为命的小东西当礼物送人了。更多时候，他会翻出相机里为堂吉诃德拍的，曾认为角度不好的照片，上传到公众号里。他也说不清自己是出于一种什么心理，是想哄骗别人，堂吉诃德还在自己身边，还是安慰自己，堂吉诃德用另外一种形式陪伴着自己？

　　他给孟游打过一次电话，孟游说他好久没写一个字了，一直在玩。胡一归没有意外，只是羡慕，他知道孟游过的是很多人几辈子甚至是几十辈子想过都过不上的日子，那是真正自由的、飞翔着的、梦幻般的生活。

一天，胡一归带着自己的手机和钥匙，还有钞票，准备到书店去买几本书回来，走在半路上却接到了杨曦的电话，问他知不知道堂吉诃德不见了，毛编辑很着急。杨曦叫他如果有堂吉诃德的消息，一定要通知毛编辑，毛编辑太喜欢这个小东西了。

但是胡一归也无能为力，他的城市和毛编辑的城市相距上千公里，堂吉诃德是绝对没可能像以前一样找回来的。

奇怪的是，突然之间，有关胡一归和小白猫的故事，像雨后春笋般冒出来，内容大同小异：胡一归是一个养了只价值百万的异种小白猫却宁愿独守清贫，与这小东西相依为命的有骨气的大作家。

关于这只爱笑会闹的小白猫，和这位已经出过书的低调作家，他们之间动人的故事越传越神，越传越邪乎。胡一归有时候看信息，都怀疑这事跟自己有没有丝毫关系，比如有一家知名网站出炉了这样一则新闻——"与白猫相依为命的当红作家独家专访"；另外的门户网站介绍他的标题是"天才作家与他的灵性小动物"；还有更离谱的"当红男作家与小白猫的绝世之恋"。

好事者把公众号里堂吉诃德的照片与胡一归的照片合成，弄成相亲相爱状、永不分离状。更有人打听到胡一归结婚了，有喜欢鬼怪故事的网友发文说，小白猫是仙女变的，胡一归怎么可能看上这俗世的女人，就算奥黛丽·赫本也不过如此。

一家出名的网站，派了消息灵通的记者来采访，要胡一归谈一谈创作，谈一谈他的小说，以及引人注目的小白猫。胡一归虽然有些反感，但想到自己不冒泡的第一本书，默认了网上胡编乱造的故事，心里也暗暗佩服起毛编辑的宣传手段，书还没正式出来，记者就找上门来，果然有一套。

　　采访的前一宿，胡一归没睡好，想着如何在记者面前表现一把，谈理想和人生，谈现状和未来。第二天，看时间差不多了，胡一归让父亲带着女儿出去，给自己留下自由发挥的时间和空间，又在心里默温了一遍昨晚的练习，胸有成竹地接受人生第一次采访。

　　来的是一位二十出头的非主流记者，黄红相间的头发，大小眼、黑眼圈、洞洞裤、鬼画符的 T 恤。胡一归觉得他去做美发更合适。

　　"胡大作家，我是'第一场'的记者，您的新书据说首印就是十万册，在这个纸质书很难销售的时代，您对这个数量满意吗？"

　　"我个人很满意，不知道出版社会不会满意。"胡一归说，其实心里感到好笑，因为十万册根本就是个虚假数字。

　　"新书写的是什么故事，能提前分享一下吗？"

　　"是一个神秘俱乐部里发生的悬疑故事。"

　　"网上到处流传你与小白猫的故事，还有人说小白猫救了你一命，能说说怎么回事吗？"

　　"救我一命？"胡一归很无语，要说救命，确实卖给那个诗人得了点钱，暂时过渡了一下，但不至于说不卖就饿死。不过细究这意思，不是指这事吧？况且，也没人知道他的那只小白猫卖了，就算知道它们被卖也不会知道卖了是为了生存啊，是不是另有所指？

胡一归微笑着说："不明白你说的。"

非主流记者说："那么说，这小白猫不止救了你一次？我听说的是有一次你家里着火，小白猫把沉睡的你弄醒，让你及时逃出火海，幸免于难。"

"看来你们比我的消息还灵通啊！"胡一归哭笑不得，模棱两可地回答。

"大作家，可以让我看看这只神奇可爱的小白猫吗？"

"这段时间太忙了，我把它寄养在朋友家里。"

"太遗憾了！虽然网上到处有它的照片，但是没亲眼看到，实在是人生一大遗憾。"非主流记者说。

胡一归矜持地笑着。记者起身，眼睛慢慢越睁越大，眼珠子都要掉出来的模样，指着门角落说："这就是你的堂吉诃德吧？"

胡一归定睛一看，是的，那是他的堂吉诃德，瘦弱的、憔悴的、苍老的，然而还是那么奇特和尊贵的堂吉诃德。

第二天，这家报纸以整个版面刊登了胡一归抱着堂吉诃德深情感人的大幅照片，标题是"小白猫千里寻家 低调作家情深难控"。

一些朋友、同学或网友，从网上看到这则新闻后，纷纷打电话或发微信问胡一归这只小白猫的传奇故事，甚至要到他家里来看这只小白猫。胡一归实话实说，它只是一只比普通猫表情多一些的小白猫，并没有那些传奇故事。有人信，有人不信，他也无所谓，因为，莫名其妙地，他就火了。

胡一归定睛一看，是的，那是他的堂吉诃德，瘦弱的、憔悴的、苍老的，然而还是那么奇特和尊贵的堂吉诃德。

——《意外之喜》

倔
强
的
堂
吉
诃
德

　　回到家里的堂吉诃德，很快让胡一归看出了它的不同，它站
在已经没有它的安乐窝的地方——在沙发靠墙的那一头，曾经放
着一只婴儿摇篮一样的椭圆形竹篮，里面垫着干净淡雅像毛毯一
样舒服的浅蓝色大浴巾。这里，现在空空如也，它慢慢地转着
头，环顾了一下四周，似乎想证实，这是不是它真的待了那么久
的家。确定下来，它又昂头看了一眼胡一归，那眼神里满含沧
桑、悲伤，但更多的是胆怯。然后它垂下头来，似乎在思考什么
问题，又找不到答案。它像往常一样，双手撑在前面，端正地坐
下来，但是显然体力不支，像个极力想保持体面却无能为力的垂

死老人一样，伸出爪子抹了抹脸，然后轻轻地蜷缩下去，脑袋搁在地上，眼睛空洞地看着面前的地板砖。

那个晚上，它只闻了闻旺旺雪饼，舔了下白米饭，就趴在胡一归为它新铺的干净床上——一条新浴巾做的窝，几乎没有动弹地睡到天亮。胡一归醒来看到它的时候，以为它死了。走近，它便睁开了眼，懒懒地看了看胡一归，双手用力地撑地，站起身，走到胡一归的脚边，又睡了下去。

三四天之后，它才缓慢地开始正常进食，偶尔像从前一样咬他的裤腿，轻轻地摇，像个撒娇的孩子。但更多的时候，它会独自站在向着窗的方向，迷茫地、消极地、一动不动地站着。它也不再像从前那样威严、自信，更没有笑容，而是多了些怀疑、犹豫、迟钝，像是把用锈了的刀，确切地说，更像是只受宠的小狗，突然被丢到陌生的地方，被那些并不爱它的人们追着赶着打着骂着，留下了踌躇和胆怯。

胡一归难受地看着它，什么话也说不出来，那么细小瘦弱的脚，它是怎么支撑过来的？这个家，有什么值得它怀念的呢？又有什么让它如此不忍放弃呢？他不敢想，也无法想象，对一个有着高智商的人来说，他无法相信小小的白猫，这来路不名的小动物，会有如此强大的精神和毅力，回到这个一再出卖它的家里。他已经不敢想象堂吉诃德独自如何在黑夜里穿梭，闻着自己想要的那个城市隐隐熟悉的气味不屈前行；他也不敢想象，上千公里啊，它是如何用它那小小的脚丈量过来的；他更不敢想象，人群、车流、山坡、田野、水沟、池塘、烈日、雨水、树木、动物、城市和乡村，是如何一次又一次横在它的眼前，给它挑战和难题，它又如何一步步跨过，走到这个无情的男人家里。

胡一归决定把堂吉诃德回家的消息隐瞒下来，不让毛编辑知道，虽然他知道这是徒劳的，非主流记者的新闻报道，早就人尽皆知了。

那个周末，他正在找下一部小说的相关资料，黄月月在做饭，父亲带着女儿出门遛弯去了。堂吉诃德用小爪子抱着胡一归的裤脚趴在他的拖鞋上睡觉，偶尔睁开眼，换个姿势，高兴地看一眼胡一归，又满足地低头睡去。

胡一归的手机响了，杨曦说她就在他的门外，要给他一个惊喜。他一打开门，就看到拿着两本新书的毛编辑，钢筋样的脸上居然带着笑，就像枯树上突然绽放的一朵鲜花，让人无比惊异。

黄月月从厨房出来，杨曦大大方方地叫了她一声嫂子，然后说明了来意。胡一归觉得有些不对劲，很快琢磨过来，她们俩这表情，显然是以前见过面，至于什么时候见过，他心里疑虑重重，不过回想自己和杨曦分手后，并没有再与之有什么瓜葛，便坦然了。

毛编辑把胡一归的《绿月亮》递过去："一归，我强调一下啊，我不是来为你送书的。发寄样书的事，是由社里其他人来做的。我是来带堂吉诃德回去的。"

黄月月放下手中的活，给两位客人沏茶。胡一归观察堂吉诃德，它懒懒地看了一眼热情的毛编辑，一动不动。毛编辑放下他手里的茶，眼里满是爱意。胡一归看得很不是滋味，给杨曦使了个眼色，把她带到书房。

"能不能想办法不让毛编辑带走堂吉诃德？"

"这恐怕不好吧，你知道你这种敏感内容的书有多难卖吗？毛编辑是真爱惜你的才华，才力排众议，把你的书出版的，就他这样夹带私情，也是可以理解的。现在小说出来了，你把堂吉诃德留着，人家会不会觉得你过河拆桥呢？另外，你知道吗，为了给你做宣传，他动用了不少关系……"

"那些故事是他故意放风的？"

"我就说你傻嘛！你以为真有好心人，无缘无故帮你编故事？那些牛人、红人绝大部分都是宣传策划的产物。你为什么文笔那么好，却连出本正规书都难，一是跟内容有关，二是跟当前的电子免费阅读的大环境有关，三肯定跟你老实不爱宣传有关。为什么毛编辑出一本书就能火一个作家，当然是因为他懂得如何做宣传了。"

胡一归百感交集。

堂吉诃德看着胡一归一直背对着自己，然后看到毛编辑伸向自己的手，终于明白了，它还得回到那个走了几个月刚刚逃离的新主人的家。毛编辑将它提起来的时候，它带着期盼的眼神看了胡一归一眼，胡一归依然背对着它，它用力从毛编辑的手中挣脱下来，毛编辑赶紧伸出一只脚踩住它的尾巴。胡一归转身看到毛编辑用脚踩自己心爱的堂吉诃德，心疼死了，却无可奈何。然后，堂吉诃德被毛编辑再次用钢筋样的手用力抓提起来。胡一归看到堂吉诃德那充满忧伤的痛苦的眼睛紧紧地看着自己，然后，慢慢地变得轻且柔，最后变成了顺从，就好像懂得他的无能为力似的。

他眼睁睁地看着毛编辑抱着堂吉诃德往出走。杨曦打开防盗门，跟胡一归夫妻俩告别。外面的电梯门在响，胡一归的心像是被什么东西狠狠地扎了一下，飞奔出去，一把从徐徐关闭的电梯门里拉出毛编辑："对不起，你不能带走堂吉诃德，我给你赔偿！所有的版税全部归你。"

堂吉诃德好像听懂了他的话，眼睛睁得溜圆，想拼死从毛编辑的怀里跳下来，但是对方早有准备，将它死死搂住。

"胡老师，你不是言而无信的人吧！"毛编辑冷冷地问。

胡一归脸色煞白，手触电般缩回来，他从来没有言而无信过！

电梯关门，毛编辑、杨曦，还有他心爱的堂吉诃德，被关进了电梯里，缓缓下沉。

十五分钟后，杨曦打来电话，告诉胡一归，在等绿灯的时候，堂吉诃德从毛编辑的手中挣脱，跑到红灯下的车流里，被一辆急驰而过的小车轧得血肉模糊。

对不起，你不能带走堂吉诃德，我给你赔偿！所有的版税全部归你。

——《倔强的堂吉诃德》

一鸣惊人

　　胡一归出名了，一个与他只见过一次的女作家，撰文怀念堂吉诃德，并且以胡一归红颜知己的口吻，写了他们之间感人的故事。煽情的故事向来是女人的拿手好戏，何况有这么精彩的人和物，那些看到文章的小女生十个有八个都流了眼泪，甚至要为伟大而可怜的堂吉诃德扫墓或祭奠。毛编辑也在圈内有意无意地透露有关堂吉诃德和胡一归的事，于是这件事就更增加了神秘的色彩。但让胡一归难堪的是，所有的媒体和网友关心的只是会笑会哭会殉情的小白猫，而不关心《绿月亮》。

　　也是在这个时候，有一位在圈内极有名的穆书商，经过多层关系约到胡一归，想和他合作一本图文并茂的小书——《我与堂吉诃德不得不说的故事》。他开价很高，首印十万册，版税百分之十一。穆书商简明扼要："如果你答应的话，趁大家伙还对堂吉诃德有热情，半个月内给我交稿，三万字足够，再配上堂吉诃德和你的照片。如果你想成大名的话，就写堂吉诃德如何被你在破烂的小巷子里从野狗的嘴里救回来，堂吉诃德对你产生了一种非人非物的依恋之情，把你们之间的感情写得越细腻越感人越好。然后写当你想把它送人时，它是怎样撞车而死的，当然，最好还把与这故事有点联系的当今文坛比较有名的毛编辑写上，把美女作家也捎上。这样的书一出来，我保证你会红得发紫。想一想啊，绝恋，一个男作家，一个长着猫头的小白猫，多有话题性啊。"

　　胡一归听穆书商胡诌，气得肺都要炸了，冷冷地看了他一眼，起身要走。穆书商脾气好得出奇，一把拉住他，安抚他坐下，听自己说几句话再走，然后悠悠然地说："你写了多少字？连网站带出书的，没有两百万也有一百万字了吧？如果我没记错的话，八九年前，你就因为一篇文章，红遍文坛，可你为什么还是这么穷，不就是因为你脑子太死，不懂变通？出版商让你修改你不修改，你的盗版书遍地都是，这些本来都是你的版税啊。你就想着流芳百世，傻不傻？你又不是体制内养的作家，等你过气了，没名没钱，哭都来不及，这是我的联系方式，想通了，给我打电话。"

胡一归还是拂袖而去。

从这天起，不停地有人来劝他，先是杨曦，接着是一位杂志编辑，再接着是一个从一开始就跟着自己的粉丝。

"理想再美好，饭如果都吃不饱，怎么活下去呢？"

"你不是没才华，只是缺话题，只要这个上去了，赚钱还是很容易。"

"先商业化写作，钱赚到了，再写自己想写的吧。"

"你只是个作家，写出读者喜欢又能巧妙规避内容风险的书，才是你该做的事！"

"杨曦住豪宅，开豪车，你要一辈子住在这个老、破、小的二手房里吗？你女儿的教育、父亲的养老，你都不管吗？无条件支持信任你的月月就这样跟你一辈子吃苦吗？"

……

胡一归开始动摇了！

在这物欲横流的都市，自己一次一次从物质的红尘中逃离，一次又一次坚守在清贫的梦想边。可是，岁月和生活给了自己什么？窘迫，窘迫，无尽的对微薄金钱的算计；无望，无望，无尽的对未来的恐惧。理想如履薄冰，在那些脆弱得好像一个指头就能捅破的美梦上穿行。他无时无刻不在担心，怕得要死。他曾经打麻醉针一样地让自己一次一次相信，坚持自己想写的，不为别人妥协！但是现在，他无比怀疑自己，坚持的意义在哪里？

只是为了生活更好一些，有什么不妥？谁在乎我是坚持理想还是坚持生活？他问自己。

《绿月亮》不温不火地卖着，紧跟着它的新闻是堂吉诃德的传奇，很多人，因为想知道和一只小白猫有传奇故事的男人是什么样的人，而来买他的书。更多的人，也就是在书店或网上宣传里，看胡一归的长相和会笑的小白猫。

穆书商再次打来电话，用不容置疑的语气说："你想清楚，快点给我回个话。如果愿意的话，半个月就交稿，我最多再用两个月时间把它弄成书。我以前策划的一些书你是知道的，可以看看我宣传和投入的效果。那些经我过手的人，没有不大红大紫的。关于堂吉诃德的这个故事，即使我是资深图书策划人，也只有一时的新闻效应，不能长久，现在网络资讯那么发达，什么千奇百怪的事都有，新闻迭代无比快速，等这机会一过，你想炒都炒不热了。"

如果按穆书商的想法，写这本书，一定是一件令自己终身蒙羞的事。但是，纯粹的道德和理想，让自己得到了什么呢？文章被剽窃、抄袭、洗稿，自己无能为力！盗版满天飞，可是因为自己坚持不修改，正规出版社反而出不了。胡一归想，也许这就是一个机会，虽然它来得奇怪，完全不是想象的那样，但这毕竟是一个机会！书店里的书，多得数不胜数，自己那两本小说，太难在别人的脑子里占据位置了，太多的书被丢在某个角落，尘封，等到有一天完全无人问津，就被当作垃圾，粉碎成末，然后消失得无影无踪。

他记得，每次逛书店时，看到那么多精致漂亮的书，紧紧地排成一排又一排，那么坚强隐忍地等待可能永远也不会到来的主人的模样，就心酸不已。他更可以想象它们背后一只一只写字的手，一张一张充满希望的脸，和一颗一颗热切的心。他们，那些被人称为作家或作者的人，要用多大的毅力和坚持，才能把十万几十万甚至几百万的字，一个又一个地码好，一行又一行地琢磨，修改，再彻底细心地完成啊。十几万，几十万，几百万，你数数都得要下很大的决心呢，何况，那些语言还要是新鲜的、动人的，让人有兴趣读它们，并能让一个路过的人舍得掏钱买回去的。

胡一归知道，最明智的做法，就是答应穆书商。

穆书商收到他信息的当天，就与他敲定了出版细节，以及故事走向的各种事宜。这是一个极有行动能力和能抓住世俗眼光的人，绝不废话，在电话里指示的几点，让胡一归心服口服。

一、半月内三万字完稿，如果能写到更多则更好。

二、胡一归要照一些生活照，越自然越好。

三、网上所有堂吉诃德的照片都转发给他，他要找美编做处理和剪辑。

四、为了在各方面保证胡一归的创作，他会叫公司的会计两天之内打五万块到胡一归的账号上。

五、交稿后最多三个月这本书就可以出厂。

六、穆书商拥有这本书五年的版权。

胡一归签了代理出版合同，也很快收到钱，现在，没有任何退路了，开始写起了这个不忍深想的故事。说也奇怪，没下手写的时候，心里想起这事就觉得恶心、尴尬、羞愧、耻辱，可是真写起来，特别是照穆书商的指示写下去，一点不为难，还有创作时放开想象的快感。笔下的堂吉诃德离自己越来越远，变成了一个神话里才有的无所不能的白猫，而笔下的胡一归也变成了另外一个痴情笨拙但又可爱的男人。他马不停蹄地写，开始打算每天三千字，写个十来天完成它，然后再花两三天修改，但是一下笔，发现自己根本收不住，只八天时间就写了五万多字，要不是字数和时间限制，写七八万字没问题。

穆书商隔两三天就问进展情况，意见不多，但很到位，也很满意胡一归的文采和充沛的感情。当胡一归用五万六千字终于结束了堂吉诃德的生命和主人公的旷世之情时，穆书商兴奋地说："我敢保证，这书最少能销十二万册。"

《绝恋》出版后，好消息接踵而来，首先是要加印10万册，跟着毛编辑那边也传来消息，《绿月亮》也要加印。大把的书商和编辑通过各种渠道找到他，要看他手头的书稿，更有书商约他写指定主题的小说，还有一些杂志的编辑，要他写一些有关市井或灵异的故事，更不用说采访或是网络谈话类的节目了。

当收到穆书商转来的第一笔十万块钱时，胡一归就把钱全转给妻子了。

黄月月在上班，突然看到银行一条到款信息，脑子懵了一下，看到转账人时，眼泪没忍住，她知道，自己看对人了，不仅是因为这桩婚姻，而是这个男人的担当和责任心。

她跑到洗手间，放肆地让自己尽情流了好一会儿眼泪，然后给胡一归打电话，声音还是哽咽的："我收到钱了，怎么这么大一笔？"

"以后会更多的。"胡一归强按住自己的激动和自豪。

"你把钱自己留着，我不缺钱。"黄月月说。

"我要赚很多钱给你。"胡一归孩子气地说。

黄月月眼泪一下子又涌出来了："讨厌，你干吗对我那么好？"

"你是我的女人！"

黄月月掐断手机，眼泪抹了还有，抹了又有。她突然感到恐惧，好像胡一归是自己无意中捡到的一块价值连城的宝贝，两个人结了婚，生了孩子，可是对方从来没有说过"我爱你"，甚至连"我喜欢你"都没说过。可是她现在好担心，自己将会全身心地爱他，变成他的附庸，在乎他的一个眼神一个动作，害怕所有的风吹草动。黄月月从来不怕别人对自己冷淡或拒绝，怕只怕别人对自己太好！那样，她将不知道如何回报，甚至失去自我。过往的经验让她很清楚，太爱一个人的时候，自己会变得又愚蠢又可笑又讨人嫌，她不想。

可是她现在好担心，自己将会全身心地爱他，变成他的附庸，在乎他的一个眼神一个动作，害怕所有的风吹草动。

——《一鸣惊人》

爱玛现身

胡一归觉得可以主动去看看杨曦了。

上次见面时，杨曦告诉过胡一归自己家的地址，说虽然家里有保姆有阿姨，但有了孩子后自己根本离不开，可欢迎他去。

自豪感中夹杂着一点渴望，那些年，胡一归最落魄和孤单的时候，一直是杨曦不离不弃陪在身边。现在他好像突然之间就明白了，两个人太像了，只能做精神伴侣，无法成为夫妻。两人都是动荡的，一个是表面不安，一个在心里不安；两人都是脱离俗世的，一个是在世人眼中，一个是在心里；两人都那么骄傲，不屑于世故，是一种同类的相互依赖和吸引。这些从前困扰他的问题，他是在去杨曦家的路上突然想到的。

也许不见面更好，就算见了又如何。

他把车开到杨曦家的小区门口，停了下来。有一刹那，他想打退堂鼓，但是又觉得需要做点什么，好像是向杨曦当年默默无言地陪伴在他身边的一种证明，证明她的眼光没错，证明自己真的有成功的一天。

他也分不清。

"在干吗？有空吗？路过你这，想顺便看看你，欢迎不？"他装作语气很轻松地打了电话过去。

"大作家，怎么能不欢迎呢，我现在就是免费的全职保姆，天天在家带孩子呢。"

报了楼室号，保安放行，胡一归将车停好，特意到小区里转了转。看着这里如此豪华、干净，他知道自己和杨曦这辈子的距离，是永远拉不近了。光凭这里的地理位置，起码是一平方米十几万以上了。

等到保姆开了门，扑鼻而来的是婴幼儿所带来的各种香味，爽身粉香、乳香、水果香、婴儿油香……胡一归一进门，抬眼就看到杨曦家巨大的客厅，足有七八十平方米，奢华的欧式装修，让他有种进入皇宫的错觉，不自觉地慢了步子，转眼又看到客厅落地窗外大片的绿景。杨曦则穿着舒服的米色家居服，歪在全青皮沙发上看书，一个如粉雕玉琢的婴儿在年轻的保姆怀里吃着奶粉，另外一个在摇篮里哼哼唧唧地自顾自地扭动手脚。

杨曦看到他，连忙坐正，给他摇了摇手中的书。胡一归看到，那正是自己的新书。

　　一个阿姨从厨房出来，不言不语，默默地给他们泡茶，然后又微笑着退走。一只小白猫窜了出来，看到胡一归，飞一样地窜走了。

　　"爱玛？"

　　"是的。"

　　"它怎么了？"

　　杨曦说："不知道，也许它怕你。"

　　"怕我？干吗要怕我？"

　　杨曦摇头。

　　忘记客套，胡一归问爱玛是怎么来的，什么时候来的？

　　杨曦说，有一天，她和老公无意中经过以前租房的小区，看到爱玛和堂吉诃德，在路上不住地发抖，样子看起来又累又饿又冷，就把它们给带回来了，想过几天等它们好些了，把它们偷偷送给胡一归。意外的是，堂吉诃德很乐意跟她出门，爱玛却死活都不肯，塞进口袋也不成，那天她把它们都放进小布袋里，爱玛又叫又咬又跳，像疯了一样，但把它放在地上，它就安静了，还伸出小手抹自己的脸，用大脑袋轻轻蹭她裤腿，没办法，只好把堂吉诃德装进包里，送到他家门口，而后自己独自走了。

　　胡一归想起堂吉诃德，那天回家时它迟疑的脚步，疲惫的样子，可怜的眼神，瘦弱的身子，茫然的动作，心里一阵绞疼，自己是畜生啊，为了所谓的破理想，竟然一次一次出卖它！

杨曦说如果爱玛愿意，就让它回，不愿意，那她不会让它离开自己。胡一归说当然。

爱玛理都没理胡一归，极其厌恶地一次次从他身边溜走，胡一归只好难堪地告别了。

回家的路上，穆书商来电话跟他商量影视改编的事，胡一归有些心烦意乱，聊着聊着，无意中说爱玛找到了，在南山的一处豪宅。

穆书商说："想办法把爱玛弄死。"

胡一归惊得脱口而出："你有毛病吧！"

穆书商冷静地说："别人也分不清是爱玛还是堂吉诃德，万一有人看到，还以为你在造假新闻，为了让你的堂吉诃德死得有所值，你必须让爱玛死。"

"不可能！"胡一归斩钉截铁地说。

"你下不了手，这个我理解，这样吧，你告诉我地址，我叫人去把这事给办了。"

胡一归气得挂了电话。

穆书商又拨了几次电话，胡一归装作没看到。

"我说大作家，你怎么跟小孩一样，不谈小白猫，我们还要谈其他正事啊，别不接电话啊。"穆书商发语音道。

胡一归觉得好笑，果然，再接他电话，对方再也不提爱玛的事了。

过了一个星期，穆书商给胡一归打来电话，说出版社加印的事，又说起了小白猫，说它整天和女主人一家待在一起，她家住的那个小区，安保森严，她家的保姆和阿姨极其负责，没机会下手。他的人出到五万，杨曦也不松口。杨曦告诉穆书商，如果胡一归要爱玛，她一分钱不要会把爱玛送回，别的人就算出一百万，她也不会给。

总而言之，穆书商是想让胡一归亲自出马，把爱玛要回来，交由他们处理。

胡一归第一次对书商发了脾气："我说过，不许伤害爱玛。"

胡一归的第三本书一印再印，《绿月亮》也跟着慢慢增加销量。胡一归对这种成功既有些手足无措，又有点难为情。他还不大习惯人们打来电话时那么客气和恭敬，因为堂吉诃德是用另外一个样子出现的，他觉得对不起它，又有点对不起自己。有好几次，他想给孟游打个电话，看看孟游对这件事的看法，孟游总是有着与常人不一样的眼光和见解的，但孟游的手机关机了。后来搜索新闻，网上有消息说游明子到国外去暂住了。

不适应期过去后，胡一归的难为情变成了习惯，想一想，他什么时候被人这么关注过？说一句话，别人就在报纸或网络上猜测他的意思，当他在一个交流会上露面时，人们总是向他跑去。有时候走在路上，有人认出他来，要跟他合影，要他的签名，他们打听他的新作，打听他有什么计划，是独身还是已婚？喜欢什么样的女孩子？他就像书商在电话里教的一样，跟他们玩太极，回答得模棱两可，滴水不漏。书商还一再教他，回答记者的问题时，一定要缓慢，嗓子要低沉，这样更能显出他的风度、教养和沉稳。

家里不缺钱了，黄月月并没有放松自己，也不舍得请保姆，只要她在家，一切公公没法做的事，她亲自动手。当然，她收拾过的家，跟没收拾的时候差不多，反正是又乱又杂，许多东西只有她才能准确而迅速地找到。爱干净和爱整理的胡启泰跟儿子嘀咕过几次，儿子让他不要计较这种小事，他也就忍了，毕竟，孙女现在才是他的重心，再说，他也清楚，作为公公，老是挑儿媳的刺儿，实在也太可笑了。他试着在孙女睡觉的时候整理了几次屋子，扔了许多他认为根本就是垃圾的东西，毫无疑问，得到了和胡一归当初做同样事的同样后果。只要他清理家里一次，就有许多东西不见了，然后就要面对黄月月无数次的追讨和温和的抗议，他也跟儿子一样，放弃了让这个家更井井有条的动作和希望。

除了这个，胡启泰还是挺敬佩这个儿媳的，听说她考一建，失败了，哭了一场，自责自己无能无用，抹干眼泪后继续报名，继续参考。他让儿子劝劝儿媳妇，不要这么辛苦。

有一天夜里，两人上了床，胡一归对老婆笑道："就算你考了一建，一年也就是多拿几万块钱，这又不是大数目。你就是不上班，我也养得起你。"

黄月月说："你有多少钱给我？父母有老公有，不如自己有，再说了，女儿到处要花钱……"

"女儿有我呢！"胡一归心里一动，也许自己从来没用心爱过这个女人，但是，她应该是自己俗世生活里最好的伴侣，娇小不柔弱，自立又不过分强硬，有这个年纪女人的好奇，又有中国传统女子的优良品质。他一把将黄月月搂住，撒娇地说："女儿吃，我也要吃。"

"别瞎闹了。"黄月月推开他。

"不要上班了，我养你。"胡一归认真地说。

"我又不是个残疾不能自理，干吗要人养呢。"黄月月笑着说。

"哼，老婆不要我养拉倒，我把别人的老婆好好养着。"胡一归跳下床，一把将女儿从摇篮里抱起，边亲她边陶醉地闻她身上的婴儿香。

我说过，不许伤害爱玛。

——《爱玛现身》

入股老友公司

越来越多的影视公司找到胡一归，要签他小说的影视版权，价格从十万、二十万、五十万，飙到一百万，有的甚至出到更多。除了香港、台湾的书商要引进版权，越南、英国、美国等国家都有出版商要把他的作品翻译到这些国家。他决定好好挑几家靠谱的公司合作。

一家新星影视公司的负责人，姓张，操作过一部非常出名的现实小说改编的电视剧，在业内享有盛名，找到了胡一归，一番开诚布公地交流后，告诉胡一归，只要胡一归愿意配合行业内的一点潜规则——提成和回扣，可以明面上出到五百万买他的《绝恋》除简体中文外的所有版权，包括有声小说、繁体文字、影视改编、同名音乐、游戏改编权……

这段时间，胡一归在和影视公司形形色色的人打交道的过程中，已经慢慢知晓和接受了所谓的潜规则，简单地用小学便有的数学知识减去一切必需的开支后，他知道自己在《绝恋》上可以干干净净得到七位数的收入，人差点要飞起来。张导一番话非常打动他："重点不是你在这一本书里赚到多少钱，而是你和我合作后，你以后所有的作品都水涨船高，而我们也会利用我们的资源优势，将你炒成天价。当你告诉别人，你一本书的版权收入是八位数时，别人还敢小看你吗？"

他按住心里的狂喜，激动得手脚都不听使唤了。为了让自己不显得那么浅薄而俗气，他特意冲了个冷水澡，然后在微信里，耐心地和对方商量合同细节。想到合同一签，他就有一大笔钱进账，心几乎要跳出来。

穆书商的电话不合时宜地打进来。

他有一种不好的预感，但是不得不接电话。穆书商说："听说你要和新星影视签合同？"

"是，怎么了？"

"签合同前，先看看我们的合同，别怪我没提醒你，到时候打官司扯皮，你可赔不起。"穆书商冷冰冰地说。

胡一归连忙翻纸质合同，这才发现，本书及所有相关版权五年内归对方拥有，如果卖出了影视版权，作者和书商是四六分成。最无语的是，他当初压根没想过影视版权的事，竟然全权打包给对方处理了。

他又连忙看另外两本书的合同，稍微松了口气，两份都是三七分成（出版社三，作者七），一本的版权三年，一本的版权五年，各自承担税费。

经过几番较量和斗智斗勇，最后，《绝恋》让穆书商那边卖出了影视版权，胡一归实打实收到两百万出头的影视版权费。另外两本书因为影响没这么大，加起来也就是两百多万的全版权费。

不过前后几个月，近五百万的版税，源源不断地加印，还有参加各种节目、活动的收入，胡一归几乎算是一夜暴富了，每个月苦哈哈拿一万多工资的他还是晕了。

至于外面传的假新闻，更是匪夷所思，有自称是知情人士的人放消息，说胡一归的《绝恋》卖出了亿元的天价版权，甚至有公众号爆内幕消息，说胡一归已经被某著名文化公司承包了，一本书的签约价是千万……

也几乎是一夜之间，胡一归几百年不见的新朋旧友全冒出来了，有的套近乎，有的攀亲戚，有的无下限恭维，有的要合作写书，有的要合作做生意，有的是家有病人向他求助，有的拉他进校友群……当然，有两件事出奇得多：一是很多人想给胡一归讲故事，说他们一生多么传奇惊险，胡一归如果写出他们的故事，将有多么励志和有意义，胡一归开始还会委婉应付，后来直接说自己很忙，没空写；二是向胡一归借钱，七八千，一两万也不多，这些人说起来都沾点亲带点故，胡一归也不好意思拒绝，不到十天，胡一归发现自己借了十几万出去，惊了，再碰到借钱的，就说钱由老婆管着，自己一分没有。

何俊完全不一样，电话没打，直接登门造访了。

胡一归这才想起，因为公司也没什么正经事，开始时还会跟何俊请假，后来忙自己的，就忘记了，主动说："要不我赔偿公司一些钱？"

何俊哈哈大笑，接过黄月月递过来的矿泉水，一口气喝了大半瓶，然后从包里掏出厚厚一叠百元钞票说："我是来给你送工资的。"

胡一归十分意外，这段时间，是人是鬼都想从他身上掏钱，这家伙，吃迷魂药了吗？他连忙将钱推开："收到你第一个月的工资，我就想要辞职，太惭愧了，这还收你工资，那我成什么人了？"

何俊拍得胸膛砰砰响："我们之间说这个话，太见外。这工资，是你应得的。我前几个月公司运营不好，没给你发工资，现在手头资金回笼了，赶紧来给你补上，重新请你回公司坐镇。有你在，我放心。"

胡一归坚决不收，何俊坚持要留，黄月月和老父亲劝也没用。最后何俊说："工资你要是不收，就太看不起我了。这样，家里又有老人又有孩子，我们就不打扰他们了。为了庆贺你出书，我给几个老同事打电话，大家去喝茶唱歌，嫂子，你不反对吧？"

黄月月笑："你看我能管得了他？"

"我晚上有事，待会还有个采访。"胡一归边说，边给黄月月抛了个眼色。

黄月月意识到有问题，但是还没开口，何俊一把将胡一归拽下餐桌："嫂子大气，叔叔你也不会管一归吧？对，我就猜到不会管，走走走，我们去见老朋友。"说完，何俊把胡一归半推半抱地弄出了门，然后开车带胡一归进了一家轻音乐酒吧。

酒一上，服务生一退出去，何俊脸色就变得凝重起来，把之前断断续续挤牙膏一样的真假故事，变成了一个完整的故事，说了出来。

当年从那家大公司出来后，在万众创业的号召下，何俊卖了深圳的一套房子还掉贷款，剩下两百多万，拿出大头和人合资开了家有关智慧农业的公司。他原本是想用两三年时间，把公司做强做大，然后估值卖掉，再全款买套大点的房子。不承想，两年的时间不到，赔了个精光。不服输的他，又和另外一个朋友开了家保健品公司，原计划两个人用一百万把产品打开销路，可是从注册公司到开发产品，再到租办公室、招员工、生产、网络投广告……半年多时间，卖房剩下的钱花了个精光不说，还欠了一屁股债，公司依然毫无起色。经过高人指点，他决定直接和厂家合作，给人代理加工，这半年就一直跑这事。现在，事情已经有巨大转机了，他又想到了几个新产品，做了市场调查，有非常好的销路，只是缺乏资金周转。他希望胡一归入资一百万，或者算信用贷款，或者折算股份拿公司的分红，总之，现在只要有一笔钱周转，公司就能捱过难关，然后日进斗金了。

胡一归心里有点纠结，朋友里，何俊可能是最诚心诚意帮过他的，不管是主动送厚礼参加自己的婚礼，还是知道他经济困难主动请他入公司上班。放信用贷款，他实在做不出来，自己也不想再去打工，不如入股做个小老板，也不错。

"一百万拿不出来，转给了黄月月，她想买套房，你知道的，我这老的老，小的小，原来的房子不够住，又刚提前还了车贷，现在，我想想，最多能凑七十万，算入股吧，给多少股份，你看着办。"胡一归说。

何俊眼圈都红了，说就是累死，也会让胡一归赚到钱。

两人又十分深入地聊了些公司经营的现状和计划，何俊约他第二天到公司签入股合同。

胡一归回到家，已经是夜里十一点多。女儿在客厅摇篮里睡着了，黄月月正在书房听一建的网络讲座，这些天，她每天都只睡三四个小时，说是无论如何要今年把课程都通过了。因为一建课程的有效期就两年，两年内没过，就算之前通过的科目，也都作废了。有好几天早上的四五点，胡一归起夜，能听到她在听课，不得不暗暗佩服她的毅力和吃苦耐劳的精神。

黄月月一听到开门的声音，就暂停了听课，出来盯着他。胡一归知道她想问什么，轻描淡写地说："听课吗？"

"嗯。"

"早点睡，别把身体搞坏了，一大家子都靠你呢。"

"放心吧。"

"爸，你也早点睡。"胡一归给父亲打了个招呼，进了卧室。

黄月月进来，把门反锁了。

"何俊找你干什么，借钱？"黄月月一边问，一边假装收拾床上的东西。

"没有，聊点公司的事，他想让我入股。"胡一归避重就轻。

"你答应了？"

"还在考虑。"

"千万别头脑发热，想着入股创业什么的，我好几个老同事、老同学，都是这几年创业，把房啊车啊都弄没了。你这个人呢，太厚道，心又软，容易受忽悠，你朋友看起来跟你好得像过命的交情，那是因为你有利用价值，背地里说不定多少花招呢。理财你不擅长，交给我，你就只管写作的事好了……"

怕黄月月担心，胡一归还是硬着头皮撒谎说："放心吧，不会投的，我的钱不是全交给你了吗？你说要买二套房，看了没有？"

黄月月一听，马上开心地拿手机，给他看存在手机上的房产图片："我们有三个选择，第一个是全款买边远点的新房，像龙华、龙岗、坪山……虽然说这些地方发展越来越好，但还是觉得不太方便，你想到市区办事，坐地铁、开车，都很花时间，我怕你太累了；第二个是莲花山那边有个精装三房出售，现在十一万左右一平，首付七成，手上的钱凑一下，再把旧房二次抵押贷款，应该还是可以的，很安静，环境也好，美中不足的是，那房子在三楼，阳台又小，我怕你看窗外视野不开阔，写作会没有灵感；第三个选择是福田区委那边，现在每平方米近八万，楼层很高，在二十九楼，小区环境不错，但是有点旧了，还有点吵，我怕影响你写作……另外，有个重要的问题，如果选择后面的房子，以后要是收入不稳定的话，月供很辛苦。"

胡一归听到黄月月说的每一处房产都是为自己考虑，又感动又心疼："老婆，你拿主意，喜欢哪套房就买哪套，我相信我还能赚更多的钱，给你和孩子更好的生活。"

黄月月故意说："你就不怕我携款潜逃？"

胡一归拍拍她的头，说："到时候我就哭天喊地，把你哭回来。"

黄月月笑骂："老是惹我哭笑不得。"然后边作势打他边扑进他怀里。胡一归抱着她，看到她微张的唇，含情带笑的眼，以及带有体温的慢慢急促的呼吸，他能明显感受到妻子的激情和需要，可是，他一点欲望也没有，他甚至想不起来自己还有情欲的功能了，当然，他知道自己没有问题，就是完全对月月没有感觉，也可能是这段时间太累太累了。于是，胡一归边吻她边略带歉意地说："这么晚了，老爸也要休息了，快把孩子带回卧室……"

　　黄月月失望地松开搂着他的手，幽怨地问："我这么糟
了吗？"

　　胡一归紧紧抱住她："对不起，不是你的问题，是我的
问题！"

……我相信我还能赚更多的钱，给你和孩子更好的生活。

——《入股老友公司》

黄月月的工作效率，真不是一般的高，不仅要上班，侍弄孩子，自学一建，还要抽出大把时间来看房子，仅在两周后的周末，就定了香蜜湖区的一套三室一厅的二手房，总价八百万出头，二成定金。因为胡一归这半年的银行流水极其打眼，征信系统里显示个人信用很好，银行很快就放了贷。如果在一年前，两个人都不敢想象，但现在，胡一归有源源不断的收入进来，他们十分乐观，觉得这都不是事，他们甚至乐观地估计着，以后会有千万，甚至更多的钱进账。

　　黄月月的计划特别好，她是这么计划的，香蜜湖那边的房子装修好，全家搬到那里去住：一是那边是好的学区，对胡萌的教育好；二是那边算是富人区了，风水好；三是以胡一归现在的知名度，家里接待客人，现在住的房子，不够有面子。

胡一归对金钱没概念，还是想着能写出好东西来，想想虽然两套房的月供加起来五万多，但是以今时今日的自己来说，也不算什么，任由妻子作主。

不知不觉地，他开始喜欢起了名牌，喜欢那些干净亮堂但更注重私人隐私的包房，无论见什么人，他说话更加小心，更不用说在电视台、网站、论坛做节目了。每次当他脸上化了妆，打了粉，坐在那些侃侃而谈的主持人面前时，他就会一再提醒自己"宁愿少说，也不要说错"，因为网络有无限放大之功效。

有一次，出版社在书城为他做签名售书活动，一个看起来很漂亮的年轻姑娘，在他签名的时候，偷偷塞给他一张纸条，他好奇地展开一看，竟然是一家酒店的房号和一个手机号码。窘得慌的他，把纸条塞给了出版社组织这场活动的助理，助理晚上吃饭的时候，给他说："这是一个臭名昭著的小报记者，最喜欢用一些卑劣的手段来给一些热火但却不懂世故的小名人搞花边新闻，你要是没经住诱惑，明天就可以看到你的绯闻了……"

胡一归惊出一头汗。

还有一次，他在一家国内知名网站做视频交流节目，开头挺好的，网友、主持人、胡一归都做得完美无瑕，快结束时，一个网友在交流栏问了这句话：作家，我看过你的小说，你和堂吉诃德都是雄性，你觉得这是真爱吗？

胡一归装作没看到。

另一个网友的问题来了：胡一归，你是 S 市的人，跑到 XX 网站来做节目，两地相距千里啊，能不能透露一下，你出一次台多少钱？

胡一归笑着说："这么秘密的事你也想知道？不告诉你！"

还有这样的问题：一个作家，不安心写东西，却四处作秀，怕不怕被文坛抛弃？

他不知道如何接话。

类似的事情多了，他开始厌倦了，为没有自己的私人时间而苦恼，为那些防不胜防的尴尬问题而厌烦。但穆书商对这些有关他的新闻都很满意，认为只要能让观众保持热情，哪怕是一些很变态的新闻都可以接受。

"这些你都要笑纳，一个名人最可怕的不是新闻或丑闻，而是默默无闻，那才是名人的致命伤。"穆书商每次都用这句话来给他打气。

"但我是一个作者，只有作品才能证明自己的价值。"他无力地辩解。

"你现在写得出文字来吗？"穆书商嘲讽地问。

胡一归不敢搭话了，他已经试过无数次，开了无数个头，但是没有一篇文章能写下去：写读者喜欢的？比如像《绝恋》这样的，他下不去笔，也没有灵感；写《人间少年》这样带有敏感内容的？不好出版不说，自己也不想重复自己。

有时候，他做完活动后回到那些邀请他的单位为他开的酒店，两目无神，疲惫不堪，无法睡一个好觉，开始怀疑人生的意义，他已经有房有车有名声了，他还要什么呢？更好的作品？什么样的作品才是真正的好作品呢？他现在根本静不下心来写一个字。出版商一拨又一拨地找，可是他既没有新思路，也没有任何头绪。他特别羡慕那些在现实社会里，既会赚钱、会交际、会攀爬，还能在虚拟世界里无穷无尽地探索，永葆那份好奇的纯真的人。他没法做到这种平衡。

有一天，穆书商告诉他，他小说卖了影视版权的那家公司，要他出演主角时，胡一归终于失控地发了脾气："不演，不演，别来烦我！"

他经常对着镜子里的自己发着呆，里面的男人依然高挑挺拔、儒雅斯文，就是皮肤苍白，两眼无神，头发掉得厉害。他想起有一天在酒店吃饭，一个头上只剩下三根半毛的人把头发留得老长，围着秃头绕了一圈，徒劳地想遮住秃头的样子，不由寒心。听说有个外国牌子的洗发水防脱效果很好，得买来试试。

他突然很想女儿，这段时间，为了配合商家宣传，也为了能增加一些收入，他经常不着家。每次疲惫不堪的时候，他打开手机相册，看看女儿的照片，回忆一家四口在草地上、在公园边、在饭店聚餐、在家里吃饭的场景，就有无尽的力气和力量面对讨厌的一切。没有孩子之前，他觉得最完美的生活就是像孟游一样，自由来去，像风像雨像雾像云。孩子刚出生的时候，他也只是凭着本能，来尽量疼爱自己的孩子，那更像是对着一个可爱的小动物的一种心态。等到女儿会笑会做动作会有需求的时候，他看着她，觉得这是一个多么神奇的生命，是自己给予她的，就像自己是个造世主一样。她不同于他小说里那些虚无缥缈的角色，她在自己的眼前，在自己的怀抱里，还在他们共同的衣食住行里。他第一次发现，他爱女儿胜过爱自己，他愿意为她付出一切，包括自由、爱情，甚至生命。

他愿意花自己的一生一世，让女儿感受到爱和幸福。

没有经过邀请方同意，胡一归自作主张地买了一早回家的机票，对方找他商量第二天活动的事，一听说他在机场，软硬兼施，要他赔偿损失，他烦了，说："随你吧。"

抱着孙女准备出去玩的胡启泰，见胡一归进门，很惊讶："你不是还有两天才回来吗？"

"想宝宝了。"胡一归扔掉行李箱，洗了个手，就过来抱起了女儿，用脸颊不住地亲着。

胡启泰看儿子这个样子，感慨："我都看不懂你，觉得你不会喜欢小孩，甚至不会结婚，怎么有了孩子后，像变了个人一样。"

"宝宝，来，亲爸爸一下。"胡一归抱着如粉雕玉琢的女儿，看她白净净圆嘟嘟的脸，长长的睫毛，圆圆的大眼睛，圆嘟嘟的嘴，温柔地说。

胡萌还是像往常一样，淡淡地看了胡一归一眼，转头盯着他背后书架上的地球仪。

"爸，你有没觉得萌萌跟别的孩子有点不一样？"胡一归问。

"什么不一样？"胡启泰边弄奶粉，边心不在焉地问。

胡一归又仔细看了看女儿，还是盯着他背后的地球仪眼睛一动不动，说："萌萌快一岁了，不会跟人互动，不会叫爸妈，不认生也不认熟，怎么逗她都不笑。别的差不多大的孩子早就会跟人咿呀聊天了，她就喜欢盯着一个地方……"

胡启泰手上的奶瓶哐当掉地上，声音也有点颤抖了："你是说痴呆吗？"

胡一归终于鼓足勇气说出："可能是自闭症！这段时间，我一直在想她的问题，可是又害怕面对。我问你吧，萌萌跟我小时候一样吗？"

"确实，有点，不太一样。"胡启泰迟迟疑疑地说，"你七个多月会叫爸妈；十个月就会走路；一岁抓周的时候，上百样的东西，你一只手抓笔，一只手抓书；一岁多，人家小孩子抓起东西就往嘴里塞，你就到处乱写乱画。有一次，也就一岁多，我们给你买了橘子吃，你正在剥皮，路过一个小学生，我们试着让你拿橘子跟人家换书，你竟然真的换了，把你妈乐死了……"

胡启泰说到这里的时候，眼睛闪闪发光，意识到提到了不该提的人，一下子就不说话了。

胡一归心里又温暖又感动，没想到父亲还记得这些细节。除非万不得已，父亲几乎不碰有关母亲的话题，显然，父亲心里还是没有放下母亲。

"先不要跟月月说这事，她这人爱瞎想，又爱瞎操心，明天我们先带萌萌去医院检查一下再说。"胡一归说。

胡启泰叹了口气，答应了。

胡一归抱着女儿，进书房打开电脑，再次搜索幼儿智障和自闭症的特征，越看心里越冷，搜索出来的自闭症儿童症状，胡萌几乎每一条都能对上，比如眼睛完全无视任何人，喜欢盯着一样东西看，不分爸妈或者生人，叫名字没有反应，睡觉特别吵人……

彻夜未眠的胡一归，等黄月月去上班后，赶紧开车带着父亲和女儿，到了儿童医院，排队挂号，做各种检查。最后核磁共振的结果说孩子脑部间隙增宽，医生虽然语气温和，但是以胡萌的表现来看，九成是自闭症了。

胡一归脑袋一片空白，心瞬间坠入无底之洞！

父亲胡启泰叹了口气，说："都怪我，当初要是不强迫你结婚……"

胡一归心烦意乱："跟你没关系。"

回到家，胡一归从父亲手中抱过女儿，看着她吹弹可破的细腻皮肤，黑漆漆的眼珠，娇俏可爱的鼻子，红嘟嘟的嘴唇，肉滚滚的手，心如刀绞。如果一个可爱的生命，注定无法体会这世间的喜怒哀乐，不知道有人疼她，有人爱她，有人恨她，有人嫉妒她……活着的价值在哪里呢？

"我去买点下火药，牙痛。"胡启泰突然哑着嗓子说，似乎他上火，只是一瞬间的事。

"好。"胡一归回答父亲，怕自己钻牛角尖，打开手机音乐，抱着女儿疯狂地跳起快三快四，就好像紧紧抱着自己钟爱的小情人一样，一直跳得头晕眼花，大汗淋淋。

黄月月下班回来，看到他抱着女儿发疯似的跳舞，关掉他手机声音，好奇地问："太阳从西边出来了，你怎么提前回来了，爸爸呢？"

"他有点上火，买药去了。"

"晚上你想吃什么？我来做。"

"老婆做的任何东西，我都爱吃。"胡一归说。

"讨厌。"黄月月娇嗔，过来用脸亲了下女儿。女儿刚满月的时候，她喜欢用嘴去亲她，但是被胡一归严肃地制止了好几次，现在她也学会了，只用脸去亲女儿的脸。

他看着妻子眼角已显的皱纹，随意挽起的头发，打定主意，绝不能让她知道萌萌得自闭症的事，能瞒一天是一天！

第二天，胡一归借着酒劲，给黄月月买了一束玫瑰花，自然是受了一通嗔骂，等对方骂完了，说："老婆，跟你商量个事好不好？"

　　"你说！"

　　"你觉得我还有必要写东西吗？"

　　"那还用问？"

　　"老婆，是这样的，我觉得我写作进入了一个瓶颈期，需要找个安静的地方充下电，写作也是需要这样的环境……"

　　"你是想找个山清水秀的地方？"

"去山里来回折腾，成本太高，再说，我也离不开你们。我想租个公寓，平时看书写作，要是有客人来，也免得带回家吵到爸爸和孩子，你觉得怎么样？要是不好，就算了，我听你的。"

"孩子很吵吗？"

"也不是！"

黄月月沉默着。

"要不我还是找份工作吧，杂事太多，实在静不下心来写作。"

黄月月想想孩子的哭闹，确实对他影响太大，全家又对他寄予厚望。新房子比这个旧房子环境好很多，但重新装修和甲醛挥发，最少还得半年以上，便答应了。

胡一归得令后，第二天就找了中介，看了几套房，最后定了南山区的一个大半新，装修格局都不错的两室一厅，暂定半年。黄月月看了看，还是比较满意，就是嫌太贵了，不过想想胡一归写一本书出来，收入是租金的无数倍，也就认了，再加上自己又要上班，又要学一建，确实也没更多时间来管他。

女儿这样，胡一归目前想到能为她做的，就是多赚钱，就算以后自闭症再严重，也能让她衣食无忧。而他能想到的赚钱的方法，就是写新作品出来。如果每时每刻对着女儿，他怕自己要崩溃，也怕自己不小心跟妻子说漏嘴，只能暂时逃避一下。

可是他依然一点灵感也没有。

找不到灵感的胡一归更加疯狂地参加各种聚会，电视台的、影视公司的、网友的、车友论坛的，甚至是徒步团的……像所谓的名人一样，周旋于各个酒局之间，在推杯换盏中，得到众人的奉承和吹捧，来满足写不出东西的空虚和失落。

这一天，胡一归在一位电视台主持人的强烈要求下，参加了一个文化产业园升级的论坛，有不少熟人，都是在另外的公共活动中认识的。胡一归情绪不太高，打算跟邀请自己来的负责人抽空说几句话，算是给了对方面子，就提前走人。

一个瘦弱、苍白、眼睛下耷，阴气十足，带着病态女人气质的男人远远笑着走过来："胡老师，真是您啊，终于见到您了，太开心了。"

胡一归不太喜欢对方的气质和长相，客气地说："您好。"

"我就是看了您十年小说的兰花花啊。"

"啊？"胡一归大吃一惊，在他印象之中，从自己第一天在网上写文章，总会看到一个叫兰花花的网友，形影不离地追随自己，一直以为对方是个长得不怎么样的老女人，没想到竟然是个男人。

兰花花说："胡老师，我能和您坐一起吗？"

胡一归礼貌地把椅子挪了挪，以示自己的态度。

"胡老师，您太有才华了，您知道吗，我第一次看您的文章，还是十年前。当时您叫回回大师，第一个短篇叫《陌生人》，我当时就想，这个人天生就是写作的，怪不得敢叫这个名字。后来，又跟着您看长篇小说《人间少年》……您的书越写越好，我经常想象什么时候能见到您，可是，我知道自己根本进不了您的圈子。今天看到您，真是太激动了……"

饶是再矜持的人，也受不了一个十年粉丝的这般情意，从心里来说，胡一归是不喜欢这种类型的人，但是家教和理智告诉他，不应该对对方冷落，礼貌性地回道："我一直以为兰花花是个女孩子，没想到……"

兰花花表情十分丰富，眼神带点怯懦，但更多的是一种崇拜的目光："您写的《荒城》系列杂文，引起那么大轰动，我以为你从此会专职写作，没想到这以后，你反而写得少了。维权抄袭事件以后，你甚至突然在那家网站消失，我当时就想，您一定是个把梦想和现实平衡得特别好的人，果然，现在您的作品越来越棒，我真的没有看错人。"

虽然不喜欢对方阴郁的长相和潮湿的气味，可是这些话很受用，胡一归一直认真听着。正在这时，论坛主办人范总过来，举着酒杯对着胡一归这一桌客人道："大家自己照顾自己，我那边要陪几个远方来的客人，下次我们哥儿几个自己聚。来，举杯干了！对了，给你们介绍一下，这是当下深圳最热的作家胡一归，你们可以搜索一下他名字，几百万条信息呢。我买了他的一个小说版权，现在正在请编剧改编，已经备案了，计划一个月后就要开始拍摄。来，一归，我们喝一杯，抽空我俩聊个事。"

"什么事？"胡一归问。

范总在他耳边小声说："我花的大价钱请的编剧，改了五六稿，我都不满意，想请你亲自操刀，你有空不？我这边出二十万编剧费。"

胡一归愣了一下，自己写小说是有把握的，但是做编剧，还从来没做过，客气地谢绝了。不过为了感谢对方的信任，仰头把手中的白酒全喝了。

胡一归酒量不太坏，大概一斤白酒的量，可是陆续有其他桌的人过来，有的要跟他合作，有的要合影，有的就是看看他长什么样，但是无一例外，都要跟他干杯。一连喝了五杯下去，他已经非常难受了，正想推脱，兰花花突然站起来，跟那个向胡一归敬酒的中年肥硕女人说："姐，我是作家的兄弟，他今天不舒服，您一定要喝这杯酒，我替他干了。"

中年女人说："我明明看到大作家刚才一连干了好几杯，到我这里不喝了，不是瞧不起人吗？"

兰花花在她耳边说了一句什么，中年肥女立刻笑得花枝招展："好好，你代喝。"

之后，兰花花用类似手法，硬生生帮胡一归喝了二十多杯白酒，活动散场的时候，兰花花已经醉眼蒙眬，言语不清，走路东倒西歪。胡一归问不出他的住址和能联系的人，想人家是为自己挡酒醉成这样的，于情于理都该照顾他，便叫了代驾，和同酒桌的人把他搬上自己的车，回来后，又请代驾帮他把兰花花搬到自己家的沙发上，才付了钱让代驾走。

胡一归并没有照顾醉汉的经验，帮兰花花盖了一床毛毯后，冲了凉回到客厅，看到兰花花和着毛毯滚到地上，只当喝醉酒的人都会这样，毫不在意地去拉他，却发现兰花花好像是一堆几千公斤的烂泥一样，拉不动，只好抱他，哪里抱得动？想了一下，胡一归把他滚到毛毯里包起来，再抱到沙发上。没有几分钟，兰花花嘴里咕嘟着，又滚到地下，胡一归再次费尽九牛二虎之力把他抱上沙发。这时胡一归发现兰花花不对劲，嘴角有白沫，脸由刚才的红色变成紫色，慢慢变成黑色……

胡一归吓得冷汗直冒，手脚发抖，赶紧打了120。

十几分钟后，救护车到了，看着又是吐白沫又是全身乌黑的兰花花，胡一归的心快要从嗓子里跳出来。跟着救护车来的医生，一看就说酒精中毒，非常危险。几个人快速又有条不紊地把兰花花抬上救护车，胡一归抓起手机和钥匙也跟着上了车，一路上不住地祈求老天爷，不要让兰花花死在自己手上。

进了医院，医生快速问诊，开了药方，训练有素的护士给兰花花注入各种药物，接连打了六瓶吊水。胡一归一刻也不敢闭眼，看着对方的脸由黑变紫再变白，六瓶吊水快打完了兰花花终于醒了，胡一归紧张的情绪终于松弛下来，差点瘫倒在地。

"哥，谢谢你。"兰花花睁开眼后，听护士说他酒精中毒，是胡一归送他来医院并且守了一夜，感激地说。

"说什么呢，你是为我拦酒才这样的。"

"救护车是不是花了好多钱？等我发工资就还给你。"兰花花虚弱地说。

"少废话，对了，你本名叫什么？昨晚医生给你开药，我实在不知道你叫什么，就用了李华华这个名字。"胡一归感到好笑。

兰花花吃力地从移动病床上缓缓下来，在一边的休息椅上坐下，从包里掏出一张名片。

胡一归接过名片，方正，是一家视频公司的。

"去茶楼喝点粥吧。"

"吃不下，现在就想回去睡觉，哥，我陕西的，二十九岁，比你大还是比你小？"

"差不多大，你叫我哥吧，你实在不想吃早茶，我送你回去？"

"行吧。"兰花花有点软软地站起来，走了有十来米远，突然又跑到移动病床前，把胡一归家的毛毯给抱来。

"扔掉算了。"

"不能扔，你不要，我带回去。"

"你怎么知道这是我的？"

"医院移动病床哪有这么好的毛毯。"兰花花得意地说。

胡一归看他这样，有些难受，出医院打了车。兰花花住在南山区的一处老旧房子，屋里除了成堆的书，再找不出像样的东西，布满灰尘的老电视，一台不知用了多少年的笔记本，一张旧沙发。桌子上的方便面碗，蟑螂正在爬进爬出。

"你也是个文青！"胡一归故作轻松地说。

"是啊！"兰花花难为情地说，"写了十几年，没什么名堂。"

"你一直住这里吗？"

"搬过来快一年了，以前和几个文友在宝安那边待了好几年，整天不是写诗就是喝酒，我觉得自己要废掉了，去年找了份工作，搬到这里来了。"

"那些文友还在吗？"

"大部分都不在了，有的回了老家，有的找了工作，有的去了东莞，只有一个被招安，成了正式作家……"

胡一归庆幸自己没有一直做梦，更庆幸自己运气好，有了点看得见的成绩。看兰花花虚弱的样子，自己不宜久留，想留点钱，又觉得不妥，讲好让对方先休养几天，等下周两个人碰面再细聊。

等到周六，胡一归先是约兰花花到常去的五星级自助餐厅吃了午饭，然后带兰花花到万象城，借口自己想买点衣服，带着兰花花逛奢侈品店。

"我想去买个钱包。"胡一归看着前面不远的专柜说。

"那东西可贵得离谱。"兰花花看着胡一归眼睛所向的 LV 标志说。

"差不多。"胡一归轻描淡写地说，"用好点的东西，要少费事很多。"

不到十分钟，胡一归花了一万多为自己和兰花花一人买了只式样简单的 LV 钱包，兰花花让胡一归退掉自己的那一个，胡一归没理他。

"我想去买两件衣服。"胡一归又看着不远处的 Gianni Versace 说。

然后，胡一归又给兰花花买了跟自己同品牌的一件 T 恤。

胡一归还想带他逛的时候，兰花花说："哥，你要是这样，我就没办法再跟你待一起了，你把我当成个爱占小便宜的小混混了嘛。"

胡一归并不是个花钱大手大脚的人，但是兰花花为了替他挡酒，差点连命都丢了，让他很感动，今天带兰花花买东西，不过是一种补偿心理，他不愿意欠人东西。

"哥，你的钱也不是大水淌来的，也是熬了十多年才熬出来的，何必这么糟蹋呢。不要把那喝酒的事放心上，我替你做什么事，都特别开心。"兰花花说。

胡一归更感动了。

"你好久没写东西了。"兰花花说，"你应该继续写。"

胡一归止住脚步，他讨厌兰花花戳自己的疼处，说："你忙吧，我还有事先走了。"

只要隐藏背后的不堪，谁都可以假装过得洒脱自在。他每次看到服务小姐对他掏钱动作的迅速和优雅报以热情笑脸时，就会忘记没有写作灵感的痛苦。以前，通常他有计划地一季度买一次衣服，一次不会超过两套，一套绝不会超过两千块钱，但现在，只要他高兴，可以买大部分想买的品牌；以前，他最多一个月买一百五十块钱左右的书，但现在，只要高兴，可以随时买几千块钱的书；以前，当他想到哪里去玩的时候，第一件事是计算那笔路费，现在，只要高兴，他随时可以电话订机票；以前，他在那月租几千块钱的小公寓房里跟蟑螂和小白猫逗着玩，现在，只要高兴，他想住五星就有活动方安排住五星，想住度假村就有人主动帮他安排度假村。

只要不想孩子和写书的事，他就总是很高兴。

他的宴会越来越多，想邀请他的人数不胜数，节目，约稿，慕名的电话，除非把手机关了，不然，他真是抽不出一点时间为自己做点什么事。他太忙了，太忙了，越来越忙。有时候，一个朋友打电话问他在干什么的时候，他说在上海做节目，到下午再打电话，他说在北京和某个名人一起吃饭。

这些圈内人，虽然他们还是比较多地问起小白猫的事，胡一归也早已不以为意了。

鱼有鱼路，虾有虾道，他是靠这个成名的，因此不能强迫别人忘记这件事。

兰花花微信里说："哥，我看你每天都被人催稿，如果我是你，就把以前的旧文章翻出来给他们出版了，或者是请枪手帮写，反正署你的名，赚的钱也是你的。"

胡一归听了很反感，觉得兰花花心思不正，可是催稿的编辑多了，自己忍不住心思也活泛起来，但是请枪手代写，自己肯定做不到。当初几次签约却没有成功出书，不就是坚持不修改，坚持自己的文字底线吗？但是，既然没灵感，找旧稿来修补一下出版，倒是可行的，毕竟这些文字是自己亲生的孩子，哪怕先天不足。

他翻自己的旧笔记本，这才想起，当初绝望之下，把所有的文章都删除了，如果它们还活着，以自己现在的身份和身价，卖个好价钱不成问题，可惜后悔药没地儿买去。不过他倒是想到了一个好方法，开始动手在网络上搜索自己曾发表过的，但没有正式出版的文章。功夫不负有心人，终于找到一部几年前挖了一小半坑，因为反响平平而没有继续写下去的叫《女街》的长篇小说，然后用了一个半月时间，把它续写出来，好几家出版商争着要出版。他挑了一家出价最高的出版商，签了合同。

只要隐藏背后的不堪，谁都可以假装过得洒脱自在。

——《不要命的粉丝》

这一天，胡一归参加了一个新生代作家聚会，用餐时，一个高挑的穿着白色连衣裙小姑娘从另外一桌过来，把胡一归旁边的一个四十多岁男人肩膀一拍："大叔，求你个事呗。"

　　"什么？"大叔笑问。

　　"我想在您和作家中间加个位。"

　　"成人之美一直是我的优秀品质。"大叔对胡一归使了个眼色，然后把自己的椅子挪了挪，腾出一块地来，小姑娘拉过一把椅子，塞在两人之间，自自在在地坐下。

　　"大作家，帮我签个名呗。"小姑娘说。

胡一归冷眼看了一眼小姑娘，对方满脸的撒娇相，从书包里掏出了他所有出版的书。

胡一归有些意外，带一本作者的书要签名的见过，带所有的书要签名的，还是第一次，问："哪儿背来的？"

"当然从家里背来的，你以为你的书好买吗？常常断货好不好。"小姑娘说，"大作家，我叫雨琳。"

胡一归掏出笔，写道："愿小美女雨琳好好读书，天天向上。"

雨琳不高兴："人家是大人了好不好，我才不要好好读书呢。就想读你的书，你写错了，罚你吃完饭带我去散步。"

胡一归觉得这小孩子真好笑，不由得认真看了她一眼。这小姑娘灵气十足的眼，俏生生的嘴，粉红色的脸蛋，马尾长发，脖子上挂着一块芙蓉石，一笑就露出两个小酒窝。胡一归心里不由得暗叹，多么美好的青春！他不由得想起自己在她现在这个年龄时，好像整天趴在书桌上做题，哪有这般自在鲜活。

"你吃好了吗？"雨琳问。

"怎么？"

"我看你半天不吃，走，无聊死了。"雨琳不由分说，一把拉起他，往门外去。胡一归虽然不太高兴，但也没抗拒。

一出酒店，雨琳就蹦蹦跳跳起来："大作家你知道吗，我的理想就是像你一样当个著名的作家，你猜猜我现在写了多少字？"

"猜不出。"

"告诉你，吓死你啊，我已经写了一百三十万字的散文和小说，对了，你有空帮我指点指点呗。"

胡一归感觉有点乏味，一边答应："好呀。"一边扬手拦了辆的士。雨琳说："你要走吗？"

胡一归说："我叫的士送你回家，我还有点事。"

雨琳看着他，委屈地说："我那么讨人厌吗？你现在就要赶我走，你知道，我好不容易才见你一面。"

胡一归看她好像要哭起来的样子，又于心不忍，只好让的士先走了，自己又陪她走了一段。雨琳说："咦，你不是就住在这附近吗，为什么不带我去你家玩？"

连自己住附近她都知道，看来这姑娘确实对自己挺关注的，胡一归的虚荣心得到满足，但是带她回去，那是不可能的，便说："小女孩到一个陌生男人家，不方便，我送你上的士。"

只见雨琳突然把书包往他手上一塞，说："我要去洗手间了。"

话音未落，人已经像离弦的箭一样飞了出去。

大约十分钟后，雨琳像个落汤鸡一样跑过来，一脸的委屈："那个洗手盆的水龙头坏了，你看，我全身湿透了……你让我去你家洗个澡换套干衣服行不？"

"那我给你开个酒店，你去换衣服。"胡一归说。

雨琳委屈地要哭了："人家喜欢你那么久，就想看看你住什么样的一个地方嘛。"

胡一归想着一个小姑娘，让她湿淋淋地回去，也确实不合

适，让她到自己家换衣服，也不至于有什么，于是一边和她约
法三章一边往自己租的房子里走："第一，不许乱翻我东西；第
二，我是个有家室的男人，望你知晓；第三，换了衣服后，请立
刻离开。"

雨琳对他的话不置可否。他们很快到了胡一归租的房，雨琳
不住地惊叹："天！真漂亮，真有品位。"

惊叹了几句以后，雨琳就像回到自己的家一样自在，要胡一
归找他的睡衣来给她冲凉后换上。胡一归第一次碰到这么蛮横奇
怪的姑娘，只好把自己的睡衣拿出来。姑娘当着他的面把外面的
裙子脱了，然后穿着内衣裤进洗手间。胡一归目瞪口呆，因为他
无意中看到她短短的内裤后面，屁股上有一朵鲜红的玫瑰文身，
玫瑰花径穿过她的臀沟。

胡一归觉得自己不适合留在这里，转身出了门，边进电梯边
打电话。

"老婆，我晚上回来。"

"怎么，写作没灵感吗？"黄月月问。

"碰到个莫名其妙的小姑娘，估计也就刚成年，非要到我住
处，甩不掉。"胡一归说。

"要不要我出面？"黄月月问。

"不用，她看我不理她，应该会识趣地自己走了。"

黄月月虽然忙得要死，但是想起胡一归好几天没回来，想买
点好的，给他补补身子，便提前下班，买了他爱吃的虾和鱼，又

买了瓶红酒。刚到家，却又接到胡一归的电话，说那个小姑娘在自家的洗手间摔跤了，好像骨头断了，他晚上不回来吃饭。

她有点生气，却不知道胡一归更生气。

原来，自称雨琳的姑娘，冲完凉出来，没看到胡一归，就给他打电话，问他在哪里，胡一归说要回家陪老婆孩子，那姑娘突然就哎呀地惊天动地叫了一声，吓得他连忙问怎么了，她说自己不小心滑倒了，可能手骨断了。

胡一归本不想惹麻烦，现在人家小姑娘要是在自己家里有个三长两短，那真是跳进黄河也洗不清，只好反身往租房赶。一进门，雨琳穿着他又长又宽松的睡衣，问："你觉得我漂亮吗？"

胡一归看她的手安然无恙，扭头要走，姑娘一把抱住他。

"为什么那么讨厌我？"雨琳可怜巴巴地问。

胡一归用力推开她的手："雨琳，我是一个父亲，如果我的女儿将来到你这个年纪，跟一个有家有孩子的中年男人同居一室，我是绝对无法容忍的！"

雨琳松开抱他的手，说："你又没大我多少。"

"不是我大你多少的问题，而是我是个有家室的男人。"胡一归说。

雨琳悻悻然地坐到沙发上。

胡一归走到门外，冲着屋里说："你留宿一晚没问题，希望明天我来的时候你已经走了。"

说完摔门而出。

愿小美女雨琳好好读书，天天向上。

——《来路不明的小姑娘》

君
子
有
所
为
有
所
不
为

　　胡一归开车又往家赶，心情郁闷，有点怪自己在餐桌上心软，惹了个麻烦。他搞不懂现在的小姑娘怎么了，怎么一点不自重，也不怕危险，她父母就不管她吗？他想起胡萌来，下了决心，无论以后她是好是坏，但首先要教她懂得女孩子的安全底线，自尊自重永远是自保的最好武器。

　　等他回到家的时候，女儿在摇篮睡觉，父亲和黄月月正在吃饭，桌子上只有父亲喜欢吃的猪手，以及两盘看起来像是中午的剩菜。父亲正在数落："我就没见过你这样的女人，一点不知道心疼自己，他在外面吃香的喝辣的，你在家里省吃俭用，谁买你这人情！"

"怎么了？"胡一归问。

"你媳妇，听说你要回家，特意请假提前下班，买了一堆你爱吃的菜，听说你不回来吃饭了，就把菜全冻上了，说等你回来再做。"胡启泰说。

"没事，我不喜欢吃海鲜嘛，你看，这不都是我喜欢的吗？"黄月月指着一盘炒土豆丝和一盘小炒肉说。

"真是个傻女人！"胡一归摇头，坐下来，"饿死我了。"

"你等等，我把虾做了。"黄月月连忙起身。

"不，我就要吃这些。"胡一归拿起黄月月的筷子，夹了盘里的剩菜。

几个人匆匆把剩饭吃了，女儿也醒了，黄月月给孩子冲了奶粉喝了，然后胡一归抱着女儿，一家四口到附近的夜市逛了逛，顺便吃个夜宵。

"老公，你有没有觉得女儿说话太晚了？"黄月月问。

"听人说，晚说话的孩子有福气。"胡一归心里一惊，不知道老婆知道多少女儿的事。

"真的吗？那就好。"黄月月开心地说。

胡一归一边抱着女儿，一边拼命想黄月月喜欢吃的东西是什么，想了半天，竟然想不出。

"老婆，对不起！"他由衷地说。

"什么？"黄月月很意外。

"我想带你吃夜宵，可是一点也不记得你喜欢吃什么。"

"我不挑的，你们喜欢吃的我都喜欢。"黄月月说。

"真是个傻女人，快告诉我，你喜欢吃什么？"胡一归问。

"我最喜欢鱼煮豆腐，但是我看你和爸都不太爱吃，我就没做第二次。"黄月月笑。

胡一归心里又是一阵触动，执着地带着老婆孩子和父亲，把整条食街走了个遍，终于在一家湘菜馆找到了鱼煮豆腐。黄月月就着豆腐汤，又吃了整整两碗饭。

看着妻子满足的笑脸，胡一归觉得，这就是生活本来的面目。他从来没有如此深爱过身边的一切，此刻觉得自己就像是一棵正在肥沃的土壤里快乐生长的大树。

手机响了，是雨琳。

他按了。

手机再次响了。

"是那个小女孩？"黄月月问。

"不是她还有谁，都不知道她父母怎么教的。"胡一归厌烦地说。

对方发来了语音："大作家，不要生气嘛，我明天一早就走。"

"成年没有？"黄月月听了对方的语音后问。

"天知道。"

"什么事？"胡启泰听儿子儿媳说话，不解。

"有个小姑娘迷上她了，在他那边屋里。"黄月月打趣道。

"苍蝇不叮无缝的蛋，"胡启泰发脾气，"你不给人家机会，人家会跑到你那去？"

"你根本搞不懂情况，算了，不说了，她答应我明天走。"

想着那个小姑娘明天要走，胡一归也就把这事放下来了，晚上和黄月月商量自己接下来的写作计划，黄月月还是老话，家里事一概不用他操心，他全心写作就好。

第二天，怕去早了，雨琳还没走，直挨到午休后，胡一归回租房，打算写作。一打开门，他发现桌子上有一堆新衣服，全是大品牌，目测最少也花了七八万。雨琳正在吃薯片，看到他，连忙从包装袋里拿出几条底裤，说："看，这是给你买的，我在网上查了，说女人要想捆住心爱的男人，就要给他买底裤。我照着你阳台上的底裤码买的，你试试，看合适不。"

胡一归被雷得里焦外嫩，半天才回过神来："你怎么还没走？"

"我不舍得你啊。"

"你怎么有我家钥匙？"

"嘿，钥匙都放在鞋柜上，谁看不见？"

"你昨天不是答应我今天一早走？"

"逛了一天街，太累了，想去睡觉了。"雨琳起身说。

胡一归感觉要被这个小姑娘搞疯了。

"我是个处女，你像我这么大的时候，是处男吗？"雨琳突然问。

胡一归被问呆了。

"我们学校的女同学说，要是像我这么大的还是处女，很丢人。我倒不觉得，我觉得应该把最珍贵的第一次交给我喜欢的男人。学校里，没有一个我看得上的，我们老师有几个还可以，就是太迂腐无趣了，我喜欢你，你要我不？"雨琳漫不经心地说。

"你真的要赖在这里吗？"胡一归问。

"天都黑了……"雨琳委屈地说。

胡一归抓起自己放下来的车钥匙，边扭头出门边说："麻烦你真的走的时候，跟我说一声。"

他第一次感到自己老了，跟不上这个时代了，莫名其妙，想起自己觉得父亲很老的那一天来：

高考的前一天，父亲陪他住到考场附近一家安静的旅馆里。他嚷着说明天考的某一科，有一个问题一直没搞懂，要"开夜车"把它给弄懂，不然明天考试的时候碰到就完蛋了。其实他是希望父亲不要老是这么小心翼翼地盯着自己，这让他十分烦躁。

终于，父亲好像开窍了一样，说要给他买西瓜消暑，然后就跑出去了。

可是过了两个小时也没回来。

"这种没责任心的老子，不知跑来干什么。"他在心里鄙视地说。

又过了半个小时，旅馆的女服务员拎着一个大西瓜跑过来，说他父亲突然想起家里有一件非常紧急的事，需要连夜赶回去处理，叫他明天好好考试，不要担心任何事情。服务生走时，给胡一归留下了五百块钱，还叫胡一归不要担心旅馆的费用，他父亲半个月前就付了。

胡一归很庆幸，终于少了个老跟在自己身边的老累赘，他不喜欢那个无能的男人，他不喜欢父亲对自己学习太过在乎的样子，他讨厌因为自己参加高考而父亲表现出来的讨好的样子。他当然会好好考试，一定认真考，不为别的，其中一个重要理由就是要离开父亲，离父亲远远的，不再看到父亲那张让自己觉得烦恼和倒霉的脸。

胡一归很自在地考完后，回到旅馆，收拾东西打算去哪里好好玩一下。正准备离开时，那个送西瓜的女服务生来了，吞吞吐吐地告诉他，他父亲突然离开旅馆的真相——买西瓜回来过马路的时候，被一个骑摩托车的撞倒了，小腿骨折。

胡一归到医院，看到了受伤的爸爸，父子俩谁也没说话，交流了一下眼神，微微笑了一下，然后胡一归别过头去。胡一归和父亲都不是容易动情的人，多少年来，两人虽然在同一屋檐下，但都是各自自律，各自努力。但就在那样的一个笑容里，胡一归隐隐填实了两人之间的沟鸿和空白，也就是在那个微笑里，他确认父亲真的老了！

"爸，我毕业后挣到钱，就带你去做眼部手术，听说近视眼做手术很有效。"他说。

"也不要成天光想着挣钱，走上不该走的路。我的眼睛是老毛病，不要紧。"胡启泰安慰他说。

"保证不会，我会保证我用正当挣来的钱为你治眼睛。"他说。

上班后赚的第一笔工资，胡一归就全部给父亲寄回去，让他做了眼部手术。

也不要成天光想着挣钱，走上不该走的路……

——《君子有所为有所不为》

读书人要有读书人的样子

　　在出版社的强烈推荐和圈内朋友的大力吹捧下，新书《女街》闪亮登场了，一些记者和一些敏锐的八卦者老早就在伸长脖子等待着，等待在胡一归身上的又一轮奇迹。《绝恋》创造了近年来的文坛神话，它几乎席卷了老少青读者，少年把它当童话来读，青年人把它当《人鬼情未了》的中国版小说来读，上了年纪的人拿它当奇谈。

　　但所有人都失望了，这一轮有目的的炒作和吹捧，像一个绚丽夺目的大肥皂泡，小说一上市，肥皂泡就破灭了。读者骂声一片，真正的评论家连提都懒得提这本书，一些八卦的人痛骂，说从来没看过这么粗制滥造的恶俗小说，有两个在当地有点影响的作家更是毫不留情，说这是垃圾中的战斗机，居然还是一位大红的作家写出的，真是文坛悲哀。更有甚者炒起了旧事，说当初让胡一归大红大紫的堂吉诃德，根本就是商家和作者联合起来合演的一出戏，那些胡一归和堂吉诃德的照片，压根就是电脑合成的，世界上从来就没有这种会笑会哭会做怪动作的小白猫。

　　当初狠下心来用大价钱竞争得到胡一归稿件的出版社，没想到作品出版后却是这样，始料不及，只能加大宣传力度。跟着看热闹的人不少，可舍得掏钱买书的人却不多，更多的人是说风凉话，看胡一归的笑话，看他怎么收场，甚至有个网友戏称胡一归的新作是"书店毒药"。胡一归开始时还不在乎，反正一年也就写一本小说，再怎么差也比以前情况好，但是情况似乎不是想象的那样，只有一个月的时间，访谈节目、名人聚会、编辑约稿、记者采访，这些就陆陆续续退出了胡一归的生活。

　　繁华如梦！

　　而一个让人意想不到的情况是，纯粹以照片和三言两语连载的公众号文章《胡一归，一生只爱你一人》红得一塌糊涂。一个叫雨琳的十七岁高二女生，说她到某个城市流浪，碰到了当红作家，因意外被作家收留在家十多天，以两人的就餐照片为证，以胡一归的屋内摆设为证，以胡一归阳台上的内裤为证，以客厅里她穿着他的睡衣为证……虽然胡一归的面部打了马赛克，但只要有一点推理知识的人，就知道说的是他。连载的文章情感充沛，扣人心弦，悬念迭起，激情万分，让人想入非非。

胡一归终于领教到那小姑娘的厉害了。

他根本不知道那姑娘是什么时候走的，因为他不堪那姑娘电话和微信的骚扰，早就把她拉黑了。只知道有个周末，因为要拿一份资料，他让妻子黄月月去租房拿，妻子说，那个女孩子可能走了好几天了，因为里面没有一点烟火气。他才敢回到那里，换了门锁。

跟着这一浪潮的是一些无聊的记者，或是一些无聊的读者。他们通过各种渠道找到胡一归，问他是不是像雨琳的书里暗示的那样，是个情种？

胡一归无法解释，也不想解释，他还是相信那个小姑娘是无意的，只是因为一时鬼迷心窍，做出这些看起来有些下作的事。将心比心，自己的女儿要是有一天也这样，他希望成年人包容她，给她成长的空间和人生的指引。毕竟，父母养大一个孩子都不容易。

但是，读者或看热闹的人不这么认为，无论是到熟悉的书吧，还是到常去的咖啡厅，总有人会大方地说："胡一归？真是你啊，帮我签个名吧。"

当确认胡一归不是那种很摆谱的人后，就会问："胡一归，堂吉诃德是真的吗？雨琳是不是，跟你……是不是你红颜知己？那小姑娘挺漂亮啊。"

胡一归只好装聋作哑。

却说这天，胡启泰正带着小孙女在小区玩，一个穿着大红灯笼裤，白色宽松 T 恤，浓妆艳抹，快六十岁，长得像条鲶鱼的老女人走过来，神秘兮兮地问："大哥，大作家胡一归是您儿子吧？"

胡启泰自豪地说："是的。"

鲶鱼脸女人说："你儿子是个大名人，你要让他收敛点，对你们名声不好的。对了，他包养一个未成年小姑娘的事，他媳妇知道吗？可千万别让她知道，知道了肯定要吵架的，搞不好还会离婚……"

胡启泰脸上一阵红一阵白，心想儿子这段时间一直在家，对儿媳也是加倍的好，难道真是因为玩出了火？

"瞎说。"他制止鲶鱼脸女人说下去，虽然心里有疑问。

"真的呀，你搜索啊，好多你儿子的新闻的。他长得太帅了，我老早就关注他啦。要不是他已经结婚了，我还想给他介绍对象呢。我也不是特意知道的，他那个小情人，是跟我外孙同一个学校的，那小姑娘现在可出名了……"

胡启泰说自己有事，抱着孙女匆匆回了家，用儿子以前教自己的方法，搜索了新闻，看到了那个中学生写的"我爱你"之类的文章，气得差点吐血。

胡一归和人谈事情回来，一进门，像往常一样洗了手，把女儿抱进怀里亲。胡启泰脸冷冷地说："人要脸，树要皮！"

胡一归莫名其妙："怎么了？"

"我跟你妈离婚二十多年，我有需要吗？你说！我是个正常男人，我有没有需要？但我从来没带过任何一个女人回家，为什么？就是怕给你不好的影响，觉得我这个爹胡搞乱来，给你丢脸。你倒好，自己家里有老婆有孩子，还在外面乱搞。"胡启泰气愤地说。

　　"我怎么乱搞了？"胡一归受了委屈，音量也提高了几度。

　　"你看看网上乱七八糟的新闻，那个小姑娘是怎么回事？"

　　胡一归失笑："你不记得上次月月买菜回来，我没赶得及回家吃饭的事啦，不就是那小姑娘整的。"

　　胡启泰想起这事，放下心来，嘴里还硬："你反正给我小心点，读书人要有读书人的样子，不要让别人戳脊梁骨。"

　　"放心吧，老爸！"胡一归突然对父亲多了几分敬意。

他希望成年人包容她，给她成长的空间和人生的指引……

——《读书人要有读书人的样子》

土
豪
烧
名
牌

　　杨曦再次主动打来电话，先是恭喜胡一归新书出版，然后说她有个企业家朋友，认为胡一归的创意和才华都不错，希望能认识他，并且很想跟他合作。胡一归想想，最近有不少企业家想让自己做策划或合作电影，可能是这事，答应了。

　　等他赶到的时候，他们已经提前几分钟到那里了。杨曦可能是生活滋润的缘故，整个人胖了一圈，显得比以前更有女人味。那位企业家姓刘，五十多岁的样子，中等个子，骨架大，光头，眼睛里像水一样柔软，眼神却有一种凌历之气，带着一丝寒光，全身更散发出一种与生俱来的霸气。他的身边，还坐着一位身高不下一米七的漂亮女孩，也就是二十出头的样子。胡一归觉得很面熟，经杨曦介绍知道她是某市模特大赛一等奖的得主董小姐，胡一归恍然大悟。

男女均衡的相聚总是让人愉快的，董小姐像所有非文化人对文化人的崇拜一样，一见面就掏出胡一归的大作《绝恋》要他签名留念，胡一归很自然地像平常一样签名。杨曦突然坏坏地笑："一归同学，卡地亚的笔啊，以前送你，你不肯要，还说我装呢。"

胡一归笑了一下。

很漂亮地签了名后，把书合上，胡一归微笑着推给了对面的董小姐。搂着董小姐的刘企业家这时开口说话了，完全不顾人家受得了受不了："大作家，没想到文人还有你这么风光的。"

胡一归是何等自尊心强的人，说："不会吧，我是文人里混得最差的，还有比我更狼狈的？"

刘企业家笑笑说："这个就别谦虚了，在你之前，我认识的作家什么的，没一个不穷酸。我看了你写的东西，觉得你的创意和文笔都不错，想同你合作，不知你有没有兴趣？"

"合作什么呢？"胡一归客气地问。对方那盛气凌人、毫不转弯的态度让他很不舒服。

"我的故事呢，特别传奇，特别刺激，特别惊险，特别有……有……有意思……"刘企业家顿时眉飞色舞，嫌自己的表情和语言表达不够激情，一把推开刚才半搂半抱着的董小姐，用手来配合自己的语言，"要是说出来，会让所有人都流眼泪的，但是呢，又非常非常励志，一定会影响年轻人的，让他们明白，创业不容易，生活不容易。这样吧，你到我公司工作，了解我的为人，观察我的生活，看我怎么做事，帮我写一本书出来。"

"啊？"胡一归被对方这么赤裸裸的要求惊呆了，他以前也碰到过想请作家帮自己写传记的有钱人，但是，他们多少还有点害羞，会遮掩一下自己的目的。这么不要脸的，还真是第一次碰到。

"每月薪水一万，书稿完成后我另付你二十万，书付印后所有的收入都归你。"刘企业家双眼闪闪发光地说。

"你的意思是我帮你写书？"胡一归故意问。

"不是你帮我写书，就是帮我写船记。"

"船记？"胡一归没听懂。

"就是自传，我要我的名字在上面。"刘企业家说。

"噢，明白了，你是要让人帮你写传记。"胡一归假装现在才恍然大悟，身体挺得笔直，尽量平静地说，"谢谢您抬爱，这么好的事，恐怕我办不好。"

刘企业家说："对，就是那传记。为什么不写，是不是嫌钱少了？你可以提条件嘛。"

胡一归笑："最近比较忙。"

刘企业家哈哈大笑："这就有点矫情了，既然你这么忙，还跟一个小姑娘厮混这么久。"

胡一归矜持地笑了一下，他觉得没有必要向这个人解释。

"哈哈哈，不为钱你怎么会写《绝恋》？不为钱你又何必出《女街》？"

"为我自己写的。"胡一归被戳到痛处，语言还是要硬一下。

"为你自己写？我听说，你为自己写的东西卖不出去啊！那个什么《人间少年》，坦白地说，你后面所有的书加起来，都没它好，可它带给你什么了？你放下脸面，走商业化道路写的《绝恋》，让你赚得盘满'本'满，不是吗？到现在，你还没想通这问题？我不否认，我现在有不少钱，几辈子随便花都花不完，但我还想留点东西来证明自己，老实跟你讲，你用《绝恋》换来的名，实际上一钱不值，你不趁此机会好好捞点儿钱，总有一天你会一无所有，只要你答应我，帮我把这个书完成，我承'若'，一定让你得到更多好处。"刘企业家说。

胡一归听到对方把"钵满"说成"本满"，把"承诺"说成"承若"，一肚子怒火和羞辱就全消了，神情也恢复了自如。他知道自己这个毛病，但也恰恰是这种看起来很可笑的感觉，让自己有了更多自信，那就是在别人"不行"的地方，找到自己的"行"。

杨曦不高兴，反驳说："别拿作家跟你们这种商人比，我觉得他比很多人富有。"

"哈哈，富有？！别看他现在能穿范思哲，能穿阿曼尼，你知道真正的有钱人怎么穿衣的吗？他们不会听说阿曼尼好就去买阿曼尼，也不会一听说范思哲好就急着把范思哲牌子的东西抱回来，更不会一听说 LV 是名牌就去买 LV。他们用自己适合的风格，选择和自己的形象气质融合在一起的衣服和装饰。"然后刘企业家盯着胡一归的眼睛问道，"你有豪宅吗？有靓车吗？有家传珠宝吗？有成群的美女跟着你吗？一年可以出国玩几次？你家里有私人飞机吗？有游艇吗？如果你死了，有多少人会为你真心实意地哭泣难过？"

胡一归看着对方口不择言，心里有同情，有不适；有不屑，更有可悲。这个人连给企业家提鞋都配不上，顶多就是个没读什么书的暴发户而已，不知道杨曦怎么认识他的。

对方看他沉默的浅笑，恼羞成怒，突然把董小姐提的一个新 LV 包拿起来，把里面的东西一股脑倒到桌面上，然后，一边把 LV 包拿到蜡烛上去烧，一边说道："这种游戏你玩过没？一个包三万多块钱，你烧过没有？可能不大好玩，但挺新鲜的，新鲜的东西总是有点吸引人的，对吧？你现在用你那文人的脑子帮我分析一下 LV 和这蜡烛的哲学关系，也麻烦你用艺术家的眼光来观察这件事的美丽和丑陋，你能行不？做得到不？"

一阵烧焦的臭味散发出来，咖啡厅的服务生见多识广，果断地把包抢过去，熄了火，再把一壁已烧穿的 LV 包递过来。刘企业家顺手把它扔到一旁，对董小姐说："明天我陪你去买两个新的。"

胡一归嘴角再现一丝淡淡的嘲弄的笑，依然没作声。

杨曦忍不住说："真无聊。"

"哎，你悟性不足啊，真遗憾，你还没有那个叫雨琳的高中女生聪明，那个才是真正能当弄潮儿的人。我敢断言，不出几年，她就会在文坛玩得风生水起，我也敢肯定，你没有和她上过床，对吧？"刘企业家居高临下神气地说。

胡一归用沉默来对付刘企业家。

"太遗憾了，你文才有加，气势不足，你既不动脑子说服我——写书不用我自己的名字，也不承认名和利有它们互利的游戏规则。除非你洗洗脑子，不然你没法混下去，这样稀里糊涂地过日子，你会很惨的……"刘企业家还没说完，接到个电话，有急事要处理，于是挥手买单，连告别的招呼都没打，就起身往外走了。

各
自
的
生
活

　　董小姐没有半丝迟疑，问吧台要了个塑料袋，把桌子上散落的自己的东西扫进去，拎着塑料袋跟着土豪快速跑了出去。

　　杨曦看着他，叹了口气，说："对不起，老家的一个土豪，被当地人称为什么企业家，非要我帮他介绍一个作家写自传，没想到是这德性。"

　　"没关系，我知道你想帮我。"胡一归说。

　　"你懂就好，我知道你压力挺大的，又要供两套房，听说你孩子又……"

　　"你怎么知道我女儿的事？"胡一归很意外。

"前几天小白猫很急躁，我猜它是想你了，带它到你住的小区，想送回给你，远远看到你爸带着你女儿，正在和一个老太太说孙女自闭症的事，好像那老太太也有个孙子是自闭症。"杨曦说。

"你怎么认出我爸的？"

"能不认识吗？差点成了公公……讲笑的。是因为你女儿实在太漂亮了，真正的粉雕玉琢，我忍不住多看了几眼，然后听到他们的谈话。"

"我爸没认出来你？"

"我戴着墨镜，没戴任何首饰，穿着平常，又长肥了几大圈，他不可能认出我。"

胡一归忍不住叹了口气："黄月月还不知道女儿的事。"

"不可能吧？"

"她太忙了，早出晚归。不仅要兼职，还要考一建，失败了一次，现在第二次考，说是考了证一年可以多拿几万块钱，经常晚上只睡三四个小时……"

"你现在又不缺这点钱，还让她这么辛苦？"杨曦不满。

"她辛苦自立惯了，劝不了。"胡一归一脸心疼的表情。杨曦竟有些醋意了。

当年在学校，她一眼就迷上了他。他跟她认识的所有男人都不一样，有一种说不出的光环，也可能是情人眼里出西施。六年多时间，她跟着他东奔西跑，无怨无悔，尽自己一切所能，让他感到轻松、自在、无羁绊。当身边的同龄人在泡吧、泡妞、疯玩的时候，他在看书、看电影、写文章；当身边的同事在谈论房子、车子、票子的时候，他还是按自己的节奏，上班、看书、写文章；当身边的人都在谈论出国、暴富、公司上市时，他依然还是熬夜写作、看书、看电影，沉浸在自己的世界里。多少漂亮的女孩主动约他，撩骚他，甚至为他要死要活，可是他一直活得沉静而淡定，坚定不移地做自己要做的事。

让她决定跟他谈恋爱的是这样一件事。

在杨曦制造了很多次在学校图书馆和胡一归偶遇的机会后，胡一归对她开始没那么生分了。有一次两人从图书馆出来，杨曦问："你跟女人上过床吗？"

胡一归说："上过。"

"几个女人？"她穷追不舍。

"两个。"胡一归沉静地说。

"谁啊？"她好奇无比。

"这是我自己的私事。"胡一归说。

"告诉我呗。"她撒娇。

"这是个人隐私。"胡一归再次强调。

杨曦想，这个男人不错，有素质。

后来两人在一起了，饶是杨曦用了千百种变态问法，也没问出胡一归在她之前的两个女人是谁，每次他只说一句话："过去的事，不提。"

因为他对女人的态度，让她认定了他的人品和素质，也死心塌地地爱上了他。她看得太多，多少男人为了讨好另外一个女人，无底线地贬低自己的前妻、前女友，或者追求过自己的女人，更不消说是床伴了，甚至一些恶劣的聚会场合，男人们会分享对同一个女人的感受。而他，看起来很无情很冷漠，却维护了真正的做人的尊严，这是一种骨子里的高贵。不管他和曾经的女人有没有爱，他保守着某个阶段只属于两个人的秘密。

　　她知道他的梦想、他的追求，但是也知道他的现状和无奈，所以，她从来不逼他。不过，她终归只是个小女人，需要男友的呵护和疼爱，可是两个人之间，始终隔着一层看不见的厚厚的墙，中间有好多次，她想放弃这段感情，她甚至试着和其他男人交往，但他们身上的那种庸俗、直白、无趣、浅薄，让她觉得无聊透顶。

　　自从结婚以后，她慢慢明白，自己和胡一归其实是同一类人，都是悬在半空生活的人，需要一个接地气的伴侣，带他们回归现实。这种现实，无关金钱，甚至无关理想，就是一种面对面、心对心的放松和信任，是一种能容忍彼此的不完美、恶习、小可笑、小无赖的默契，是一种知道彼此不是自己最爱，但是走到今日，对方是自己最合适的那个尘世伴侣，是知道求而不得后，真正的懂得和珍惜。

　　"你想爱玛回来吗？"杨曦问。

　　"它还会要我吗？"胡一归苦笑。

"这小家伙很有灵性，我觉得她很想你。"

胡一归愣了一下。

"对了，那个……你要是有需要，我这里随时可以拿些钱来周转一下。"

胡一归羞得满脸通红："谢谢，我自己的事搞得定。"

两人压抑着情感，告别！胡一归虽然在土豪商人那里装得淡定，心里还是起了波澜！自己多年引以为傲的理想和文字，在一个所谓的成功商人眼中，如此一钱不值。但是，他又怎么能丢弃这来之不易的名声和赖以生存的谋生手段。他已经习惯了躲在这样一个表面安全又体面的角落里，继续造自己的梦。

他要做的，就是写出好作品来，真正的好作品。但是，他的灵感和文思像多年干旱的稻田，连根野草都长不出来了。他又开始写开头，写了删，删了写，一个月过去了，自己感觉不错的一个新长篇，留下了十七个字——题目四个字，加上开篇第一句话的十三个字。

有一天，他带着兰花花到一家商场买女儿的用品，身边的两个女人边拿货物边聊天，一个说："最近股市行情不错呀，你进了不少吧？"

另一个说："是啊，好在听了你的话，我都赚了不少。"

兰花花说："大哥，最近我也听说股市行情不错，我看你花钱也习惯了，把钱花了不如去炒股，说不定能有好收益呢。我有个朋友在长红证券公司开的户，听说那里经常有炒股的内幕消息，你试试？”

炒股！胡一归突然精神大振，自己一个职业写手，一边写作一边炒股不是最好的选择吗？这样可以赚很多钱，早点实现财务自由，那样，自闭症的女儿有保障，辛苦的黄月月也可以换一种生活了！

说干就干！

韭菜的快乐

长红证券公司位于福田的中心区，装修得宽敞明亮。大厅里有面对面两排的交易电脑，一些大妈和老头儿坐在里面，有的交头接耳，有的认真看 K 线图。开户台里，两个穿着黑色西装、白色衬衣的服务人员微笑站立聊着天。

胡一归一进证券公司的大厅，一个穿着黑色西装的客户经理就热情地迎了上来。

"请问怎么开户？"胡一归主动问。

"先生您这边请，"客户经理把他带到前台，"请问您有自己熟悉的经理吗？"

"没有，我是听朋友说你们很厉害，特意找来的。"胡一归说。

经理立刻笑了："您真聪明，在深圳，我们的口碑确实是非常好的，如果您没有指定的客户经理，今天我为您服务，您先坐一下，我拿资料过来。"

胡一归在对方的带领下，坐到了客服区的一张空桌子前。客户经理端来了一杯水，然后拿来一大沓资料，风险评测、证券买卖委托合同、指定交易协议书、沪深账户申请表、证券委托交易协议书、银券委托协议书……根本没有时间细看，胡一归在对方的指点下，签了许多次自己的名字，设置了无数的密码，总算是把手续给办好了，又在客户经理的指点下，下载了手机交易软件，试着转了五十万进来，又转了几块钱出去，看软件好不好使。

客户经理斜眼一看，胡一归一出手，也不避嫌，就转了这么一笔钱进来，料定他是个有钱人，不动声色地嘱咐他要记好密码，不要把交易密码和银行的取款密码搞混了，然后亲自送他下楼。一直送他到证券公司营业厅大楼的外面，才轻描淡写地说："胡先生以后有任何证券上的事，都可以随时电话联系我，您资料卡里有我的联系方式，对了，您关注一下种业类股票。"

"我还不太熟，具体哪支股呢？"

"这个，我们说得太细是违规违法的。这样吧，我也不敢肯定，我个人看好的有敦煌种业，您关注一下。"

"好。"

胡一归心里并没有打算听信客户经理的话，在网上埋头做了三天的功课后，买了自己最看好的地产股，哪知道一买进，这只股每天都跌一点，跟钝刀子割肉似的，看得他火冒三丈，却无可奈何。他突然想起自己的客户经理说起的敦煌种业，打开一看，眼睛一下子就直了，逆势之下，这只股票竟然涨了，甚至还有个涨停板。

胡一归赶紧翻资料，找那个客户经理的联系方式，电话一通，对方就知道是他，问他操作得怎么样。胡一归不好意思说自己不信任对方，没买对方说的那个股票，只说还不错，问对方还有没有合适的股票。

客户经理非常谨慎地说："胡总，不好意思，我们证券公司有规定，是不能教客户炒股的，这样是违规违法的，甚至要坐牢。"

胡一归怎么问，对方都不肯透露一点信息，于是在一个股票好友群里，问一些刚认识的股友应该怎么办。群友说，证券公司的人，要是指定客户买哪只股，是真的要坐牢，让胡一归抽出时间，亲自找那个客户经理吃饭，当面拿点内幕消息，这样既靠谱又安全。

胡一归觉得这样也对，打电话请对方吃饭，果然，对方爽快地应约，在胡一归最喜欢的自助餐厅吃饭时，告诉了胡一归一只新的股票。

第二天一开盘，胡一归就卖掉了地产股，全仓买进了客户经理说的股票。

几个交易日，胡一归的五十万，变成了六十一万！

他像做梦一样，看着证券账户里的数字，不敢相信赚钱这么容易。想想那些起早贪黑的上班族，不，就想想曾经的自己吧，一周工作六天，每天最少八九个小时，周末还随时待命，一个月也就拿一万几千块钱。这还是读了十几年书的学霸从名校出来才得到的机会，不仅要随时看老板脸色，维护同事间的关系，还要揣测客户的需求。可是炒股票，一部手机，有无线网，就什么都搞定了，谁也不求，什么也不管，自己以前怎么那么傻，还天天要上班呢！为什么还要一个字一个字地抠故事？只要这样下去，要不了几年，他就可以还清房贷，换上豪车，甚至是买上游艇，带着全家环游世界。

怪不得网上流行的一个段子这样说的：

"穷"字，怎么写？

"宀"，固定地方，工厂、单位。

"八"，八小时。

"力"，拼命干！

意思就是，在固定单位，每天八小时，拼命干！

胡一归没有犹豫，将所有银行卡里的钱，全部转进了证券账户。

现在，他把女儿的事抛诸脑后，对小说完全没有兴趣，粉丝们的恭维让他感到可笑，口碑再好的新电影也不能让他离开 K

线图，甚至连出版社的编辑找他谈小说合作的事，他也懒得搭理。K线图的跌宕起伏，红绿交替，年线、月线、日线、分时线，量能，换手率……比小说带来的刺激和快感大太多太多了。那是实实在在的金钱游戏和时机的把握，是对一个人的运气和人性的极大挑战。

当他再去找那个客户经理的时候，人家爱搭不理的，跟他讲，自己本来就是以个人看法来说股票的，之所以让他赚了，也是他的运气。而当胡一归三番五次地邀请客户经理吃饭后，客户经理终于说实话了，自己私下参与了一个私募基金，胡一归知道的股票，就是私募操盘的原因，如果胡一归信任他的话，就让他的朋友来操盘。

"怎么操作？"胡一归好奇地问。

客户经理告诉胡一归，胡一归的所有证券手续，一丝不变，还是在这家证券公司，稍微不同的是，胡一归的账号和密码，要告诉自己私募操盘的朋友。客户经理那个朋友现在已经代十几个大客户理财了，由客户经理的朋友帮忙交易，亏的话，对方不承担责任；如果赚的话，三七分成，也就是说，如果胡一归的钱赚了一百万，对方得三十万，胡一归自己得七十万，半月一结账。

胡一归想，三七分成，也不是不可以，但是，这个依赖关系，肯定是不长久的，万一这个客户经理出了意外，或是这个私募操盘朋友没内幕了呢？既然股市里有许多人发财，他胡一归的智商不差任何人，他完全可以自学技术，从此靠这个生活，只要中国股市存在，他胡一归就不怕没饭吃。

求人不如求己。

他跑进书店，买了三十多本证券类的书回来。各种门派，各种技术，各种指标，看得他晕头转向。有几个晚上，为了搞懂怎么看上市公司的公开报表，他通宵未睡，但是一到交易时间，依然精神抖擞。有时候回家看女儿，黄月月或者父亲说他都忘记了这个家了，他就借口写新书，跑到租房，埋头苦学。

看了将近二十本炒股书后——胡一归把之前赚的，全部亏完了。

之后，心急的他频繁操作，也就越割肉亏得越多，本来是亏不了那么多的，但因为求财心切的他不住地换股票，倒霉的他跟着跌得最厉害的股票一路下行，跟着下来后，就一直往下滚，像是失足从山坡上往下滚的圆球一样。要不是兰花花的好朋友——一个叫做"财神爷"的，临时告诉他两支股票，让他捞回一笔，暂时挡住了往下滚的趋势，他险些亏断了气。

这一天，心烦气躁的胡一归盘算了一下自己的股票市值，折合人民币二十多万，是当初入市时的二分之一，他想收手，但实在心有不甘。财神爷安慰他，不要灰心，炒股炒的就是信心、耐心，并透露有一支潜力股，如果胡一归想翻身，一定不能放过这次机会，因为有人打算把这只股价翻三倍。

胡一归决定想办法弄到一笔大钱，投入到股市，可大舅子突然来了。

亲戚来了

父亲抱着女儿来开门，胡一归把新买的彩色字母积木在女儿面前晃了晃，见女儿脸上无乐无喜，心里又烦躁又难过。这么漂亮的宝贝，真不敢想象她未来的日子怎么过。胡一归把她抱过来亲了亲脸，问："月月呢？"

胡启泰说："没给你说？她哥两个月前喝多了酒，脑出血，在县城动手术，但那里医疗水平有限。她妈就陪她哥到深圳来了，说是复查，现在她陪他们看医生去了。"

胡一归这才看到客厅里堆成一座小山似的行李堆，脑袋一下子就大了。看这架势，他们不会只是住三两天的，不知道一个病人和一个老年妇女，如何拿得动这么多行李。

　　猜到妻子怕自己不想惹麻烦，所以来个先斩后奏。想她也是用心良苦，便主动打电话去问情况。黄月月带着歉意说，陪哥哥在医院检查，还得一会儿，让他们自己先弄吃的。

　　胡一归这次回来，是打了如意算盘的，自己转给黄月月有近五百万，买房应该花了四百万，以黄月月的节约个性，去掉新房子装修，怎么着，手上也还有三五十万，让她先拿出一部分，应该没问题。

　　拿这笔钱，跟着财神爷炒股一年，三倍，日子会轻松多了，再说自己的炒股水平越来越好，以后肯定会赚得更多。

　　胡一归给附近的酒楼打了个电话，让他们晚餐时间送六菜一汤过来。

　　父子俩逗弄着对外界完全无视的胡萌。

　　胡启泰说："要不你再生个老二吧，趁我还有精力，帮你们带带。"

　　"不生。"

　　"你现在经济条件也不差，生个老二。"

　　"说了不生，把这个养好就行了。"胡一归抱着女儿，看着她嫩嫩的脸，坚定地说。

　　"生老二有伴。"胡启泰坚持想说服儿子。

　　"你想生自己生去，我不生。"胡一归说。

　　胡启泰只好闭了嘴。

直到晚餐时间，黄月月他们才回来。老太太可能是这段时间太操心，又黑又瘦，大圆脸变得又干又瘪。大舅子更是吓了胡一归一跳，两年时间而已，竟然胖了好几圈，更可怕的是，口歪眼斜，左手完全不能动，右腿勉强能拖动着走，几乎无法自理。这跟当初那个让人惊艳的名伶形象，已是天壤之别了。

和和气气吃完饭，黄月月说："爸，我哥和我妈要在这里住一段时间，我妈住书房，我哥暂时和你挤一间房，我哥要是晚上有什么不方便的，能麻烦你照顾一下他吗？"

胡启泰说："行。"

胡一归听了，心里有点不是滋味，父亲虽然无权无势，只是个谨小慎微的人，但自己从来不会指使他做什么，黄月月表面是求人，实则是指手画脚地安排。

老太太说路上照顾病人，累惨了，吃完饭就冲凉睡了，于是整个家里，除了女儿偶然的哭声或哼呀声，就一直听到这兄妹俩的声音。

黄月月："爸，帮我哥扶到洗手间行吗？"

她哥："亲家，能麻烦您帮我拉上裤子吗？"

黄月月："爸，能帮我哥把药给拆开吗？"

她哥："亲家，我手不方便，您能给我把手机捡起来吗？"

……

不能在书房上网看书的胡一归，不得不在客厅陪女儿玩。他听到这话，实在是忍无可忍，跑到房间，压低声音气呼呼地问黄月月："我爸六十多了，你让他照顾你哥，合适吗？"

"我只有一双手，又忙家务又要管孩子，还要整理东西。你爸不搭把手，你来帮我哥？"

胡一归拿起手机，准备给岳母和大舅子订酒店，突然想起还要从黄月月那里拿钱炒股的事，竭力地忍耐着，等到大人小孩都安排妥当，已是夜里十二点多了。

床上，女儿在两人中间，胡一归盯着女儿的脸看了半天，说："孩子慢慢大了，需要父母亲自照顾，要不你辞职吧。"

黄月月想了想，说："我也是这么想的，一建的成绩下来了，我全部通过了，现在就是不上班，挂靠在老单位，一年也有几万收入。但是这样的话，全家担子都压你身上，是不是太重了？"

"我是男人！"

黄月月隔着女儿，伸出手，与胡一归的手十指相扣。

"跟你商量件事。"

"嗯，你说。"

"我最近认识了一个做私募的，很厉害，他承诺我跟他炒股，一年可以翻三倍，你手上应该还有点钱吧，先拿出来好不好？我现在写东西也没灵感，估计一时半会儿没收入。"

黄月月一听这话，猛地抽回手："这个话你也信？他们能赚这么多钱，还轮得到你？"

胡一归为了拿到钱，把这段时间的操作，避重就轻地说了。

总之，自己做，亏了，但是跟着对方做，不仅把亏的补回来，还能赚。

黄月月说："还是安心写东西吧，你没炒股的天赋。当初那么穷，压力那么大，你不也灵感很多吗？"

胡一归叹了口气："孩子大了，要花钱；父亲养老，要花钱；你这么辛苦，我也难受。我想能利用手上的余钱多赚点钱，这样就不用这么惶恐了。"

"没钱了，都花了，又是买房又是装修。"黄月月滑进被子里，准备闭眼睡觉。

胡一归把手机拿出来，打开手机银行，边看转账记录边说："我转给你几百万，是相信你比我会理财。现在我想做点事，拿回几十万，你这态度，以后我还怎么信任你？"

黄月月只好从被子里钻出来，鼓足勇气，坦白了："老公，对不起！"

"什么？"

黄月月小心地说："是这样的，买房子各种税费付清之后，我手上还剩下六十来万，装修花了二十多万，另外的三十万，借给我哥做首付，在县城贷款买了套房。"

"县城什么房，首付都要三十多万？你不是说你那穷县房价才五六千？"

"我哥他心大，又说两家的父母都年迈，想接到一起，就买了个一百五十多平方米的房子。因为这个房子，我哥娶上了媳妇，孩子刚生。我跟你讲过，可能是你一直忙着出书写书的事，没怎么记得。"

胡一归一直在金钱上对黄月月百分之百信任，仅因为当初自己两手空空时，她出大头买婚房，还因为她对自己理想的倾力支持，所以，小说卖出任何版权，他虽然没有一分一毫告诉她，但几乎是每次都把大头给她。但是现在，当知道她没有经过自己同意，就把钱给她哥买房时，还是有些生气："你哥这么大年纪了，老吹牛自己是团长，连买房子都要妹妹出钱？"

黄月月底气不足地解释说："他只是借，又不是不还。"

胡一归掀起被子下床，出了卧室，发现沙发上有一个人影，伸手开灯，只见老爸在那里抱头弯腰坐着，衰老而萎靡的样子，看到胡一归，连忙坐直了腰。

"怎么不睡？"父子俩同时问对方。

"鼾声太大，睡不着，我又怕翻身碰到他，出来坐坐。"

胡一归听了一下，果然，房间里雷鸣般的鼾声传来。

"唉，我害了你，就不该逼你结婚。"胡启泰叹道。

"跟你无关，明天我给他们开酒店，让他们出去住。"胡一归说。

"多费钱啊，还不知道要住多久呢，听她哥的意思，他已经没工作了，他妈让他在这边把病治好再回去，不然，他老婆要跟他离婚。"

胡一归一听这话，脑袋都要炸了："他病了，怎么赖上我了？"

"你太善良，又好面子，应该强硬一点，她娘家不该管的事，坚决不能让她管！"

"亲家公，我要上洗手间，能帮我一把吗？"黄见德的声音传来。

胡启泰站起来准备去帮手，胡一归把他爸按下来，大声应道："我爸有点不舒服，我来。"说完，进卧室，对黄月月说，"你哥要起夜，你去帮他吧。"

黄月月知道偷用家里的钱帮哥哥买房，理亏，有点不耐烦地对着她哥的房间说："明知道不会喝，还非喝，喝成这个鸟样，胖得跟个水桶一样，起床都起不了，你打算一辈子这样？"

等她把她哥安排好了，回到房间，胡一归这次再不是商量的语气，说："明天我给你妈和你哥在外面开酒店，一个月够不够？"

"家里有地方住，为什么要出去开酒店浪费钱？"

"你想好了，要不你哥和你妈出去住，要不我和我爸出去住。"

黄月月看胡一归突然之间语气这么冷漠，知道触到他底线了，说："不用开什么酒店，小区旁边不是有个快捷酒店吗？上次我老家有同学来，就在那住的，一个晚上不到两百，开一周就好了，那时候检查结果也出来了，到时候我劝他们早点回老家。"

初战告捷，胡一归心里有种隐隐的快感。以前，他总是怕麻烦，怕吵架失了体面，和黄月月一有冲突，自己不是忍耐就是沉默或是逃避。看来夫妻之道，不是东风压倒西风，就是西风压倒东风啊！

岳母听女儿说让他们娘俩儿在外面住，气得哭了一场，觉得是被女婿嫌弃；后来听女儿说，女婿写书需要安静的环境，供房子养孩子养车子都指望他写书赚钱，就不好意思再哭了；等知道在外面住一晚上要花近两百，心疼得直咋舌；再后来知道每天还是能到黄月月家里来吃饭，心里就没这么堵了。

黄月月哥哥的检查结果全部出来了，除了脑出血，还有高血糖、高血脂。想住院一下子变成完全健康的人是不可能的。

医生的建议是，加强康复锻炼，慢慢减肥，如果恢复得好，一年时间，做到自理是可以的，前提是舍得花时间和力气做康复训练。

胡一归松了一口气，知道岳母和大舅子很快就会离开深圳了。

晚上全家一起吃饭，岳母抱着胡萌，突然哭了起来："还是这娃命好，爹有出息，娘有本事，有好房子住、好车子坐，你表弟可怜啊！"

胡一归莫名其妙地看着岳母。

黄见德叹了口气，用那只还能动的手，缓慢地笨拙地吃饭、夹菜。

援
手

　　岳母边抹着眼泪边说："他老婆比他小一轮，本来是指望住大房子过好日子的，没想到孩子刚一生，他就这样了，赚不到钱，还背了一屁股房贷。我们来这里的这些天，她每天打电话要死要活的，说如果再不给她钱生活，她就要把孩子扔下，和他离婚。你说，他这个年纪，好不容易结了婚，有了孩子，要是离了，到哪里去找老婆？"

　　胡一归好奇地问："房贷多少？"

　　胡启泰踢了儿子一脚，但是晚了。

　　岳母立刻说："他非要买那么大房子，每个月还四千多房贷，现在又不能工作，三口人要养，县城里吃喝拉撒，一个月怎么着也要花两三千吧，一个月没有八千，他还怎么活下去啊……"

黄月月没作声。

胡一归刚想说车到山前必有路，又被父亲在桌子底下踢了一脚，闭了嘴。

当天晚上，胡启泰借口带孙女见一个早教老师，把胡一归叫了出去。

胡启泰看行人少，就说："你可千万别答应养你大舅子一家？"

胡一归笑道："爸，你想什么呢，他一大男人，怎么可能要我养他们一家？"

胡启泰摇头叹息："你这个呆子，没看出来？你丈母娘亲自带着残疾儿子到深圳来检查，你以为真为了检查？他中风那么久，哪里不能检查？这明显是来向她女儿下威，让你们养他们的。"

胡一归摇头："不可能不可能，你想多了，天下没这么无耻的人。

胡启泰说："不管你信不信，我把话撂这儿，无论如何，你不能答应养他们，这就是个无底洞。黄月月立场不坚定，你得坚定了。"

胡一归还是笑父亲想得太多，把人想得太坏。

但是，除了例行每天在吃饭的时候半泣半诉儿媳妇要离婚，儿子一家活不下去的事外，岳母和大舅子根本就没有离开深圳的意思。检查结果出来都二十多天了，他们现在把快捷酒店当成家，白天来黄月月家里当成上班了。上班的主要工作不是逗孩子，就是说大舅子的老婆、房子要保不住的事。

黄月月已经不说话了，从她的表现来看，可能他们早就跟她说过这事。她假装不知道、不掺和，最多是在饭桌上她妈哭诉的时候，说一句："老说这些，烦不烦啊，吃饭吃饭。"

胡启泰和儿子都是好面子的人，他们虽然在小城生活，但一辈子都是自律而克制，以自给自足、不麻烦别人为行为准则，更是把有自尊心当成天下第一美德。

碰到黄月月她妈这样的人，还真是不知道该怎么处理：赶他们走吧，撕不下这个脸；不赶吧，每天看她哭，真是倒尽胃口。

黄见德已经自动屏蔽所有有关他的讨论，假装自己不存在，假装母亲和妹妹一家人不是为了自己的未来而在暗暗较劲。

胡一归对金钱向来没什么概念，作为小市民胡启泰的儿子，虽然没富过，更没贵过，但也好像没怎么太缺钱过。他的生活费，从小到大都是同学里中等偏上的水平，不穿名牌，但也干干净净，不大吃大喝，但也营养充足。他也早就从高中的时候，学会用父亲给的不多的生活费体体面面地维持一切开销，这种习惯，一直保持到结婚前的失业。也因为这种量力而行的个性，他没有像其他胆大的同学一样抓到买房暴富的机会，可也没有像那种不留过夜粮的同学只管今朝有酒今朝醉。好几次，他灵光一闪，想答应岳母，养大舅子一家，把他们打发了事。但父亲好像会读心术一样，立刻在他做口头承诺之前，找他意味深长地谈话，然后反复帮他算一笔账："你大舅子又懒又馋又好面子又不思进取，他儿子刚出生几个月，房贷加生活费，再加那孩子的读书费用，一年十万要不要？等到他儿子上完大学，起码要二十年。就不算货币贬值，你得帮他准备两百万，他年龄越来越大，病情越来越严重……你算算这笔账吧。"

经父亲这么一算，胡一归吓得再也不敢接话了。

有一天晚上，黄月月看胡一归抱着女儿在哼歌，就说："唉，我妈和我哥来这里都好久了，花了将近两万了，包括住宿费，买衣物、鞋子、药，做康复之类的，怎么办呢？"

"他们是怎么个意思？"胡一归问。

"他们在这里，你也没心思写书，我们的生活完全被打乱，爸爸也休息不好。要不，每个月给他们几千块钱？"黄月月商量地问。

"给多久？"

"我也不知道啊，先答应给半年吧，不把他们打发走，我们的新家也没办法搬，你去新房子看了没有？"

妻子话都说到这份上了，胡一归肯定是不能让她再为难了。

第二天他们来家里吃饭，胡一归主动说："妈，哥，我想了一下，人都会碰到难处，哥现在身体不便，我每个月支援一点。"

岳母立刻问："支援多少？"

“一万。”

黄月月呆了一下，胡启泰也狠狠瞪了儿子一眼，岳母和大舅子相视笑起来了。

胡一归说："每个月一万，支援你一年。我听医生说了，你只要努力做康复训练，最多一年就能完全自理。到时候我们再想办法给你凑点钱做个小生意，让你老婆去上班，日子应该还是没问题的。"

岳母听到这话，立刻说："没问题没问题，肯定没问题，我替我孙子谢谢你啊！到底是读书人，又是大作家，就是明事理。"

拿到第一个月一万块钱的大舅子，立刻让妹妹帮买了车票回老家，一天都没有耽误。

胡一归想起第一次见大舅子，他来参加自己的婚宴时的那种洒脱和大方，不由得感慨万千，人有什么都别有病，没什么都别没钱！

……不由得感慨万千，人有什么都别有病，没什么都别没钱！

——《援手》

子
欲
养
而
亲
不
待

　　岳母他们一走，黄月月立刻着手收拾东西，打包杂物。除了父亲要一直带着女儿，胡一归和妻子忙了整整一天还没有搞定，到了晚上十一点多，还没有吃晚饭。胡一归感慨道："平时没觉得，怎么打起包来，东西没完没了地冒出来。累死我了。"

　　黄月月一头的汗，笑道："知道辛苦了？你知道装修比这个打包要辛苦一百倍不止吗？盯材料、盯工人，看他们有没有偷工减料，有没有使坏。你觉得你挣到钱给我买房、给我装修，你好厉害。你知道你出钱，我这是出命啊！"

　　胡一归知道妻子在开玩笑，伸手想抱她一下，走近一看，大惊失色，只见黄月月的鬓角、前额有零星可见的白发。

那个白嫩俊俏，半夜溜到自己的公寓，仰头索要亲吻的小姑娘哪里去了？

他一伸手把黄月月揽进怀里，吻她头上的白发。黄月月倒有些不好意思了："死开，都老夫老妻了，煽什么情嘛。"

胡一归一把捉住她的手，想吻她，却摸到黄月月的手又粗又糙，翻过来一看，不是伤口就是老茧，责问她："怎么了？怎么成这样了？"

黄月月一点都不在意："没什么，前段时间，铺地板砖的工人把砖放在楼道口，挡住了安全楼道。工人周六周日放假嘛，管理处找我，我又不舍得叫小工，他们一天要五百多呢。我想着自己有空，就把地板砖都搬到了屋里，然后就这样了。没事，早好了。"

胡一归心想妻子为了节约几百块钱，手都成农妇的手了，可是自己却鬼迷心窍，把几十万的资金扔到资本市场，水泡都不冒一个，顿时觉得自己简直像个畜生，认真地说："不许你以后为了节约钱，把自己当牲口使唤了。"

黄月月说："别娇情了，一个人长一双手，不就是做事的吗？哪有这么娇气。你早点冲凉睡觉吧，我再看看还有什么没收拾好的。唉，女儿的玩具太多了，都不知道你浪费了多少钱。"

第二天一早，胡一归醒过来，发现黄月月还在整理东西，问她："没睡？"

黄月月说自己睡了，看他睡得香，没忍心叫醒他，爸爸已经带女儿下去吃早餐了，订的搬家车还有半个小时就到。她又把全家人重要的证件和物件整理了一遍，这才放心地喝了口水。胡一归洗漱出来，打算这两天给黄月月补买一个钻石戒指，给她一个惊喜。

搬家公司的人来了。小组长看起来像是个九零后，精瘦干练，跟着他的四个人，全部是四五十岁的汉子，但是被他呼喝得服服帖帖。小组长嘴里说老规矩，几个人立刻动手做起事来，显然都是经过专业培训的，有的把一些重要的东西边边角角给包好，有的开始把不重要的搬到货运电梯口，有的在分门别类……黄月月一直在旁边大声叫嚷着让他们别乱磕碰。他们只是闷头做事，只有那个九零后非常严肃地说："阿姨，请您相信我们的职业素养。"

黄月月本身也才三十来岁，突然见一个比自己高两个头的小伙子叫自己阿姨，顿时恼羞成怒，看他们百般不顺眼。她见那小组长根本不搭理自己，就好像把她当成个精神病女人一样，更是火上加油，气没处撒，就故意找那几个壮汉子的茬。那几个人忍气吞声，埋头做事。胡一归不由得生出一种"这世界终归是年轻人"的感慨来。虽然自己和妻子是一个阵营，他倒是十分赞叹和欣赏那个九零后小组长的处事作风。

胡启泰本质上也是个欺软怕硬的小市民，看到儿媳妇这副样子，倒有点难为情了，借口要去货车旁看东西，抱着孙女到了地下停车场。

黄月月还在大呼小叫着："大叔，你能小心点吗？这些碗碟很容易碎的，手脚轻点。这个大爷，别这样拿这桌子，磕了算谁的，这桌子是新的，很贵的。这个，别这样拿，平放，里面吃的倒出来了，你帮我新买啊……"

胡一归知道，她故意把那几个中年人叫老一辈，是为了报复九零后小组长对自己的"阿姨"的称呼。想想她昨晚估计没睡觉，现在烦躁也属正常，自己不要这个时候触霉头，于是把全家重要的证件放进自己车里，拎着旅行箱，上电梯。一到停车场，突然听到一阵撕心裂肺的哭声，那是女儿的哭声。他吓得魂飞魄散，扔掉箱子奔过去，只见父亲倒在地上，一动也不动，女儿在父亲怀里扭动着。胡一归忙不迭地抱起女儿，另外一只手去探父亲的鼻息，却不料父亲一下子坐了起来："宝宝，对不起，爷爷又吓到你了！"

"你怎么了？"胡一归小心地把父亲扶起来。

"没事，可能就是有点低血糖，孩子没事吧？"胡启泰问。

两个人把胡萌全身细细检查了一遍，没看到任何异常。

胡一归仔细看了一下父亲的脸，苍白无力，全身有一种奇怪的小小的老树皮味。他为自己这种可怕的想法吓了一跳，决定明天一早，带父亲去做个全身检查。

搬家公司的人把所有东西都搬上车，胡一归开车，黄月月一路上抱着大米桶和枕头。进了新家门，黄月月把枕头安顿好，再把大米放在厨房里，一通忙乱，将家具和重要的东西摆好后，已经是午后三点了。全家就在附近餐厅一起吃了个饭。

惦记着父亲晕倒的事，夫妻俩商量了一下，想了个好的借口，说有人送了几个免费全身检查套餐，全家去检查一下。没想到早上跟父亲一说，胡启泰头摇得像什么似的："不检查，浪费时间，我这个年纪，没病也能查出病来。"

"你脸色有些黄，我怕有肝炎什么的，这个会传染……萌萌这么小。"胡一归说。

胡启泰听了有些不快，可是为了孙女，那就没什么可解释的了，不检查也得检查，不然过不了儿媳这一关。

胡一归原本猜想，父亲身体瘦弱，可能是低血糖。但是医生一听胡启泰说的症状，做了初步问诊检查，就说："办理住院吧。"

胡启泰笑道："医生，您开什么玩笑，我啥病没有，住什么院？"

医生微笑着说："我巴不得所有的病人都没病，那我多轻松啊。"

胡一归对这家医院的医生还是非常信得过的，以前的同事和同学有时候聊起来，都说此三甲医院既是在深圳各大医院中业务水平排前的，收费也是合理合情的，便说道："爸，你拿着单去交费，我跟医生聊几句。"

说完，他把自己钱包递过去。

胡启泰知道儿子是想支走自己，但也没办法拒绝，说："不用你的钱，看病我还有钱。"说完，拿着单子嘟嘟囔囔地出去了。

胡一归把门关好，小声地问："医生，你跟我说实话，我爸什么病？"

"具体结果要看化验和检测结果，不过从症状来看，不排除白血病的可能性！"

胡一归只觉得脑子一片空白，眼前却是一片闪闪金光，半天才回过神来，说："不可能吧！"

"一看就知道你爸爸是个意志坚强的人，一般人早倒下了。你留意一下你父亲，我怀疑他之前晕倒过，或者摔过跤，只是没告诉你们罢了。"

医生头也不抬地说，并在电脑上记录着什么。

有病人已经推开门，胡一归知道再说下去，也没有用，门诊医生一天接待病人的量巨大，只有看到检测结果，才能下结论。可是，"白血病"这三个字像魔鬼，牢牢抓住了他，让他头重脚轻，分不清东南西北。胡一归在门诊处的休息椅坐下，缓了半天，看到父亲走过来，满头白发，瘦骨嶙峋，却是一副害了儿子一样的愧疚地笑着的样子，心，突然一阵绞痛！

他拿着单子，按导医护士的指示，带着父亲在各部门之间做各种指定的化验，胡一归假装无事，内心却在滴血。这一路上，他贪婪地偷看父亲满面皱纹的脸，偷看父亲带点讨好的笑，偷看父亲小心翼翼对所有的医生和护士，偷看父亲粗糙的、满是皱纹的手……他几次眼泪要流出来，都使劲忍回去。

晚上回家，他强颜欢笑，对妻子也不敢说实话，怕诊断有误，提前吓到妻子。煎熬中过了一夜，他掩藏住所有的担心、害怕，然后独自去医院拿了父亲的各种化验单，确认是急性白血病。拿着单子的他，第一件事就是把它们全部撕碎，也不愿意跟任何人说，就像被好友冤枉了的好人，期待着好朋友发现自己的错误一样。

他又找了个借口，带着父亲找了一家深圳市最权威的医院，结果依然，急性白血病！

他特别痛恨和厌恶自己，为什么要跟父亲吵架？为什么总是对他明嘲暗讽？为什么总是忽略他的存在？他记起，第一次把自己淘汰的手机给父亲，父亲一边骂他浪费，一边拿着手机像珍宝一样，还买了个特别漂亮的手机套套起来，时刻放在上衣口袋里，见人就说："这是我儿子帮我买的，苹果手机！世界上最好的手机！"

他记得读初一的时候，嫌学校的饭菜难吃，只吃了一顿，回家抱怨。父亲二话不说，从此每天中午从单位赶回家做饭，把现做的饭菜装在保温瓶里，骑着摩托车穿过整个小城，送到他的学校。连班主任都说："见过男人对孩子好的。没见过对孩子这么好的。全校就你胡一归一个人，三年不间断，风雨无阻能中午吃到爸爸亲手做的新鲜饭菜。"

他记得读初二时，成绩不上又不下，父亲不知道从哪里得来的消息——年级要搞实验班，父亲，一个普通的单位职工，竟然和八辈子都没有任何交情的校长、班主任都搭上了，然后把他弄到实验班。所有人都认为这是不可能完成的任务，就是今天，他也完全想象不到父亲当年是如何做到的。如果是自己，如何在卑微的命运面前，把这样普通的儿子送进那个拔尖的班级。父亲也从来不说这事。也是因为那次分班，他一个普普通通的初中生，和以前与自己不相上下的同学们，拉开了巨大的距离。

他还记得，高中的时候，进的是本省最好的学校，虽然中考成绩不赖，但是高中同学，都是全省来的尖子生，他一下子感到压力巨大。第一学期时，他差点崩溃，每天给父亲发信息，不是想死，就是想弃学，或者是说自己生病。父亲一次一次抛下手头工作，到学校来看他，陪他吃好吃的，带他唱卡拉OK，没有苦口婆心地说教，只是说："如果压力实在是大，就随便读读，怎么的，也要考个大学，哪怕是五六本的大学，反正，没知识就没法吃饭。"就是父亲这样的态度，让他没有太大压力，到了高二找到了学习的方法和乐趣，然后自然发挥就进了985大学。

他还记得，大学时，父亲把他的学费提前存足到学校指定的银行卡上，送他到学校，然后自己找最便宜的旅馆住下，却给他留下了一万块钱，让他想买点什么就买什么。后来，每个月的一号，像发工资一样，父亲都会准时给他打一千二百块钱。对于一个月薪只有三千多的父亲来说，胡一归无法想象，父亲是怎么给他存的这大笔学费，又是如何给他买手机、笔记本电脑，还能让他可以和同学去旅游的……他刻板、严肃、无趣、谨慎，甚至无聊，脾气越来越差，可是，他把自己一生中最好的时间、爱、精力，以及金钱，全给了儿子！

父亲和母亲离婚的时候，不到四十，父亲现在快六十五了，可是，胡一归从来没有听说父亲跟哪个女人有什么瓜葛，倒是经常听到有好事的大妈大婶要给父亲介绍对象。他也常听到街坊邻居说起这个离婚男人，给父亲的评价是清高、顾家、爱孩子、会疼人，从不乱来。几乎就是在这一瞬间，恍如雷击般，胡一归想起岳母、月月、身边的朋友，也是这么评价自己的。原来，自己在别人看来的一切优点，都是来自父亲。

漫长的二十多年啊，一个离婚的从来没有花边新闻的男人，孤独、寂寞、悲伤、难过、痛苦，他是怎么一天天一夜夜熬过来的呢？胡一归想起自己从懂事起，就对父亲明目张胆地鄙视和漠视，想到自己表面风光无比，竟然从来没有带父亲去旅过游，从来没有特意带他去吃过好吃的，从来没有给他想要的生活。就算这几年父亲在深圳和自己一起生活，也就是个自带薪酬的免费保姆，心里又是一阵绞痛。

花再大的代价，也要把父亲抢救回来！

胡一归知道不能再等，晚上等老小都安顿好了，直截了当地问妻子："你手上还有多少钱？"

黄月月愣了一下："怎么了？"

"爸爸，白血病！"胡一归忍了忍，还是没忍住，说完这几个字，眼泪夺眶而出，连忙扭过头去假装看窗外。

"怎么会呢，不是一直好好的吗？"黄月月难以置信地问。

"检查结果出来了，几家医院都一样。刚才他冲凉，我借口拉肚子，进到洗手间，看到他膝盖、手臂、大腿上有很多青紫和伤疤，一看这些伤都是新伤。他肯定是摔了好多次，怕我们担心，没有告诉我们。萌萌一点伤都没有，不知道他是怎么小心保护她的……"胡一归再也说不下去了，像个孩子一样，捂着脸，哭得止不住。

黄月月伸手搂住他，眼泪如断了线的珍珠，她实在不知道怎么安慰这个男人。什么爱情、激情，都不重要，破坏家庭的恶魔和痛苦，才是两人共同的"敌人"！

两人小心翼翼地哭完后，黄月月给胡一归交了个底，自己手上所有的一切加起来，只有六万不到，自己有一张十万额度的信用卡，没怎么用，可以备一两个月的家庭用度，但是两套房的房贷，是一天也不能拖延的。自己月收入一万多而已，对于整个家的开支来说，杯水车薪。

"要不，我找同事借点。"

"算了吧，我再想想办法。"胡一归说。

把手机电话簿和微信近五千人翻了个遍，除了何俊，胡一归实在找不到任何人开口。挨到第二天早饭后，打电话，何俊手机一直关机。

卖房？黄月月是肯定不会答应的，她说了，到两人老了，就住罗湖老旧二手房，现在住的房子给萌萌安身用。

也没有其他办法，只有让黄月月先把她手上的现金凑出来，把父亲住院的事处理了再说。

黄月月小事上经常叽叽歪歪，但是在大事上，拎得十分清。有时候，胡一归会把她和杨曦做对比，如果当初换作和杨曦结婚，还真的很难肯定会更幸福。当然，如果跟她结了婚，可能压力会小很多，无论是两人自己小家的负担，还是对方父母的负担。

有一瞬间，他想跟杨曦开口，又立刻打断了这个念头，打死他胡一归也丢不起这个人。

胡启泰一听说要住院，直接把儿子骂了个狗血淋头，说自己人老眼花，根本没病，骂着骂着，声音就变了，说："我这么老了，花那么多钱治，有什么意义呢？我就是再活十年，也只是浪费钱，拖累你们。"

无论黄月月和胡一归怎么劝，胡启泰就是坐在沙发上不动弹。

胡一归说："黄月月怀上了，你不想看第二个孙子吗？"

胡启泰一听，连忙看儿媳妇，看她那认真点头的样子，半信半疑地问："真的？"

黄月月很肯定地点头。

胡启泰从沙发上慢慢地站起来："我问了，我可能是白血病，只能化疗，但是没什么效果，年纪也大了，不能换骨髓！"

胡一归和妻子目瞪口呆！

胡启泰轻描淡写地说："上次我带萌萌在外玩，不小心摔了一跤，有个懂医的人跟我说的。我上网查了一下，不想去医院检查，就是怕肯定了这个事。"

胡一归陪着父亲，办了住院手续，做了各种化疗前的身体指标检查。医生说，调养一段时间，就可以做第一次化疗了，考虑到老人身体弱，如果经济允许，建议托人从美国买一种药，对化疗后遗症非常有效，大概是五万人民币一瓶，一个月的量，但这个是自费，不能报销。

胡一归知道，他能找到人帮自己买这种药，但他根本不愿别人知道自己的家事。他讨厌同情、怜悯，以及毫无价值的安慰。为了得到最快治疗，胡一归把股票全部割肉清仓，把钱转出来，让医生帮忙介绍了个专门搞国外药的朋友，买了一切能买到的对父亲的病可能有好处的高价药。可是股票割肉的钱，还是不够用。

何俊的电话一天三次打过去，依然不通，微信也没有回应。胡一归打算再等两天，要是对方还没有回应，就亲自去公司找他。

这天，胡一归拎着黄月月做好的现成饭菜进了消毒药水味极浓的四人病房。这里的几个病号，他全部认识了，也初步知道了大家的家庭情况。

一号床是个八十多岁的老爷爷，儿子女儿都在国外，家里不缺钱，请了两个护工照顾老人，一个在家管事，一个在这里专门照顾。胡一归进门的时候，正看到那个五十多岁的男护工，把老爷爷脱个精光，呼呼喝喝地说："抬腿，穿裤子，快点……你脚断了……站稳点……"

胡一归看着老爷爷的眼睛浑浊不堪，似乎什么都听不到，但是满脸羞愧和痛苦。听说他过去是个大学教授，就算是再没有自尊心的人，也受不了这种非人的待遇，可是他既没有能力换医院，也没有能力换护工，只能听之任之。胡一归总是听他跟人说："长寿就是活受罪啊！又受辱又没有生活质量。"

二号床的病人，是个三十多岁的年轻男人，听说是深圳一家上市企业的管理人员。查出白血病后，他那精明能干的老婆给他算了一笔账，如果以医院的治疗方案来，他们还在还房贷的房子可能会保不住。于是他老婆决定一分钱自费药都不用，用最基本的医保方案来做化疗，然后用中药调理。他老婆觉得自己辞职来照顾他也是极不划算的，就让他农村母亲来照顾。他的老母亲七十多，之前也就是某一年过年的时候，来住过半个月，因为分不清电梯是上还是下，连儿子家的门都不敢出，更别说出小区了。那一次之后，他母亲再也不肯来深圳。现在，为了她心爱的命在旦夕的儿子，她果敢地抛下农村老伴，来深圳这个对于她来说简直像是怪兽的大城市。分不清红绿灯，她就盯着过马路的人，他们走，她就跟着走，他们停，她也跟着停。找不到东南西北，她就用儿子淘汰的旧手机，把每天要经过的路口和标志性建筑拍下照片，一个个对照，强行记忆。不认识字，他就让儿子写了十几份家里地址，写有儿子家里地址，以及儿子、儿媳手机号的纸条，放在身上每一个能放纸条的地方。不会说普通话，她就用赔笑、讨好的方式来对身边所有人，只为了人们不因为她而对儿子有一点点不喜欢。她硬生生地凭着一腔母爱，每天拎着保温盒，来往于家里和医院之间，竟然一次都没有把自己弄丢。胡一归每每看到她，心里又心酸又感动，总是想方设法找借口，等她一起走，然后开车把她送回儿子的家，福田一个极其老旧的小区。

四号床的病人不在，他是个四十多岁的中年男子，听说是个教书的。女儿刚上初中，放学的时候，总会抽空来看爸爸，然后趴在她爸爸的病床上写作业。中年男子的妻子在一家民企做财务，尽管家庭不富裕，但一直要求医生用最好的治疗方案来治疗她老公。因为她工作忙，白天请了护工来护理，晚上自己来照顾，也是经常带着各种文件来，一忙忙到凌晨。

胡启泰的床是空的。

"大哥，我爸呢？"胡一归问二号床的病人。

"刚才还在呢，也许出去遛弯了。"二号病人说。

"四号床呢？怎么也不见人？"

"抢救去了！"

胡一归心里一沉，赶紧把保温饭盒放到一边，沿着父亲平时走动的路线，找了一遍，不见踪影，急得满头大汗，问了几个医生护士，都说不见人。

一个导医说:"洗手间你去了吗?"

胡一归说去了,突然想起同楼最远的那个洗手间,跑过去,三个间隔门,两个都有人回应,只有一个门反锁,叫人没人应,急得他用力一脚踹开了门,只见父亲倒在洗手间的地上,旁边有只水果刀,鲜血已经流了满地。

"医生,救命啊!"胡一归大叫。

路过的医生和护士冲了进来,大家手忙脚乱地把胡启泰从厕所里弄出来,紧急送去抢救。

胡一归眼睛都不敢眨地盯着手术室的信号灯,黄月月打电话来,他一个字没说就默默挂了电话。黄月月直觉不对劲,打公公手机也没人接,更觉不妙,又急又怕又恨地独自哭了一场,然后给公司打电话,请了一天假,匆忙带着女儿到了医院,这才知道公公又在抢救,好在脱离了危险。

胡一归把陪床的折叠床打开,坐下来,垂着头,呆呆地看着地面,一言不发。

"今晚我来照顾爸爸,你带萌萌回去好好休息吧。"黄月月心疼地说。

"真想一觉睡下去,再也不起来了!"胡一归喃喃地说。

黄月月听得心像针扎一样,默默地伸出手,想给胡一归一点温暖和力量,可是他的手没有回应她。黄月月拿起他的手,感觉到又凉又僵。

真想一觉睡下去，再也不起来了！

——《子欲养而亲不待》

医生认为胡启泰的身体和情绪都极其糟糕，需要有人贴身照顾，胡一归请医院介绍了一个五十多岁的男护工，代替自己和妻子偶尔不在时照顾父亲。

黄月月每天忙得四脚朝天，只恨自己少长了几只手，偏偏胡一归不擅长家务事和照顾病人，黄月月这天终于崩溃了，完全没事找事地问："快一个月了，你上次答应我哥的一万块钱，什么时候给？"

本来就缺钱，胡一归哪有心思想这个："又不欠他的，等月底。"

"你要是没答应，我哥会指望这个钱？"

"他们赖着不走，我有什么办法？"

"你自己好面子，怪到别人头上来。你就说自己没钱，他们能怎么的，杀了你？"

胡一归又自动进入到屏蔽不喜欢信息的状态。

黄月月想跟他大吵一架，这段时间，两个人压力太大了，都找不到发泄口。可是她也已经意识到，胡一归才是真心实意为自己好的人。本来就对娘家人憋着一肚子火，此刻她边流泪边吼："是你自己傻，怪谁，我就没见过你这么傻的男人。"

胡一归摔门而出，他真希望自己能找个地方，一睡不醒！他在小区的微风中孤独地走着，欲哭无泪。他梳理自己这三十年的人生，尝到的，竟然绝大部分是苦！

人家说，童年是最快乐的时光，可是三岁之前，他没有记忆，隐约到了四岁，经常被幼儿园的小朋友嘲笑。自己是没妈的孩子，他尝到的是苦。青少年时期，不管是小学，还是大学，他所做的一切，就是希望自己做个好孩子，给卑微的父亲带来荣誉，至于自己快不快乐，根本不重要。那些奖状、奖学金、学霸的称呼，也只是印证父亲对他的期望和付出没有白费而已，他尝到的还是苦多于甜。谈恋爱，初恋带给他的是伤害，杨曦——如果这辈子有对不起的人，就是杨曦了！可是，留给自己的，只有无尽的思念和遗憾。至于婚姻，更是一言难尽，一个一辈子都需要人照顾的自闭症女儿，靠自己生活的大舅子一家……

人活着到底为了什么，为了受苦吗？百年之后谁也不知道谁，为什么要受这份罪？

胡一归坐在小区的休息椅上，把头深深地埋到双掌里，压抑地叹息着。沮丧过后，他把头从手掌中抬起来，自己是男人，自怨自艾没有用，解决问题才是王道。如果有一笔钱，就可以解决很多困难了！

胡一归掏出手机，再次给何俊打电话，这次终于通了。

何俊答应，第二天到胡一归新家附近的茶楼喝下午茶。两人在露天花架下见面，茶香和着阵阵袭人的花香，轻风微微拂面，几只蝴蝶翻来飞去。着淡藕色旗袍的茶艺师坐在茶桌一侧，慢条斯理地煮水、泡茶……

"以前怎么没注意到这么美的地方。"胡一归心想，可惜现在也没心情欣赏这美景了。

何俊说："姑娘，你忙你的吧，我要和我朋友说说话，你这泡得好看，但实在浪费时间。"

茶艺师礼貌地点了下头，起身，鞠了一躬，慢悠悠地走了。

何俊把两人的杯子倒满，开始说起自己新产品的计划。胡一归说："我知道你的雄伟计划，不过，我这个人确实不是做生意的料。上次那个钱，看是不是想办法凑给我，家里急用。"

何俊一脸吃惊："什么，你要退股？"

胡一归说："我当时的想法是，给你周转一下。再说你把公司前途说得那么好，我想本钱总还是保得住的，所以，就依你的意思，跟你签了那合同。"

何俊一脸愁容："到现在这个地步，我也不想瞒你了，公司现在运营困难，我已经靠借债在维持公司运转了。"

胡一归不敢相信，这么短的时间，就把自己投入的这些钱给造光了！他有点生气："你知道的，我对创业没兴趣，是看在你当初帮我的分上投的这笔钱。别的不说，不赚钱，你本钱得还给我吧。"

何俊快哭了："大作家，我骗别人还能骗你？公司的运营成本，你知道多贵吗，再说，我给了你股份，以我们的注册资金来算，你要承担的债务比例可不是小数目，我都没提这事……"

胡一归压住火："你还要我跟你共同承担债务？"

何俊连忙说："那倒不用，毕竟我们是老朋友，再说是我拉你入股的。不过，你现在让我拿钱，真是要钱没有，烂命一条！"

何俊这副样子，超出了胡一归的想象，在他印象中，何俊一直是一个对朋友两肋插刀的人，怎么创业几年变成这副德性。又想起大舅子，自己结婚的时候，大舅子还挺大方阔绰的，这次因为生病，也变成了无赖。

老话说得没错，人穷志短！

何俊拿出自己手机里收藏的公司收支表，胡一归接过来，半天才看明白，公司的人员开支、房租水电、差旅费用、招待客户、广告宣传，每个月基本开支要八万多，还不算开发新产品的大笔费用。而收入，每个月居然少到只有区区几千块钱，都是零碎卖的小笔产品收回来的。

到这个时候，胡一归终于明白，自己掉坑里了，想安全爬起来，几乎不可能，但是，想想那一笔不菲的钱，就这么打水漂，还是肉疼。他换了种态度，把父亲得白血病，大舅子得脑出血、偏瘫，女儿自闭症，自己要还大笔房贷的事，都说了。

何俊并不是个坏人，也不是诚心想坑他，只是自己掉水里，不拉个人垫背，自己死得更快，沉默半天，说："这样吧，一周内，我想办法给你凑二十万。我真的再拿不出钱来了，再撑两个月，要是不行，我只能宣布公司破产了，到时候我连飞机都坐不了。你知道，我老婆都跟我离婚了，我现在跟流浪狗没区别。"

胡一归看着何俊曾经意气风发的脸，现在变得沧桑忧郁，曾经红润的厚嘴唇也好像因为生活的压榨而变得苍白，心里不是滋味，起身无奈地说："我也是没办法，希望你能谅解！"

第七天的夜里，胡一归收到何俊的二十万转账，以及解除入股合同的声明。他当时就转了十万给黄月月，让她做家庭开销——从心里来讲，他还是觉得男人赚钱养家，天经地义。他又将两人的信用卡还清，手上分文不剩了。

"我想叫我妈过来，帮着看孩子，行吗？"黄月月看胡一归像是苍老了十岁，实在难受，问他。

胡一归想到岳母那讨人嫌的语气和脸，本想反对，可是面对眼前这乱糟糟的局面，无力反抗，有气无力地回了句："你定吧。"

黄月月的妈开始坚决不肯过来，说知道她公公和老公都不喜欢自己，上次赖在她家给她哥哥要生活费后，她就打算再也不来深圳讨人嫌了。当黄月月说公公在住院，女儿没人带时，老太太二话没说就答应了，还主动跟黄月月说，这个月给哥哥的钱就免了，让他们自己想办法去，儿媳想离婚让他们离去，谁也管不了谁一辈子。

黄月月听了，又好气又好笑。自己这个妈，真是任性得很，上次来，恨不得把儿子一家的生存全赖到女儿女婿身上，这次却主动帮女儿女婿减负。黄月月说："妈，我都不知道你怎么想的，上次你不是还陪我哥赖这里要钱吗？"

她妈倒挺痛快："是啊，我就是看不得哪个孩子受苦，人活着不容易，都是一家人，好过的，分点出来，不好过的，得点好处，不是应该的？"

黄月月听了这话，颇是触动！

岳母来了后，虽然饭菜不好吃，带孩子也简单粗暴，但基本的家庭运转正常了。黄月月把家里情况给单位说了下，单位念她是老员工，多年来兢兢业业，很大方地让她提前休了年假，加上以前攒的假，共有半个月。这样，她就能安心照顾家庭和病人了。

寻
找
母
亲

　　胡启泰被医生确诊为白血病的那一天，胡一归就决定为父亲
做一件事，只是因为太忙碌，无暇分身，才不得不放下。得知黄
月月有半个月假期，他便立刻行动，要想办法把母亲找来，哪怕
让她看父亲最后一眼。

　　人说知子莫如父，其实倒过来，也可以说，知父莫如子，他
胡一归大概是最了解父亲的人了。

　　尽管父亲不是有钱人，也不算多帅，但是父亲的洁身自好，
淡淡的距离感，还是一直让不少女人对父亲有好感。从胡一归记
事起，就经常听到有人或真或假地要给父亲介绍对象，但无一

例外，都被父亲毫不客气地拒绝了。胡一归一直知道父亲的心思——直到现在，父亲在钱包夹层里还藏着一家三口在胡一归半岁时的合影，尽管父亲的钱包换了好几个，可照片从来没换过。胡一归有一次偷偷地拿出照片，照片中母亲的脸完全被水渍给清洗掉了，只有微微卷翘的头发，以及看起来细长的手指。

断了二十多年，怎么联系对方呢？

胡一归先是找借口，问胡启泰要了他老领导的手机号。因为胡一归听说，那个年代结婚的人，是需要单位证明的。

等到飞回老家，找到父亲的老领导，对方说那时候确实是需要证明，但是这些证明已经因为系统合并，很多资料丢失了，至于结婚证，需要到当地民政局去调档查看。

怎么能查到父母的结婚证或者离婚证呢？听父亲说他早就撕掉了。胡一归想起了柳三望的父亲，柳父在老家果然手眼通天，打了个电话，让司机载着胡一归去民政局，十几分钟就把三十年前的档案调出来了。

准备去找外婆家的人之前，胡一归想见柳三望。柳父笑道："他已经好多啦，这几天和女朋友出去旅游去了，我让他联系你。"

但是柳三望一直没来电话。

胡一归暂时也顾不到其他，拿到母亲身份证上的老地址，才知道母亲名叫于冰娆，是同省另外一个市的，两地相距六百多公里。他找到地址，那里已经拆迁了，到处都是高楼大厦，好在找到了街道办，查出了于冰娆的姐姐于冰倩的地址。

与周围新开发的高楼大厦相比，除了看出大姨家是最早期的商品房子外，几乎只能用寒酸来形容，整栋楼又矮又小又破又脏，没有电梯、没有绿化、没有小区，楼层破败，裙楼因为早年的设计缺陷，进楼的地方被雨水淋得凹凸不平。胡一归扶着冰冷破旧的水泥楼梯扶手往上走的时候，颇是感慨：父亲口里富有的人，现在这般田地，真是三十年河东，三十年河西！

　　大姨的家在二楼，胡一归找不到门铃，就用手拍门。门还没开，已经听到小孩子哇哇大哭声，隔着门，有一股中药味窜出来。门一开，浓浓的中药味扑鼻而来，开门的是一个近老年的瘦高个、脸色苍白女人，戴着一顶黄色的薄毛线时尚帽子，穿着中式竖顶的长棉麻碎花衣服，满脸疑惑地问："您找哪位？"

　　一个胖乎乎的小孩，正手舞足蹈地在学步车里放声哭叫，看到有陌生人，立刻停止哭声，好奇地研究着。

　　"我找我大姨，于冰倩。"胡一归说。

　　"你是启泰的儿子？"女人问。

　　"是的。"

　　"快进来快进来，天，都这么高这么大了，跟你妈真像！"大姨脸上大放光彩。

　　大姨倒了杯开水，在杯中加了一大汤匙白糖，又摆上水果和瓜子，一通忙，终于停下来，抱起小孩。小孩用黑溜溜的大眼睛盯着胡一归。

　　"你妈身体有些不舒服，去打针了，最多还有一个小时就会回来。"大姨满脸笑容。

"她住你这里吗?"胡一归很吃惊。

"唉,你这个娘啊,也是命苦!"于冰倩摇头。

正闲说着,一个长眉大耳,肉厚脸肥,个子高大,动作稳健,一看就是在国家单位当中层领导的那种男人,手中拎着一大堆的菜,开门进来,看到胡一归,愣了一下。

"猜猜这是谁?"大姨笑问。

"冰娆的儿子?"男人疑惑地问。

"是的。"

"真见鬼了!"

"这是你姨父,"大姨笑着说,"你相信不?就有这么神奇的事,你妈昨天做了个梦,说梦到喜鹊叫,梦里看到你来。"

胡一归一阵心惊!

姨父叹道:"长得真像你妈。我今天买了不少菜,尝尝我做的菜,我可是单位的义工大厨呢。"

姨父是个乐呵的老人,一副知足常乐的样子,回来后,一刻不停地在厨房、卧室和客厅里穿梭忙碌,又是泡茶,又是削水果,又是换电视频道,又是弄菜。大姨从进门抱上孙子,就再也没有放下手。那小孩子是个小人精,见到有生人,一时笑一时闹,把大家的注意力全吸引过去,不是反手一巴掌打他奶奶,就是顺手一巴掌打他爷爷,要不就是故意把手中拿着放零食的碗扔到地上。他拿的是铁杯子铁碗,趁胡一归和他奶奶聊天的时候，一把抓起胡一归的玻璃茶杯扔到地上，摔个粉碎，然后乐得咯咯笑。

大姨有点恼火，但姨父不以为然，显然，这个游戏让他孙子开心，他也跟着开心。

"又是个败家子。"大姨嘴里嫌弃，眼里满是慈爱地盯着孙子说。

姨父的饭菜做好了，望眼欲穿的胡一归，终于看到了母亲回来。她身材笔挺修长，气质高贵，丹凤眼，略薄的唇，挺直的鼻子，穿着一条灰色长裙，有点冷冷的女神范儿，年龄像四十刚出头。

胡一归一下子明白，父亲为什么这些年从来不找别的女人了。且不说父亲大母亲十二岁，单就说母亲这模样身段，一般女人，真是没法比。

母子俩眼神一对上的时候，奇怪的感觉瞬间注遍胡一归的全身。

"看你能不能认出这是谁？"大姨笑。

"我老早就看过他照片。"于冰娆笑，眼神突然绽放成一朵温暖的花朵。

"你在哪里看的？"胡一归吃惊地问。

"有一天看手机新闻，看到你名字和照片，就确认了。"于冰娆说。

大家忍不住都笑了，气氛一下子轻松下来。

大家尽量扯着一些不伤害感情的旧事，东家长李家短地闲扯着，胡一归尽量只是听着，不插话。吃完饭，大姨老两口为了给他们母子创造机会聊天，早早就带着孙子上床睡觉了。

胡一归借口找插座给手机充电，到母亲的房间，发现又旧又硬的木床，床头柜上是成堆的药，床上的被子也是又旧又硬，好在看起来还干净。

母子俩都有一点点尴尬。短短的沉默后，胡一归问："你这些年还好吗？"

"跟你爸分开后，我到了上海，跟一个台湾人结了婚，后来又离了。他回台湾了，我在那边也没有办法生存，就回来了。"于冰娆淡淡地说。

"我就是在上海读的大学。"

"我知道。"

胡一归惊讶地看着母亲。

"你不是作家吗？我给你讲讲我的故事？"

胡一归不知道怎么接话，母亲这般痛快干脆，倒是完全出乎意料。

"你大姨叫于冰倩，我叫于冰娆，你还有个舅舅叫于冰国。当年我们于家，不说富得流油，也算是有钱人了，那些贪图钱财的女人们都一窝蜂地瞄上了你外公。人近老年，突然被小姑娘们盯上，百般奉承，你外公昏了头，和你外婆闹起了离婚。你大姨已经和家世相当的男朋友定了亲，看家里乱糟糟的，就借此机会，风风光光嫁了。你舅舅于冰国呢，作为家里唯一的男孩，自然是承担起了继承祖业的责任，参与到你外公公司的经营中。我那时候刚上大学，放假回来，看到多年恩爱的父母，突然变成仇人，互相揭短，大打出手，对家庭无比失望。为了抗议，我不去学校，甚至夜不归宿。但是你外婆忙于斗小三，外公忙于藏匿财产，都顾不上我。等到他们折腾几年，离了婚，才发现他们的小女儿已经和一个大自己十多岁的穷得叮当响的孤儿好上了，棒打不散。父母和兄姐各自成了家，你外公和外婆就以不认我为要挟，要我跟你爸分手，但是我呢，当时铁了心要嫁给你爸。

"从一个家里有司机和佣人伺候的姑娘，变成了一个穷孤儿的老婆，又没有人接济，我是直接从天堂跌落到人间。生了你后，没人搭手，现实生活对于我来说，完全成了人间地狱。你一岁多的时候，我实在撑不下去了，跟你爸吵了一架后，一气之下离了婚，然后跟着一个到本地来谈合同的台湾职业经理人学做生意，到了上海。

"台湾商人在台湾有妻室，为了我，和妻子离了婚，几乎是净身出户，我就算不想跟他结婚也没办法了。好在因为他学历高，经验足，又是台湾人，那个年代，在中国的大企业打工，薪水相当高，一个月几万。我们租了最高档的住宅，买了车，因为说好不要孩子，日子过得还是很滋润的，但是我们两个人都大手大脚惯了，从来不存隔夜粮，有钱就吃喝玩乐，一晃十多年就过去了。直到十多年前，他因为年纪大了，打工生涯开始不稳定，两个人就慢慢过起了紧巴的日子。五年前，那个台湾人彻底失业找不到工作，在房价房租高涨的上海，我们凭着他的养老金，过起了寒酸的隐居生活。一年前，我发现自己得了子宫肌瘤，做了手术以后，台湾人说自己老了，再也没法照顾我了，留了点钱，死活离了婚，飞回台湾去了，从此彻底断了联系。没有婚姻保障，没有钱财傍身，没有工作经验，又一把年纪了，我在上海待不下去，想想也只能回老家。手上有点钱，本来准备给自己买个房养老，好家伙，这里的房价也涨得太高了。你大姨让我申请廉租房，我也是这么想的，现在正在折腾这事。”

胡一归对母亲的坦白感到震撼。原本他以为，母亲会藏藏掖掖，拔高自己，诉说身不由己，没想到却是这番话出来。

“你昨晚做梦梦到我。”

“是的，”于冰娆笑道，“我是不是可以挖掘这方面的潜能，到街头摆摊当算命大仙去了？”

胡一归也笑了笑，不过并不由衷，说：“爸爸白血病！”

于冰娆一愣：“怎么会这样？”

“他独身这些年，从来没跟别的女人暧昧过。我觉得，他应该想看到你。”

“你爸很倔的，人是绝对的好人，但跟我，真不是同一个世界的，没法沟通。我跟他分开后，几次去看你，都被他拒之门外。有一次他知道我要去，把你藏到同事家。还有一次我不打招呼去看你，刚抱起你，他就把你从我手中抢过去，然后头也不回地走了。我给你买的吃的喝的用的穿的，都被他扔到垃圾桶了。他太固执了。"于冰娆摇头说。

"那，你想去看看他吗？"胡一归问，他不想勉强母亲。

于冰娆认真地想了想："我对男人一点兴趣都没有了，哪怕再好的男人，但是想想你，这些年是他耗尽心血，把你培养成材的，于情于理，应该去看看。"

"那我给你买机票？"

"嗯。"

胡一归一直以为，自己看到母亲，会恨她，或者瞧不起她，甚至会像以前讽刺父亲一样跟她对话。但恰恰相反，母亲的淡定和坦诚，让他对母亲莫名地多了敬意和爱意，还有一种，淡淡然的欢喜和一点点心疼。因为活到现在，他已经明白，人和人是不一样的。有的人就是活得很轻，像爬藤蔷薇，根浅叶茂花艳，他们会比一般人更浅薄，但是也更快乐，因为他们本身就站得高些，看到更多墙下的悲欢离合，懂得怎么浅尝辄止，抽身而退。母亲，就是这类人中的一个。

胡启泰肯住院，肯做各种配合的治疗，就是心里有一个信念——要见第二个健康的孙子。可是这么久过去了，黄月月好像一点怀孕的迹象也没有。胡启泰心里明白，自己是被儿子儿媳骗了，知道他们是好心，但还是心疼花的这些钱。他的医疗保险在老家，深圳这边，现在花的每一分钱，都是现掏。默默算了一下，儿子为自己花的最少有几十万了。想自己辛苦一生，到老了不但不能帮孩子，还拖累孩子，觉得自己是个老废物，他情绪低落，脾气也暴得不行，老是吵着要出院，可是他被黄月月，或是护工看着，无计可施。

这天，看到黄月月送饭过来，心里难受，明明是好话，也说得呛呛的："叫你不要送饭不要送饭，怎么天天送？医院附近配餐很好的，你不用上班吗？"

"我休假啦。"黄月月说。

"一归哪里去了，怎么几天不见人，又出去做什么丢人现眼的活动了？"

黄月月已经习惯了公公这种反问式的对话，笑道："你还不知道他？破事太多了。"

等黄月月整理好床单，胡启泰下床，准备到洗手间，还没站稳，一下子就愣住了。只见一个他想了无数遍，恨了无数遍，爱了一生，风姿依然的女人出现在面前。自己已经是个不折不扣的老人了，可是她，还像第一次见她时的样子，带着飘然和脱俗，像个大姑娘一样，亭亭玉立。他转过身，背对着她，想藏起自己的苍老、憔悴和病态。

"妈？"黄月月迟疑地叫了一声。

于冰娆笑着对黄月月点点头："你辛苦了，今天我来照顾他吧。"

"不用你照顾。"胡启泰硬气地说。

"你再说句试试？"于冰娆轻轻却有力地对前夫说。

胡启泰难为情却又很受用地闭了嘴。

胡一归和黄月月都愣了！因为，胡一归曾用这种语气、这种节奏跟黄月月说过同样一句话。

……母亲的淡定和坦诚，让他对母亲莫名地多了敬意和爱意，还有一种，淡淡然的欢喜和一点点心疼。

——《寻找母亲》

电影
梦

　　两个人边往回走，黄月月边算账："现在单从最基本的开销来算，一个月最少得七万，两套房子的房贷就是五万。退出的旧房子，最多能租六千五百块出去，这两天给中介挂牌，中介说三房的没两房的好出租，最多也就这个价了。"

　　黄月月说到这里，给胡一归透了个底，她手上最多还能支撑一个月的开销，下个月，就不知道怎么办了！

　　胡一归只能安慰黄月月，没事，有自己，其实心里早急出火来。他心想，找一份工作，一个月两三万，根本不能解决问题，写书已经完全没有灵感了，就家里这一团乱麻，能写出什么好东西来。好在因为有母亲照顾父亲，岳母照顾孩子，黄月月又能正常上班，家里的一切总算是暂时理顺了。现在重点要解决的就是钱的问题，父亲的医疗费用，房贷、生活费，大舅子一家的开支，以及预备女儿康复训练的费用。

胡一归突然想起了一直想请自己写剧本的范总。不知道自己卖给他的一部中篇小说改编电影，现在进行到哪一步了。要是对方剧本还没搞定的话，自己可以接过来。有小说底子在，再以自己的智商和钻研精神，三四万字的电影剧本，一两个月应该就能完工。二十万的稿费，起码可以救救急。

他第一次主动打电话给范总。范总喜出望外："大作家，我现在就在公司，你有空过来一趟？谈谈咱们电影的事。"

范总说完，发来了定位，公司地址在福田一栋著名的商务大厦。

一路上，胡一归都在想，中国电影事业蓬勃发展，票房每年以不可思议的惊人速度增长着，他胡一归有人脉、有资源、有能力、有才华、有名气，为何不借此东风来做电影呢？想当初，在大学时收到第一笔稿费请同学们喝得烂醉如泥的那一晚，他不过是想有朝一日当作家。彼时对于他来说，作家的标准就是写一本自己无怨无悔的书出来；遇到孟游后，他不再只是想出书了，而是想经济上也有巨大的突破；遇到善于炒作的书商后，他的想法是得到大额版税；现在，遇到了范总，应该是自己更上一层楼的好时候了，虽然，写院线电影，初衷只是为了解决家庭财务危机！

人，果然是欲壑难填！不过，家庭现在这种情况，他也不想控制自己的欲望了。

胡一归到范总公司的时候，对方已经站在停车场等他了。两人一起到达商务楼，胡一归十分吃惊，因为在他的印象中，这栋楼如此知名，应该是比现在看到的更气派更大方更新一些才对。到了范总所在的五楼，"深圳市新时期影视有限公司"的金色招牌闪闪发亮，将整个灰暗的楼层提亮了不止八分。一进公司，满屋摆放的奖杯、奖章和荣誉证书，让胡一归产生了崇拜和信任感。隔开的办公区，有几个职员正在紧张地忙碌着。大大小小新新旧旧的摄影器材，摆满了办公楼各处。范总的办公室在最里面，巨大的办公桌上，也立着两个镶金嵌银的荣誉证书，一台笔记本电脑，一台台式电脑，都在闪着光。

"大作家，架子够大，终于肯来看看我了。"范总向胡一归指了指正对着办公桌的靠墙的灰扑扑的老旧沙发。

胡一归尴尬地笑笑，上次签电影版权合同的时候，范总要胡一归来公司面签，可胡一归说自己忙，非要范总把谈好的合同，先签了字寄到自己家，自己再签字寄回来。胡一归在沙发正中坐下来，范总把笔记本电脑搬过来，说："给你看看电影片花。"

胡一归有些微的失落，看来，剧本早就完成了，不过一想自己原著作品已经被拍成电影了，可能马上就在全国电影院看到，又兴奋起来。

两个人并排坐着，头挨头，对着范总的笔记本看片花。胡一归越看越兴奋，除了觉得女演员不够知名，长得不够漂亮，不是理想的那一款外，一些对话和情景很吸引人，显然范总是深刻体会了自己小说里想表达的东西了。

"没想到，为了配合出书，我删除的一些敏感的内容，你也能还原出来。"胡一归感慨地说。

"不瞒你说，我是看了你网上连载的原文，才下决心买你这个电影版权的，我觉得这才是现在年轻人的痛点。小说里探讨的年轻人应该多想想作为一个人，而不是一个社会机器的意义，这是特别能打动我的地方。"范总说。

"你没觉得男主不孝顺，太自私，太自我？"胡一归问。

"没觉得。里面很多观点我特别赞同，比如所谓的孝顺，只是一个洗脑的词语，是对那些无能为力的亲子关系的一种道德绑架。当一个父亲或母亲主动提出要孩子孝顺自己的时候，一定是这个家庭出了问题。设想一个正常家庭，父母和孩子都有正常合理的教育，不说人性，单就是素质教育，就让人自动自觉地去尊老爱幼。这就像上洗手间，用完洗手间自觉冲水是一种正常现象，如果要人反复去教，甚至要宣传上洗手间时冲水是一种美德，那就是出了大问题了。"范总严肃地说。

胡一归激动得差点伸手去搂范总。

范总继续说："你在原书里还提到一个问题，就是一些拥有社会资源的老人过度占用医疗资源的问题，我也非常赞同。社保的钱是大家的，但是有一些有特权的人，活到已经只有消耗社会资源，完全没有任何社会价值的地步了，还在消耗巨额社保费用……"

自从孟游离开深圳后，胡一归是第一次和一个人聊得这么深入。范总完全懂自己，这让他十分意外，因为在两个人屈指可数的两次还是三次公开场合见面中，他只是觉得范总这个人组织能力强，有魄力，做事很大气。因为一直只当对方是生意人，胡一归甚至没仔细看过他长什么样，他的长相在胡一归的印象中实在是太模糊了。此时，胡一归忍不住侧眼认真看了看他——五十多岁的样子，脸色有些发黑，眼睛一大一小，鼻子肉肉的，跟上次在他主办的聚会上比起来，显然瘦了许多，不过官相还在，就是那种总忍不住端着架子的感觉。

"你以前是在政府部门工作？"胡一归问。

"是的，以前在政府部门，实在忍受不了那种按部就班的生活，就辞职来深圳，做自己喜欢的广告业。"范总说完，然后带胡一归在自己公司的各个部门转了一圈，指着里里外外随处可见的奖杯奖座说，"都是这些年得的奖，主要是广告宣传以及公益微电影方面的。你的电影，是我操盘的第一部院线电影。"

胡一归很感动，觉得遇到了知音。一个在广告业打拼这么多年的人，因为自己的小说，突然斥巨资拍院线电影，这是对自己多大的信任啊！

两人又聊到生育、教育、房子、生死等问题，越聊越投机，越聊越觉得是同一路人。胡一归这才知道，范总大自己二十多岁，二婚，老婆小他十七岁，小女儿才五岁。到吃饭的时候，范总无论如何要两人一起吃，胡一归没有聊尽兴，自然是求之不得。范总带了两瓶茅台，到附近一家常去的湘菜馆，叫了几个菜。

几杯酒下去，胡一归脸皮就厚了点，主动谈起自己的电影："范哥，咱们的电影什么时候能上线？"

"不知道。"

"怎么了？"

"这个电影，本来我的预算是八百万，但是因为第一次操盘，又找了个不靠谱的导演，费用远超预算，现在总费用要达到一千两百万了。这个项目是三个人一起投的，但是前几天，我的一个合伙人出了事，钱不到位，以后他也不可能再有钱进来了。这几天项目组因为没钱，正在闹事，我正愁着呢！只要能完成这个电影，月息一毛的钱我都敢借。"

胡一归想起自从和范总见面，这家伙几分钟一个电话，不是导演的，就是演员的，或是管后勤的。他总是说，在想办法，不要急。胡一归不由得心里一阵失落，想到自己的电影，九十九步都走了，到最后一步放弃了，实在是心有不甘。他问清楚了缺口资金是三百万后，两瓶茅台酒下去，胡一归做了个做梦也没想过的决定——自己想办法帮他拉投资，完成电影。

范总听到他这个决定，当场又打电话让公司的前台送来两瓶茅台，两个人借着酒劲，互相打气加油。

"兄弟，拜托了！十万火急啊，剧组耽搁一天，就是一大笔费用啊！"范总搂着胡一归，虽满脸酒气却凝重无比地说。

"我一定竭尽全力，因为这也是我的梦想！"胡一归说，他已有了一个初步的谋划。

简直是心有灵犀！他还没想好怎么给兰花花打电话，对方倒是先来了电话，问胡一归最近过得怎么样，怎么没在微信朋友圈发任何信息，也没看到有关胡一归的任何新闻。

胡一归自保意识很强，说自己最近忙家事，反问他在忙什么。

兰花花滔滔不绝地说起来，语气颇是兴奋，原来他在一次文友聚会中，受人启发，找到了一个生财之道，就是利用一个死去的大文豪和他的文章来赚钱——无上限也无下限地通过自己的想象和臆想，三百六十度地解读文豪的文字、出身、八卦，以及死亡。尽管那位大文豪早就死了，但在全世界仍有成千上万的粉丝，尽管其中不乏有真知灼见之人，但更多的粉丝只有浅薄的认知和好奇。当他们突然发现有个人把自己喜欢的文豪的故事说得妙趣横生、新奇不断，便自然而然聚拢过来，尽己所能打赏、付费。现在，兰花花已从短视频公司辞职，专门写这个了，而写这个的收入，是上班收入的好几倍。

胡一归是很不齿于这种做法的，他觉得这是一个毫无想象力和创造力的事情，是一个真正的作家根本不屑去做的事。说难听点，就是个蛆虫，一个趴在死人身上汲取营养让人恶心的蛆虫。

他觉得，不管是读书还是观影，最好是直接看原著原片。一个人应该凭着自己的能力、认知、经验和层次，去解读自己喜欢的作家或导演的作品。而被别人解读出来的东西，终究不过是二手的东西，甚至只是别人的剩菜剩饭。

但他想起兰花花曾在酒场上为自己差点丧命的事来，还是违心地祝贺他找到了生财之道，并祝他更上一层楼。

兰花花表达了感谢和思念之情后，突然说："哥，给你一个价值千金的消息，不知道你有没有兴趣听？"

"你说。"

"你记得财神爷不？昨天我跟他们几个人一起吃饭，他们说联手做一只股票，底仓已经蓄了大半年了，现在打算开始做主升浪了，大概一个月能翻两倍。我打算也搭下顺风车，但是手头的钱还是太小了。哥，你方不方便借我点资金用一段时间？"

胡一归感到好笑，自己都在火急火燎地找钱，他居然还问自己借钱，但是又不想失面子，说："最近家里有点急事，手头太紧。"

兰花花有些失望："这样啊，我再想想办法。哥你自己考虑下，反正这种搭顺风车的机会千年难遇。"

胡一归想了想，说："你能不能介绍我认识财神爷，我现在不炒股，但是想找他谈个合作。"

兰花花说："这还不简单，约上一块吃饭不就知道了。"

通过兰花花牵线，财神爷做东，第二天晚上，胡一归带着范总，进了蛇口非常有名的海鲜酒楼。兰花花提前就在楼下迎接，上楼进包房时，就一直介绍这里有多牛，说无数权贵都在这里吃过海鲜赏过美景，一般人是订不到位的，当然，也吃不起。胡一归凭着作家的眼光观察，酒楼装修稳重低调，略显老旧，但胜在格局够大，视野够广，地理位置够好。包房里已经有五个人，分别是做房地产、旅游、健身的。财神爷并不是胡一归想象的阿弥陀佛的胖子，而是一个六十来岁，最少有一米八的男人。他面孔白净，长发扎成马尾，有点像电视明星，他笑得亲切，只是眼神偶尔露出狠劲，一闪即逝。

财神爷听了兰花花介绍后，一指左手边的空位子，示意胡一归和范总坐下。

兰花花自动坐到下首的空位子上。

胡一归眼光忍不住落到包房墙上的名人合影上。

财神爷笑道："大作家，来过这里没有？"

胡一归知道对方想显示自己的财富和地位，说："第一次来，这个地方，刚才兰花花给我简单介绍了。"

大家对胡一归一番吹捧后，酒过三巡，胡一归终于找到机会问了，先声东击西，拉拢一下感情："财神爷，知道你们对股票有研究，能不能带我们一起玩玩？"

"谁说的，股票只是我一个小小的爱好而已，没有研究。"财神爷用拇指掐了一下小指甲盖，以示股票在他生活中的微不足道。

"我知道，您的产业很大，想请教一下，怎么样能加入到您炒股的团队里呢？"

"这个容易，只要有五百万就可以了，我们的门槛就这么点。你知道李凤伟吧，他的那个，进去要一千万。"

胡一归放下心来，五百万是他们的门槛，那么，让他投资三百万到电影业里，应该不难吧，于是大着胆子说："财神爷，我们现在在拍一部电影，你有兴趣不？"

财神爷笑道："我虽然涉及不少产业，但是电影还是不懂。我那个年代呀，电影两毛钱一张票，现在听说要几十甚至上百元，看不懂的东西，我不投。不过我有一家公司，专门急人所急，可以借钱出来周转一下。你有需要的话，我可以跟下面的人打个招呼。"

胡一归扭头用询问的眼神看着范总，范总点头。

胡一归说："这是我的好朋友，他正在拍的就是经我的小说改编的电影，他想在你这里周转一下。"

财神爷看了一眼范总，说："你要多少？"

范总连忙说："三百万。"

财神爷眼皮都没眨，说："行，啥时候要？"

"越快越好。"范总不好意思地说。

"行，那就明天吧，月五分。"财神爷随口道，好像那不是三百万，是三块钱的事。

范总是真的惊呆了！

财神爷补充了一句："不过我有个小条件。"

"什么条件？"范总连忙问。

财神爷笑："我要咱们的大作家做担保。"

大家都愣了！

全桌的人都不约而同地盯着胡一归！

胡一归看了一眼范总，对方的眼神充满了热切的期待。

胡一归脑子里迅速过了一遍范总的办公室，那些数不清的奖杯，再想到他再婚的年轻妻子和小女儿，说："行。"

出酒店的时候，范总激动得差点哭了，抱着胡一归的头说："我们的电影，有救了！"

第二天中午，胡一归和范总按财神爷的提示，把身份证原件拿到对方坐落在罗湖一栋商业大厦的办公室，公司的前台拿去复印了，然后范总签了借款合同，胡一归做了担保签字。三百万，事实上到范总的账上只有二百八十五万，十五万利息提前扣下了。

手续如此简单，胡一归很意外："你们放款这么痛快，不怕人跑了？"

财神爷笑道："哈哈，我们借钱给人，当然会了解对方一些财务状况。你朋友是一个知名微电影导演，你是一个著名作家。他，我不了解，你，我们可是很了解的。"

一个人应该凭着自己的能力、认知、经验和层次，去解读自己喜欢的作家或导演的作品。

——《电影梦》

借到财神爷的钱后，范总建议胡一归跟他去探班，看看由胡一归原著改编的电影拍摄的情况。恰在此时，父亲的病更严重了，胡一归毫不犹豫选择了留守深圳。其实他也做不了什么，就是尽量找以前借过自己钱的朋友以及还欠自己小说版税和影视版权尾款的人要钱。有的人听说他的情况，很痛快就想办法还了，有的人大声叫穷，还有的直接人间消失，但理解他的还是占多数。这样，手头又稍微松了一点。

胡启泰总是满脸愧疚，觉得自己是个老废物，不能帮儿子忙，还连累他。胡一归是个温和的人，但是面对敏感自卑且重病缠身的父亲，也是无可奈何，不想和父亲起冲突，只能凡事顺着父亲。胡一归每天定时去医院探望父亲后，和母亲简单地交换一下信息，回家就忍不住抱起熟睡中的女儿，贪婪地看着她的脸、她的眼、她的一切，闻她脸上、身上的奶香味。与医院的衰老、疾病和死亡味道比起来，女儿身上清新的生命味道，让他有一种从地狱跳上天堂的感觉。

这一天，黄月月正在把裁剪好的百合花插进花瓶，看到胡一归又在轻轻地亲女儿的脸，笑道："你就不能让小孩好好睡觉吗？一看到她不是抱就是亲，都被你惯坏了。"

胡萌被胡一归弄醒，睁开蒙眬的睡眼，扭动了几下，像是要哭，却突然咧开嘴笑了。

"你看，宝宝就是喜欢我抱她。"胡一归说。

"果然女儿是爸爸的小情人，哼！"黄月月嗔道。

"跟你商量件事。"

"什么事？"黄月月紧张地问。

"你前段时间请假，公司好多事没做，需要加班吗？现在你妈来了，我爸也有我妈照顾，我们都有些空，我跟一帮宝爸宝妈们约好，想带萌萌出去玩几天。"

"你疯了，她这么小，你一个人怎么带？"黄月月问。

"不知道你男人是 985 大学毕业的，智商情商双在线？"

黄月月怀疑地看了老公一眼，说："去哪里？"

"不会走远，就在深圳，比如一些游乐场啊，别的宝爸宝妈家啊……"

黄月月不放心，但也不想剥夺老公爱孩子的权利，只好答应了。

从这天起，黄月月每天准备上班的时候，就看到胡一归准备女儿外出一天的用品，水瓶、奶瓶、替换衣服、干湿巾、纸尿片、玩具……

"衣服可以少带一套。"黄月月看到三四套替换衣服，说。

"不行，万一脏了，得换，不然她难受。"

"纸尿片可以少带几片。"

"不行，万一喝多了水，湿了就要及时换……"

黄月月很无语，只好由他去。

到了晚上，黄月月下班回家，胡一归通常都没回来，回来后，胡一归的样子很累，但是很兴奋。女儿倒像是累了一天，回来洗了，往往还没吃完定量食物，就快速入睡了。每到这个时候，她就看到胡一归守在女儿面前，看她熟睡的脸，不舍得离开。

"你白天都看一天了，还看不够。"黄月月说。

"就想永远守在她身边。"胡一归说。

黄月月轻轻地叹了口气。

一周后，胡一归说孩子玩得差不多了，自己要写新小说了。他要赚很多很多钱，让女儿永远衣食无忧，哪怕夫妻二人都离开这个人世，也有足够的钱让她过上体面的生活。

他问范总那边新的投资怎么样了，范总说有几个投资人很看好这部电影，正在谈。

"如果实在没有人接盘，你担保的这个钱就当入股了吧，反正是你自己小说改编的电影。"范总有一天突然这样说。

"那怎么可能？"胡一归脱口而出。

"怎么不可能，别人的钱能投你的电影，你自己的电影你自己信不过？"范总反问。

胡一归不喜欢对方这种语气说话，挂了手机。

没几天，财神爷打来电话，说范总借的款到期了。范总还不了款，他的房子车子全部在二婚老婆名下，二婚老婆也和他离婚了，他名下除了个空壳公司，一无所有。所以，这笔钱只能由胡一归这个担保人来还了。

胡一归不敢相信财神爷说的，火急火燎地找到范总，对方不仅当面承认了财神爷说的，还承认他和妻子离婚已经三年了，自己长年住在公司附近的一家商务酒店。这次从广告和微电影转到投资千万的院线电影，就是想做票大的，让年轻的妻子对自己刮目相看，破镜重圆。没想到，多年的微电影和广告经验，用在院线电影里，竟然是如此狼狈不堪，中间数次断粮，尽管借了一屁股债，电影还是不能如期完成。

到这个时候，胡一归明白事情的严重性了，自己作为担保人，范总还不上款，只有自己来还了，可是到哪里找钱来还这笔巨款？只能抵押房子了，而房子又属于夫妻共同财产，必须两个人签字，否则不能生效。因为利息是每天都滚动加的，十万火急，他也顾不得黄月月高不高兴，把担保的事说了。

黄月月一听他说的小额信贷借款合同，第一次发了大脾气："你真是要作死啊，人家做电影都玩不转，你这个时候冲进去担保，不是找死吗？"

胡一归很难向妻子解释，自己和范总酒逢知己千杯少的感觉；也难向她解释，范总倾入巨资突然从微电影、广告，大跨步做这个院线给自己的感动；更难向她解释，看到自己原著小说改编的电影，搁在半道上不能杀青的心急如焚。

黄月月脾气是发了，但是分得清轻重，过了一个晚上，主动让胡一归带自己找银行做抵押贷款。因为是二次贷款，只能做消费贷，原贷银行评估了一下，房价约七百万，欠银行两百多万，二次贷款，也就能贷出六成，两百四十万左右。

夫妻俩一下子傻眼了，这钱，哪够还财神爷的？还有父亲急需的住院费用呢！

可是还有其他办法吗？先抵押了再说，再怎么着，要付的银行利息也比财神爷的低得多。

约一周后，银行放了两百四十万到胡一归的账户上。看到银行短信里附言的每月要还的消费贷，胡一归头晕眼花。

留了四十万给父亲治病，两百万全部还给财神爷。对方觉得他言而有信，主动把月息降到四分，欠的一百万，每个月还四万利息。

又拖了一个半月后，在胡一归无数次的催问之下，范总终于坦白，因为资金还有缺口，他们的电影还有五分之一没拍，剧组已经散了。更要命的是，剧中的男二号，因为吸毒，已经被抓起来了。换句话说，他们的电影还没完成，就已经被宣布死刑了！

听到这里，胡一归脑子里只有两个字：完了！

海
里
惊
魂

　　胡一归带着女儿，来到海边，停好车，抱着粉嫩粉嫩的女儿，走到沙滩上，然后慢慢向海中走去。一波又一波的海浪，向他的小腿袭击过来。放眼望去，大海如此奇怪地泛着蓝光，一些海鸥迎着风飞来飞去。而身后是成千上万在沙滩上游戏的人们，他们在五颜六色的遮阳伞下，有的正在挖坑把自己埋进沙里，有的在对着同伴举着手机留照片纪念这美好的瞬间。远处一些人，星星点点般密布在泛白的沙滩上。

　　胡一归看着他们，人如蝼蚁，他们可比这沙子更惹人注目？可比这沙子更有价值？谁来承认和肯定他们？再想到自己，无论怎么努力，都跟不上这世界的步伐，解决不了自己面对的难题，突然觉得好笑，笑自己的贪、嗔、痴。

他一只手抱着女儿，另一只手舀起海水，放到嘴里，用力喝下去，又苦又咸，但是他没有吐，而是用力闭上眼吞了下去。海水流过他的喉咙，很快滑进他的胃里，像不小心吞进了一块滑溜的冰块，苦味咸味比刚才强烈百倍地散布在自己整个身体里。有两个带着救生圈的女人看了看他，疑惑地从他的对面走过去。更远一些的地方，有男人在游泳；浅水区，一些男人和女人在打水球。

胡一归往前走了一步，一个海浪冲过来，浪尖冲到了他的腰上。他的裤子全湿了，和着沉重的海水紧贴在身上。他又往前滑了一步，水到了他的腰下，这一波的浪潮还没来，他站得很稳，情不自禁地把女儿举高，怕海水打湿了她。但当他用脚尖去试探踩着的沙子时，海水撞了过来，打在了他的胸口，他有些失重，但稳了稳，还是站定了，女儿被他举得更高。

有个瘦个子男人从他面前游过，很好奇地看了他一眼，又姿态优雅地游走了。

更远的海面上，一个虎背熊腰的外国卷发大个男人正在和一个身材极其性感的着泳衣的女人调情，两人一会儿搂在一起，一会儿沉入水底，一会儿做亲吻状，一会儿仰在海浪上……

生活多么美好啊！

胡一归出神地看了一会儿这一对情侣，然后回头看了一眼，一些人穿着短裤在浅浅的海滩上和沙子在做游戏；一些人在提着裤脚，轻轻地往前小探一步，再小探一步，生怕海水湿了他们的衣服；更多的人穿着泳衣，戴着游泳圈，手拉着手，嬉闹着，在浅浅的海水边折腾，尽情享受这一刻。

又一阵浪潮袭来，他被撞得差点失重，但还是用力站稳了。

他的前面，有几个人，都是男人，畅快地游着。胡一归看着他们，想象着他们的手臂和脚是如何有力地在海中跳舞，想象着他们的心在如何自由而有力地跳动。又一个浪头冲过来，胡一归感到自己一脚踏空，就像梦里一脚踏空跌落悬崖似的，身子在空气里飘浮起来，如此轻盈、缥缈。水涌过头，胡一归耳根突然一片安静，所有的人都好像在另一个世界像尘埃一样飞舞着。胡一归想起自己五六岁时一次落水的情景。当时，他和一个乡郊的同学去一个水塘玩，他不小心落进水里，脑子里想着，这里有多少水怪，因为水怪是专坐在水中等待落水的人然后吃掉他们的。在这样一个奇妙的时刻里，胡一归居然想起了水怪的事情来。"就这样漂下去也未尝不好。"胡一归听到一个声音对自己说。水里的世界如此安静、如此从容。他并不惧怕这里，他想就此永远地闭上眼睛！他不想看这个让他感到疲累、无力的世界。

"爸……爸！"一个陌生、柔软、童稚的声音静静地传来。

他喜欢这片水，他太累了，想好好地睡一觉，永远睡下去。但他的脚浮在某一个不着力的地方，就像少年时的那一次落水一样。他在水里想着水怪的时候，感到头上有什么东西，他想，这应该是水怪的手吧！它来拉我，我肯定跑不掉了！算了，还是乖乖地跟着它走吧。然后，他在水中举起了手，拉住了头顶上的那只水怪的手……这中间的，所有一切他都不记得了。后来，他的那位同学说，一个养鸭的老人把赶鸭子的长竹篙送到他头顶，他抓着竹篙尖回到了岸边。被老人从水中抱起时，他已经昏迷了。

"爸……爸！"刚才那个柔软、暖暖的声音再次传来，不同的是，它像是穿透层层巨浪，越过轰轰浪声，冲击到他的耳膜！

"宝宝！"他如梦初醒。

岸上的人们惊讶地看到这一幕：一个身材高大的男子，头都浸到海里了，可是用一种奇怪的姿势，将一个小孩举在头上。突然，男人拼命往岸上的方向退，等到上身全部露出来后，转身抱紧孩子仓皇地从海水中狼狈地逃到沙滩上，然后抱着孩子不住地亲。

人们很快围了过来，啧啧称奇："刚才你都沉进海里了，孩子居然就裤子湿了点。"

胡一归贪婪地看着女儿亮闪闪的眼睛，说："宝宝，叫爸爸，快！"

胡萌似笑非笑地看着他，眼睛如海水般湛蓝。

胡一归抱紧女儿，仰躺在沙滩上，看着蓝得让人心醉的天空中洁白的云朵，慢慢悠悠，无拘无束，有的小云朵挤进大云朵的怀抱里；有的整团蓝白色的云和淡白的云缠绵，最后交融在一起；有的变成怪巨人，似乎要向胡一归扑过来；有的又像挥着丝带的芭蕾舞女，曼妙地跳着舞离去……一行"人"字形的大雁往上空飞去，胡一归心里惊叹，这群雁飞得真是齐整，待更认真地看时，原来是一只硕大的大雁风筝。

胡一归再次搂紧女儿，生活如此美好，自己有什么权利放弃它。更重要的是，自己有什么权利决定女儿的生命。

黄月月下班回家，疲惫地放下在路上买的水果，看到母亲在厨房忙碌，顺便问了句："妈，一归和萌萌呢？"

"他带着萌萌出去一天了，一直没回来。"母亲答。

……突然觉得好笑，笑自己的贪、嗔、痴。——《海里惊魂》

夫妻同心

黄月月回到卧室，像往常一样放下盘起的长发，准备随意扎个马尾，突然发现镜子下压着一张 A4 纸。她疑惑地打开一看，瞬间大惊失色，抓起纸疯了一样跑出卧室，哆嗦的手半天打不开防盗门。终于打开了门，看到满身湿透的胡一归抱着女儿正呆站在门口，她一下子扑上去抱住二人，失声号啕大哭！

A4 纸飘下来，抬头是"离婚协议书"。

黄月月的妈跑出来一看，吓得锅铲都掉了，赶紧把紧紧抱在一起的女儿和女婿拉回家，快快地关上门。

夫妻二人进了卧室，黄月月把女儿用力抱在怀里，贪婪地亲她脸上的每一寸肌肤。

"你要是真带着萌萌这样……你让我们其他几个人怎么活？"黄月月哭道。

"你跟着我，没享过福，想到孩子会是你一生的拖累，一时没想开。"胡一归说。

"我早就知道萌萌有自闭症，怕你担心，没敢告诉你。我拼了命地考一建，拼了命地做兼职，就是想多赚些钱，然后安心陪她做康复治疗。"黄月月说。

胡一归看着妻子，不知道她心里还藏着多少秘密，自己想尽一切办法隐瞒，不想让她担心，原来她也是如此！

"之前，你一连带着女儿出去了快一个星期，是带她去参加康复训练吧？"黄月月问。

"嗯。"

"就是那次，我怀疑你也知道女儿病的事，但是又不敢向你求证。"黄月月说。

夫妻俩都看着自顾自玩手指的女儿。

"我想好了，我们离婚，华侨城这套房子归你，车子过户到你名下，罗湖那套归我，孩子归我，债务归我。这样离婚协议上也说得过去，你这边的房贷我来想办法。"

"你把我当什么了？"黄月月冷冷地问。

胡一归沉默地看着女儿。

"我在想，作为一个普通女人，这辈子怎么样能得到我想要的幸福和快乐！"黄月月的眼神迷离，声音空灵。

胡一归怔了一下，他从来没有站在她的角度考虑过她的问题。结婚几年，除了无穷无尽的家事，两人已经忘记了男女之间的情感和激情了。生活如洪水般，推着两个成年人，不得不结伴往前冲，就怕一不小心，跌入谷底万劫不复。

"你知道吗，"黄月月的声音突然夹着一丝轻快，"记得刚认识你的时候，看到你心无旁骛地想着你的小说和创作，觉得你是个多么有希望的年轻人，不像社会上那些整天叫着空虚啊无聊啊的人。"

胡一归没说话。

黄月月继续沉浸在她回忆的世界里："刚进入社会之后，我就发现，婚姻对一个女人有多重要，特别是对于我这种没有雄心壮志，无法在社会上凭着自己的能力，赤手空拳打下一片天地的女人来说更是如此。但是，婚姻又那么可怕，那些人欲念不断，狡诈多疑，自私妒忌，憎恨厌恶，甚至连虐待和谋杀都有。我知道我是个平凡的人，逃脱不了俗世的命运，但我希望自己不要生活得一成不变，趁我还没有步入婚姻里，没有被婚姻生活弄得面目全非的时候，我要多看看这美丽而新鲜的世界。这时候，我认识了一个人。"

胡一归的心咚地跳了一下。

"他那么不一样。"黄月月缓缓地、平静地说，"他只用语言就把一幅又一幅神奇瑰丽的生活美景展示在我面前，他的角度那么新颖，思维那么特别，他有着常人不一样的目光。当他告诉我，他是怎么看这个世界的时候，我试着跟着他的眼光去看，果然世界是那么不同。我感觉自己爱上了他，那是我从来没有经历过的感觉。"

胡一归认真地听着，生怕漏掉了一个字。

"他是一个多么自由自在的人啊！他到处跑，没有一个地方能留住他，他有很多女人，可是没有一个能让他依恋。我知道他的那种生活，向往那种状态，还没有见他，我的灵魂就爱上他了。我的灵魂如此孤独，飘来荡去，希望在这世界的某个角落能找到一个和它相同的伙伴。他的每一本书，每一篇短文，甚至每一条有关他的新闻，我都细细品读，希望能从中找到想要的东西，而且无一例外，每次都能找到，找到他的某些与我息息相关的东西。也许是一种幻想，也许是一种对生活的态度，也许是对这世界的理解，每一次想到他这么看问题，而我能体会和理解他，我就激动不已。"黄月月轻叹了一口气，似乎还在体会着那种激动。

"我求了他很多次，把我最漂亮的照片发给他，希望他能来看我，或者让我去看一眼他。但是他说我不懂得人生，不懂他，也不可能真正理解他。我求了又求，把一个狂热的单恋女孩所能想到的或不能想到的爱和热情全都告诉他，卑微、轻贱、讨好，用尽一切手段，最后，他终于答应过来看我。"黄月月的情绪激动起来。

胡一归压抑着自己的情绪。

"他终于如约而来,比我想象的更优雅、更高贵。他的声音充满磁性,动作那么迷人,他的微笑和我梦中的一模一样。他就像是童话里的一个不真实的王子,那么不真实地来到我的眼前。我问他喜不喜欢我,他说喜欢,就像任何一个正常男人喜欢漂亮多情的年轻女人一样。我听到这话,心里很刺痛,我不是他的唯一,只是其中之一,我不甘心那么好那么优秀的一个人,走向别的女人。"黄月月的眼睛闪烁着异样的火花。

"然后,你使了点诡计,让家里发生火灾了对吗?"胡一归问。

黄月月如梦初醒般看了胡一归一眼,说:"是的。"

"然后你就把我当成孟游来对待是吗?"胡一归声音突然变得无力沙哑。

"当他在我受伤时,第一时间逃掉,我就明白,他跟我没有任何关系了!他再好,再优秀,也只是天上的星星。你见过一个凡人真的把天上的星星摘下来吗?当你为了孩子和我结婚后,我就想,这是个好男人,我愿意跟他过一辈子。因为他善良、有责任心、爱家人、不世故、不势利,我不需要爱,但我需要家!嫁给你之后,我越来越体会到你的好。那个人,只索取女人身上他想要的东西,那种天马行空的人,只适合远观,而你的人品格调,远在他之上。"

胡一归从来都没觉得自己多在乎黄月月,只是做一个男人该做的。此刻，他却突然莫名其妙地小声地说了句："我爱你！"

黄月月依偎到他怀里："我们是夫妻，夫妻难道不是荣辱与共、风雨同舟吗？"

胡一归手里提着一个巨大的纸箱，筋疲力尽地进门。

黄月月连忙帮他，问道："箱子里是什么？"

"重要的资料。"胡一归答。两人把箱子搬到书房里放下。黄月月好奇地打开箱子，里面全是有关自闭症康复和医疗的专业书籍，统共有二十多本，有的甚至是全英文版，每一本都做了记录和记号。想起胡一归所受的煎熬，黄月月心疼加倍，半嗔半怨："你打算把自己变成治自闭症的医生啊。"

"这个病是长期的事，自己多掌握点专业知识，对萌萌有好处。"胡一归说，"有好几次在半夜里，我看到你对着电脑哭，不是因为一建没考过，是因为女儿，对吗？"

黄月月点点头，眼睛一下子红了："我恨自己不是个好妈妈，没给孩子健康的身体，担心她的未来，又无能为力！"

岳母抱着萌萌过来问："你们晚上想吃什么？"

"你做的我都爱吃，"胡一归边说边把女儿接过来，又轻轻地用脸亲女儿圆圆的脸颊。

岳母一听这话，开心得不得了："那就再做红烧肉、豆腐煮鱼、水煮虾……"

黄月月给胡一归使了个眼色："老公，你知道吗，不可想象，我们小区附近最大的超市这个月底就要关闭了，听人说，它开了十来年了。真可惜，现在超市在清货，好多东西打五折，我们去买些日用品回来。"

胡一归明白妻子是找机会跟自己聊事情，抱起女儿，两人一起出了门。

"租的房都交接好了吗，还有什么东西没清理的吗？"

"都清理了，最重要的就是有关女儿的这些书，我都带回来了。"胡一归说。

"要不把新房卖了吧，欠银行这么多钱，还有财神爷的一百万，每个月四万的利息，根本不是我们现在能承担的。"

两个人心里都清楚，这么巨大的一笔债务，旧房根本填不了窟窿。

"对不起！"胡一归低声说了句。

"这房子本来就是你赚的，说什么对不起呢。再说，我们这么年轻，好日子在后头呢，放心吧。"黄月月安慰胡一归，可是一想到自己花费了无数心血的新房，还没住热乎，就要卖掉，心里还是空空落落的。

夫妻俩意见一致，卖房的事就简单了，可是价格让人肉痛。因为刚好碰上新的政策，三价合一，连装修带各种税费，亏了五十多万才卖掉。

等到胡一归把父亲从医院接回来，胡启泰发现又回到旧房，颇是吃惊，问是不是自己住院花了太多钱。

黄月月骗公公说，因为家里开销有点大，暂时先把那边的房子租出去，这样可以减轻一些负担。

胡启泰还是觉得跟自己生病有关，愧疚不已，心情越发郁闷，就算于冰娆软硬兼施地不住开导也无济于事。

医生告诉胡一归，以他父亲这样的状态，再加大治疗力度，意义也不大，不如安心在家调养，这样老的不受罪，小的也能减轻一点经济负担。

胡启泰也是百般不配合医生治疗，别说去复查，连中药都不肯喝，没办法，只好让他待在家里。

胡一归想想自己真是不孝，父亲辛苦了一辈子，自己都没带他旅游过。他打算租辆房车，开车带一家人旅行一段时间。刚和房车公司讲好，岳母让他别忙乎了，说他爸挨不过一周。

胡一归又气又急，岳母怎么说这么不吉利的话？

胡启泰开始吃不进任何东西，神志间断性地不清楚，不得不再次被送去医院，靠打点滴维持。胡一归和母亲日夜轮流守候。有时候半夜醒来，看着父亲丧失活力的干瘦身体，想父亲一生卑微，小心翼翼，为了儿子，勇敢了几回，现在静静地躺在床上，眼睁睁地感受着自己的生命渐渐消亡，却又无可奈何，胡一归心疼难忍。

三天后，父亲突然对胡一归说了两句话："好好对你妈，她苦；好好对你媳妇，不易！"

胡一归点头答应他。实在受不了医院的压抑，想出门抽支烟，刚到外面点着烟，就接到黄月月电话，说爸爸走了。胡一归扔掉烟，跑进病房，看到已经没有气息的父亲，眼泪像决堤一样淌出来。

父亲去世后的第一天，胡一归是麻木的，任由母亲和黄月月指挥做什么。到了第二天，他像突然睡醒了一样，知道父亲和自己从此阴阳相隔，想起父亲生前的一幕一幕，想到从此永远看不见父亲了，伤心到难以自持！

"这世上，最疼你的那个男人，走了！"

于冰娆看起来柔弱，却有一股说不出的稳，让胡一归感到安心和踏实。她的从容淡定、举重若轻，赢得了所有人的称赞和尊重。

黄月月说："我知道你妈为什么义无反顾地离开你爸了。"

胡一归愣了一下，说："我爸确实配不上她，可惜了她这一辈子！也可惜了我爸，他是个好人！"

料理完父亲的后事，胡一归惊讶地发现，母亲和岳母成了好闺蜜。他突然很感慨，这世界真的有高下之分吗？一个家庭里，有高智、有低智，有所谓的成功人士，也有所谓的失败者，既然是一个家，无不是你中有我，我中有你，成为一个荣誉体。而每一个再卑微的人，都不愿意错过当主角的机会。百年之后，你是强是弱，是高是低，是尊贵还是卑微，谁会记得？大家都不过是一粒尘埃，消失在宇宙长河里而已！

夜里，他坐不住，想写点什么，关于对人的思考，对爱情的思考，但是又觉得太空、太虚。他想起刚知道女儿病情时的无边恐惧，想起和妻子互相隐瞒女儿病情的苦心，想起大舅子从一个画中人变成一个中年肥腻偏瘫男……他开始反思自己，一写就收不住。天亮后，他发现仅仅六个小时，自己居然写了一万多字。

仅连载了几天，就有出版商看到转载的文章，找到胡一归，跟他商量签约的事。胡一归敷衍地聊了几句。过了几天，穆书商也主动打来电话，说一直在关注他的公众号，看上了他的新作，想与他合作。

胡一归对穆书商的专业能力和素养，还是非常信得过的。他答应和对方合作，但是有个条件，不能再用小白猫做任何文章。穆书商很爽快地答应了。

曾经对胡一归避之不及的人又出现了，曾经不认识的人又都以沾亲带故的方式来找他了，曾经把他贬得一钱不值的评论人又来夸他了。胡一归再也不会为此激动了，他已经有了把梦想和现实相结合的计划，并且和妻子做了长远规划。

一
年
后

罗湖一栋住宅楼的二层，张灯结彩悬下一个巨大的红色条幅：星语训练班。

已显身孕的黄月月，忙得不可开交地指挥着。一会儿有人来问在哪里报名，一会儿有人来咨询培训老师的资质，一会儿又有人来问教材道具送到哪里……屋里，有针对特殊儿童的各种教育设备。黄月月的母亲和动作还不太灵便的黄见德，正边聊着什么，边整理东西。于冰娆在开心地和孙女玩着一只溜溜球，一只笑眯眯的小白猫在两人之间钻来钻去。

两个专业老师，正训练有素地回答人们咨询的问题。

三楼，门边挂着"孟归工作室"牌匾的屋里，胡一归正在看手机里一则流传在各大网站的通稿，大意说，大作家胡一归的"孟归工作室"招收暂时没有稳定工作，但有写作才华的年轻人。

不远处，柳三望正在认真地教一个年轻人填桌上的表格。

一个充满磁性的熟悉的声音突然响起："还招人不？"

胡一归抬头一看，果然是他，从椅子上弹起来，一把将对方抱住："我想你！"

孟游笑道："别太激动，让人误会咱俩有啥见不得人的关系。我是来恭贺你的，顺便尽点绵薄之力。"说完，从背上取下旅行包，扔到桌子上。

胡一归说："你先坐下，我要好好跟你聊聊，喝茶还是咖啡？"

"咖啡吧。"

"我进里屋拿，你等等。"胡一归进屋，等他拿了一袋咖啡出来，已不见孟游的人了，连忙问柳三望，"我朋友呢？"

柳三望摇头。

填表的年轻人说："他走了。"

一个陌生号码发来一条短信："旅行包里的钱，给那些有需要的年轻人！"

胡一归冲到窗前，只见孟游背着他挥手。他怅然若失地也伸出手，隔着窗，向他的背影挥动着手。

柳三望对填表的男孩说："哪怕生活欺骗了你，只要心中充满必胜的信念，一切皆有可能！"

　　满面笑意的母亲，抱着女儿进来。胡一归接过牙牙学语的女儿，像从前一样，把脸轻轻地贴在女儿的脸颊上，陶醉地闻着她身上的幼儿香！

（全文完）